이야기는 오래 산다

이야기는 오래 산다

최재봉 비평에세이

문학전문기자 30년,
발언하고 증언하고
추억한다는 것

한겨레출판

책머리에

2022년 9월 30일 나는 한겨레신문사에서 정년퇴직을 했다. 1988년 3월 2일자로 입사한 이래 34년 7개월 만에 마침내 종착점에 이르렀다. 비록 정년퇴직 뒤에도 계약직으로 계속 일하고는 있지만, 어디까지나 임시적인 신분이고 언젠가는 이 역시 끝이 날 것이다. 대학원 시절 아르바이트로 다녔던 출판사와 1년간의 시간강사 경험을 제하면 한겨레신문사는 나의 유일한 직장이자 평생직장이었다. 게다가 1992년 9월에 문학 담당 기자가 되어 정년퇴직 때까지 30년 동안 같은 일을 할 수 있었던 것은 더할 나위 없는 행운이었다.

정년이 다가오면서 홀가분한 심정과 아쉬운 마음이 갈마들며 싱숭생숭할 때가 많았다. 김수영 한겨레출판 편집인이 그런 내게 기자 생활을 정리하는 책을 제안했다. 문학 기자 30년 동안쓴 기사를 중심으로 책을 꾸며 보자는 것이었다. 기사라는 게 태생부터 한계가 뚜렷한 성격의 글인 데다 내 부족한 역량을 뻔히 아는 터에 제안을 덥석 받아들일 수는 없었다. 그러면서도 한편으로는 책으로 정년을 기념하고픈 속된 욕심을 뿌리치기가 쉽지 않았다. 결국 몇 차례 고사하다가 못 이기는 척 김 편집인의 후의를 받아들이기로 했다. 이 책은 그렇게 해서 나오게 되었다.

신문에 쓴 기사와 칼럼을 위주로 하되 외부 지면에 실린 글들도 포함했다. 1부와 2부에 묶인 상대적으로 긴 분량의 글들이 그것이다. 바깥 매체에 발표한 글들 역시 문학 기자의 정체성을 바탕에 깔고 쓴 것이라 넓은 의미의 기사에 해당한다고 생각한다. 기사문의 특징이라면 무엇보다 시의성을 들어야 할 테다. 30년에 걸쳐 쓴 글들이다 보니 시의에 맞지 않거나 유효성이 떨어지는 내용, 최신 정보로 업데이트가 필요한 대목들이 적지 않다. 그렇지만 현재 시점에서의 부가 설명은 최소한도로 그치고 가능한 한 발표 당시의 원고 상태를 살리고자 했다. 이 글들이 지난 30년 한국문학에 대한 나의 증언이자 발언이고 또한 추억이라고 생각하기 때문이다. '들어가는 글'은 어느 문예지의 청탁으로 정년을 앞둔 소회를 풀어놓은 글인데 책의 서문으로 맞춤하겠다 싶어 배치했다.

이 책에서도 소개한 나의 스승 도정일 선생의 인문 에세이에 따르면, 인간이란 이야기의 우주 속에 태어나 살아가는 동물, "이야기하는 원숭이"다. 이야기는 의미 없는 세계에 의미를 부여하는 행위이고, 그런 이야기를 대표하는 것이 바로 문학이다. 문학사가 쓰이기 전에도 문학은 엄연히 존재해왔다. 내가 문학 기자를 하기 전에도 면면히 이어졌듯이, 나의 퇴직 이후에도 이야기는, 문학은 오래도록 살아갈 것이다. 이 책이 문학의 그런 유구한 생명력에 대한 하나의 증거가 되기를 바란다. 책에 인용된 작품의 창작자들과 출판인들에게 감사의 인사를 드린다.

2024년 봄을 기다리며
최재봉

차례

| 작가와 작품 |

1부 그 손가락이 가리킨 것은 ————————

| 서평 |

4부 이야기는 오래 산다 ───────────

| 부고 |

5부 **그가 멈춘 곳에서, 그를 잃고서, 그러나 그와 함께**

부록 북에서 만난 작가들

문학으로, 문학을,
문학과 30년

2022년 새해 벽두에 독자의 메일을 받았다. 신문에 기사를 쓰다 보면 모르는 독자로부터 이런저런 연락이 오는 경우가 종종 있는데, 이번 메일은 여러모로 인상적이었다. 독자는 30년 전 자신이 대학생 시절 읽은 내 기사 이야기로 사연을 시작했다. 고맙게도 그때부터 기사 말미의 기자 이름을 기억해 두고 내가 쓴 문학 기사를 꼬박꼬박 챙겨 읽었다는 것. 이 독자는 지난해 9월부터 내가 신문에 쓰고 있는 한 면짜리 칼럼 역시 언급하며 뜻밖의 이야기로 넘어갔다. 1988년에 신문사에 입사했다면 아마도 정년이 얼마 남지 않았을 것이고, 장문의 칼럼 연재는 30년 동안 문학 기자로 한 우물을 파온 나에 대한 회사 차원의 예우가 아니겠는가, 그렇다면 정년퇴직을 해서 전자우편 주소가 없어지기 전에 그 주소로 꼭 한 번 편지를 보내자는 생각에 메일을 쓰게 됐다는 것.

"오랜 세월 참 감사했다"라는, 그야말로 고마운 인사말로 마무리한 메일을 읽노라니 지난 30년 세월이 머릿속을 스쳐 지나갔다. 1988년 3월에 아직 창간호도 내지 않은 한겨레신문사에 공채 1기로 입사했고, 1992년 9월부터 문학을 담당하기 시작했으니 올해 9월이면 꼭 30년이 된다. 그리고 옹근 30년을 채우는 9월 말로 나는 정년을 맞는다. 메일을 보낸 독자의 짐작대로다.

30년 전 문학 담당을 시작할 때 내가 여기까지 오리라고 생각했을까. 아니 1988년 신문사에 입사할 때 내가 이 회사에서 정년을 맞으리라 짐작할 수 있었을까. 두 번째 질문에 대한 답부터 해 보자면, 신생 신문 〈한겨레〉에서 정년퇴직을 하리라는 예상, 이라기보다는 기대는 애초에 하기 힘들었다. 〈한겨레신문〉(창간 당시 '한겨레신문'이던 제호가 나중에 '한겨레'로 바뀌었다)은 지금으로 치면 일종의 벤처 기업이었다. 그때까지 모든 신문이 활판 인쇄를 하던 것과 달리 처음으로 CTS(computer typesetting system)라는 컴퓨터 제작 시스템을 도입했다는 기술적 측면에서만 하는 말이 아니다. 국민주 모금 방식으로 재원을 마련했으며 진보적 논조를 표방한 종합 일간지가 한국 사회에서 과연 살아남을 수 있을지부터가 매우 불확실한 터였다. 해직 기자 출신 선배들은 4·19 이듬해인 1961년 2월에 창간했다가 그로부터 불과 석 달 뒤 5·16 군사 쿠데타 세력에 의해 폐간된 〈민족일보〉의 사례를 들며, '우리 신문은 일단 100호를 넘기는 걸 목표로 삼자'고 사뭇 비장한 어조로 말하고는 했다. 〈민족일보〉 발행인 조용수가 일본 총련계의 자금을 받아 신문을 만들면서 북한의 주장에 동조하는 기사를 실었다는 혐의로 사형당한 일을 생각하면 선배들의 비장한 각오는 충분히 이해할 만한 것이었다.

정부 당국을 상대로 한 등록필증 발행 요구 시위와 시민들을 향한 선전전을 벌인 끝에 마침내 발행 '허가'를 받은 〈한겨레신문〉은 1988년 5월 15일에 창간호를 냈고 그로부터 32년 만인 2020년 5월에는 지령 1만 호를 넘겼다. 100호 달성을 목표로 삼자고 후배들을 독려했던 선배들의 감회는 어떠했을까. 그러나 송건호 · 리영희 선생을 비롯해 〈한겨레신문〉 창간의 주역인 선배들 가운데에는 벌써 세상을 떠난 분들 또한 여럿이다. 나와 함께 입사했던 동기는 물론 소설가 김소진을 비롯해 후배들 중에서도 벌써 불귀의 객이 된 이들이 적지 않으니, 세월이란 과연 얼마나 무섭고 허망한 것인지.

대학원 석사과정을 마치고 시간강사를 하던 1987년 가을, '새 신문'(그때는 아직 신문의 이름이 정해지기 전이어서 '새 신문'으로 통했다) 창간 계획을 알리며 수습기자를 모집한다는 공고를 접한 게 시작이었다. 박사과정에 들어가거나 유학을 가서 교수가 되기 위한 공부를 더 해야겠다고 생각하던 내게 그 공고는 새롭고 매력적인 선택지로 다가왔다. 학교와 교수 사회를 정확히 알지 못하면서도 그에 대한 모종의 회의가 싹트던 참이었다. 6월항쟁의 열기가 남은 무렵이라, 무언가 사회 '변혁'(1980년대의 우리는

이 말을 얼마나 자주 썼던가!)에 직접 보탬이 되는 일을 해야 한다
는 압박감도 있었다. 학교에서 학생들을 가르치고 연구하는 일
은 상대적으로 한가하고 이기적인 노릇처럼 여겨졌다.

그렇게 예정에도 없던 기자 시험을 쳤고 운이 좋게 합격해서
기자가 되었다. 수습기자로 입사하면 처음에는 누구나 경찰서를
출입하며 훈련을 쌓는다. 나 역시 내가 다녔던 대학에서 멀지 않
은 청량리경찰서에 출입하며 그 주변 병원과 대학 등 '나와바리'
를 챙겼는데, 이렇다 할 기사 거리가 없기도 해서 틈만 나면 학교
도서관에 죽치고 앉아 책을 읽고는 했다. 적어도 사회부 기자는
내 적성에 맞지 않는다는 게 처음부터 자명해 보였다. 같은 사
회부라도 수습이 끝난 뒤 교육 담당 기자로 서울시교육청을 출
입하던 무렵은 한결 사정이 나아졌다. 교육부를 출입하는 선배
가 내 1진이었고, 나는 2진으로 서울시교육청과 함께 '전교조'의
전신인 전교협(민주교육추진전국교사협의회)을 담당했다. 전교협
이 내부 논의와 준비를 거쳐 마침내 노동조합인 전교조로 출범
한 1989년 5월 26일, 연세대에서 열린 창립식 기사는 〈한겨레신
문〉 단독이었다. 시인이자 교사 출신 교육운동가 고광헌 선배(나
중에 〈한겨레〉와 〈서울신문〉 대표도 역임)가 전교협(전교조) 지도부
와 긴밀한 관계인 덕분이었다. 전교조는 대대적인 봉쇄에 나선
경찰과 대다수 조합원 교사들을 따돌리고 장소를 기존의 한양대
에서 연세대로 은밀하게 바꾸어 극소수 지도부만 참가한 가운
데 기습 출범식을 열었는데, 그 사실을 우리 신문에만 알린 것이

다. 전교조 초대 위원장인 고 윤영규 선생과 9대 위원장을 지낸 이수호 현 전태일재단 이사장, 초대 정책실장 김진경 현 국가교육회의 의장 등 전교조 초기 주역들과 허물없이 어울렸던 기억은 지금까지도 따뜻하게 남아 있다.

짧은 사회부 근무를 마치고는 국제부에 배속되었다. 당시는 '민족국제부'라는 이름이어서 남북관계도 아울러 담당했다. 1989년부터 1992년까지 국제부 시절은 그야말로 국제질서의 엄청난 격동기였다. 1989년 6월 4일 중국에서는 톈안먼(天安門) 사태가 벌어졌고, 같은 해 11월에는 베를린장벽이 무너졌으며, 1990년 10월 3일 동서독이 통일됐다. 1991년 말로 옛 소련이 붕괴되고 러시아와 연방 공화국들의 느슨한 결합을 표방한 독립국가연합(CIS)이 출범했으며, 헝가리·폴란드·체코슬로바키아를 필두로 한 동유럽 사회주의 국가들이 속속 공산당 일당독재를 포기하고 다당제와 시장경제를 선택했다. 소련과 동유럽 '현실 사회주의' 체제의 붕괴는 노동자·농민이 중심이 된 사회주의 혁명이라는 변혁 모델의 실패로 받아들여졌고, 충격과 혼란에 휩싸인 국내 좌파들 사이에서는 '사회주의 이행 논쟁'이 뜨겁게 벌어지기도 했다. 사회과학 저널들과 함께 〈한겨레신문〉 지상이 그 논쟁의 마당이 되었다. 개인적으로는 당시 국제부에서 마침 유럽을 담당한 덕분에 역사적인 독일 통일을 현지에서 직접 취재했던 일이 무엇보다 기억에 남는다(결혼도 하기 전이라 비행기를 처음 타본 것이 바로 그때였다). 1990년 10월 3일 0시가 되는 순간

베를린 브란덴부르크 문 아래에 모인 100만 인파가 동서독 통일을 축하하는 영상을 지금도 볼 수 있는데, 그 100만 인파 속에 나 역시 있었노라고 나는 자랑 삼아(?) 말하고는 한다.

그렇게 3년여를 국제부에서 보내고 1992년 5월에 문화부로 발령받았다. 처음 신문사에 들어갈 때부터 내가 선호한 두 부서가 국제부와 문화부였다. 국제부에 있으면서도 나름대로 문학 독서를 부지런히 했고, 기회 있을 때마다 문화부 선배들에게 어필해 둔 덕이었을 것이다. 문화부에서는 출판 담당으로 일을 시작했다가 9월에 문학 담당으로 보직을 바꾸었다. 전임자였던 고종석 선배가 해외 연수를 가게 되면서 자리가 난 것이다. 말이 나온 김에 설명하자면, 나는 〈한겨레신문〉의 세 번째 문학 담당 기자에 해당한다. 〈한겨레신문〉이 창간된 1988년부터 1990년까지는 소설가이기도 한 조선희 선배가 문학 기사를 썼고, 고종석 선배가 그 뒤를 이어 1992년까지 문학을 담당했다. 두 사람이 사이 좋게 각각 2년 정도씩 문학을 담당했고 그 뒤에 내게 차례가 돌아온 것이었으므로, 당시만 해도 내가 2년이 아니라 20년도 훌쩍 넘긴 30년 동안 문학 담당을 하리라고는 예상하기 어려웠다. 어쨌든 그렇게 '문학 기자 최재봉'의 시간이 시작되었고, 이제 그 시간도 막바지를 향하고 있는 셈이다. 노파심에 한 가지만 부연하자면, 지난 30년 동안 내가 오로지 문학 담당 기자만 한 것은 아니었다. 2003년 봄부터 이듬해 봄까지 1년 동안 문화생활부장을 맡는 바람에 부득이 현장에서 떠나 있어야만 했다. 편집국장의 강권으로 마지못해 부장 자리에 앉았고, '딱 1년만'이라는 다짐을 받았다는 핑계로 부장으로서 최선을 다하지 못했던 것은 지금 생각해도 부끄럽고 미안한 일이다. 내가 관리자로서 자질이 부족하고 데스크보다는 현장 기자가 더 적성에 맞는다는 생각, 부장이니 국장이니 하는 승진 코스를 마다하고 마지막까지 현장을 지키겠다는 각오로 자신의 태도를 합리화했지만, 조직 구성원으로서 바람직한 처사는 아니었다.

돌이켜 보면 〈한겨레신문〉의 문학 담당 기자로 보낸 지난 30년은 분에 넘치는 영광과 보람의 세월이었다. 좋아하는 문학작품을 읽고 그에 관해 나 나름의 의견을 기사 형태로 제출한다는 것은 얼마나 매력적인 일인가. 물론 일간 신문의 특성상 독서와 기사 작성은 시간과의 싸움이 되기 일쑤였고, 대중 독자를 상대하는 만큼 글의 형식과 성격에는 제한이 뚜렷할 수밖에 없었다. 그럼에도 문학 기사를 쓰기 위해 평소 흠모하던 문인들을 인터뷰하거나 만나서 어울리는 즐거움은 그 무엇과도 바꾸기 싫을 정도였다. 지금 내게는 스스로 '보물 1호'라 일컫는 것이 있는데, 지난 30년 동안 문학 담당 기자로 일하면서 문인들로부터 받은 편지와 그들과 함께 찍은 사진 스크랩이 그것이다. 요즘은 웬만하면 이메일로 연락을 주고받기 때문에 인쇄되거나 손글씨로 쓴 편지가 거의 없어졌지만, 내가 문학을 담당하던 초기만 하더라도 원고지나 흰 종이에 친필로 정성껏 쓴 편지가 드물지 않았다.

편지 얘기를 하다 보니, 지난 30여 년 기자 생활 동안 거쳐온 기사 작성 도구의 변천사도 새삼 눈앞에 아련하다. CTS 방식으로 신문 제작을 시작했다고는 해도 초기의 기사 작성은 어디까지나 원고지에 손글씨로 쓰는 고전적인 방식이었다. 기자들이 원고지에 쓴 기사를 오퍼레이터라 불린 타자수들이 컴퓨터에 입력하고 그것을 역시 컴퓨터로 편집·조판했다. 세월이 지나면서 개인용 데스크톱 컴퓨터(퍼스널 컴퓨터 또는 줄여서 퍼스컴이라고도 했다)가 기자들 책상 위에 놓였고, 다시 얼마간 시간이 지난 뒤에는 휴대용 노트북 컴퓨터가 보급되었다. 아직 노트북 컴퓨터가 일반화하기 전, 신문사 바깥에서 취재를 하던 기자들은 수첩에 쓴 기사를 전화(지금 같은 휴대전화가 아니라 유선전화!)로 불러주고 내근자가 그 전화 기사를 원고지에 옮겨 적고는 했다(베테랑 기자들은 취재수첩에 메모한 핵심적인 팩트와 멘트를 보면서 즉석에서 기사 문장을 완성해 읊기도 했다). 또는 출입처 팩시밀리를 이용해 기사 원고를 보내기도 했다. 이메일과 집배신 시스템으로 회사 밖에서도 아무런 지장 없이 기사 작성과 출고를 할 수 있는 요즘 환경과는 천양지차였다.

문학 담당 기자로서 일상적인 취재와 기사 작성도 만족스러웠지만 몇 차례의 대형 기획 연재는 또 다른 재미와 성취감을 주었다. 기자로서 나의 첫 대형 기획은 1996년 1년 동안 매주 신문한 면씩을 털어서 썼던 '문학으로 만나는 역사' 연재였다. 〈한국일보〉의 김훈·박래부 선배의 연재로 인기를 끌던 문학작품 현장 기행에 역사라는 요소를 가미한 콘셉트였다. 첫 회로 1894년 동학농민전쟁을 다룬 안도현의 시 〈서울로 가는 전봉준〉을 택해 시인과 함께 호남평야를 비롯한 동학 전적지를 답사해서 기사를 썼다. 그렇게 한국 근현대사를 배경으로 삼은 문학작품의 현장을, 가능하면 작가와 동행해 취재하려 했다. 덕분에 박완서·고은·송기숙·이청준·현기영·조정래 등 주요 문인들과 여행을 함께하며 교분을 쌓을 수 있었다. 한국 근현대사 100년을 문학작품과 현장을 통해 돌아본다는 이 기획의 마지막 회는 1990년대 압구정동으로 대표되는 소비문화를 대상으로 삼았고, 주인공은 시집 《바람부는 날이면 압구정동에 가야 한다》(문학과지성사, 1991)의 유하 시인이었다(그는 지금은 영화감독으로 활동하고 있다). 지금 생각해 보면, 출장이 수반되는 한 면짜리 기획 기사를 매주 연재하면서 문학면 기사 역시 챙기는 게 어떻게 가능했을까 싶기도 하다. 아마도 젊음의 패기와 문학을 향한 열정으로 버틸 수 있었던 것이리라. 이 연재는 이듬해에 《역사와 만나는 문학기행》(한겨레출판, 1997)이라는 책으로 출간되었다. 그것이 나의 첫 책이었으니, 나로서는 여러모로 뜻깊은 기획이었다.

그 뒤로도 내가 낸 책들은 대체로 신문 연재를 거친 원고를 묶은 것들이었다. 문학작품에 나타난 다양한 공간들의 성격을 들여다본 격주 전면 연재 '문학 속의 공간'을 《간이역에서 사이버스페이스까지: 한국 문학의 공간 탐사》(자음과모음, 2003)로 냈고, 문학작품 속 다채로운 사랑의 양상들을 수집한 연재 꼭지 '사랑의 풍경'을 보완해 《언젠가 그대가 머물 시간들》(한겨레출판, 2011)을 냈으며, 작가들의 창작 공간을 답사하는 전면 연재 '그 작가 그 공간'을 제목도 같은 《그 작가, 그 공간》(한겨레출판, 2013)으로 묶어 냈다. 신문 기사와 외부 지면에 쓴 원고를 수습한 《최재봉 기자의 글마을 통신》(새움, 2004)은 물론, 신문이 아닌 다른 매체에 연재한 원고였던 《거울나라의 작가들》(한겨레출판, 2010) 역시 넓게 보면 기자로서 쓴 글의 연장이라고 나는 생각한다. 문학 기사 작성은 나에게 작품을 읽고 해석하는 눈을 틔워 주었으며 글쓰기의 요령도 알려주었으니, 신문사가 나에게는 또 다른 학교였던 셈이다.

모두에 언급했다시피 정년을 한 해 앞둔 2021년 9월부터는 격주로 '탐문'이라는 전면 칼럼을 연재하고 있다. 문학과 문인들을 둘러싼 이런저런 이야기를 편하게 풀어보자는 기획인데, 나로서는 문학 담당 30년을 결산하는 의미를 지닌 것이어서 각별한 느낌이다. 이 연재에 앞서서 5월부터는 2021년으로 탄생 100주년을 맞은 김수영 시인을 기리는 주간 전면 기획 '거대한 100년 김수영'을 반년에 걸쳐 진행했다. 김수이·김응교·맹문재 교수 등 외부 전문가들을 기획위원으로 모시고 역시 외부 전문가들의 원고를 청탁해 싣는 방식이었는데, 이 역시 많은 것을 배우고 큰 보람을 맛본 기획이었다.

내가 문학을 담당하기 시작하던 무렵만 해도 신문사 내에서 문학 담당은 많은 기자들이 선망하는 보직이었다. 문학의 사회적 지위가 짱짱했고 문인들의 영향력 또한 막강했다. 그런 상황에서 〈한겨레신문〉의 문학 담당 기자가 된 것은 내게는 크나큰 행운이었다. 그로부터 30년 세월이 속절없이 흘러갔다. 그 30년 동안 내가 누린 것을 어찌 말로 다할 수 있겠는가.

 이제 문학의 영향력은 예전 같지 않아 보인다. 종이신문 역시 생존의 기로에 놓여 있다. 같은 활자 매체로 문학과 신문은 어쩌면 같은 운명을 지녔는지도 모르겠다. 30년 동안 종이신문에서 문학을 담당해온 나로서는 더 늦기 전에 정년을 맞게 된 것이 일면 다행스럽다 싶기도 하다. 종이신문 문학 담당 기자의 정년퇴직이란 어쩐지 삼박자가 잘 맞아떨어지는 느낌을 주지 않겠나. 아까운 지면에 이렇듯 소소하고 심란한 이야기를 늘어놓게 되어 독자들께 미안한 마음이다. 정년을 앞둔 퇴물의 넋두리라고 부디 너그러이 이해해 주시면 고맙겠다.

(2022)

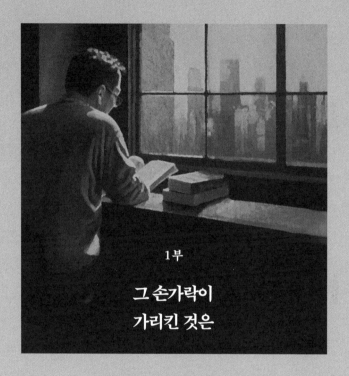

1부

그 손가락이
가리킨 것은

오랜 침묵의 뿌리

조세희

《하얀 저고리》

 침묵하는 작가들이 있다. 손창섭, 최인훈, 김승옥, 조해일, 방영웅, 오정희, 양귀자, 장정일, 주인석, 김한수……. 명단은 얼마든지 더 추가될 수 있을 것이다. 멀리는 1950년대부터 가깝게는 1990년대까지 한 시대를 풍미했던 작가들이 10년이 훌쩍 넘게 긴 침묵에 빠져 있는 것이다. 연로한 작가의 경우에는 글쓰기의 긴장과 압박을 견딜 만한 육체적·정신적 체력이 받쳐 주지 못하기 때문일 수도 있다. 개중에는 문학적 환경의 변화에 적응하지 못하는 경우도 있을 것이다. 어떤 경우든, 침묵하는 작가를 떠올릴 때 개인적으로 가장 안타까운 이는 조세희 선생이다.《난장이가 쏘아올린 작은 공》(1978)이라는 한국 소설의 금자탑을 '쏘아 올린' 때로부터 어언 30년. 소설집《시간여행》(문학과지성사, 1983)과 사진 산문집《침묵의 뿌리》(열화당, 1985)가 뒤를 이었다고는 해도 그것은 역시 조세희 문학의 본령에는 미치지 못하는 책들이었다. 그렇다면 조세희 선생의 침묵은 사실상《난장이가 쏘아올린 작은 공》(이하《난쏘공》) 이후부터 계속되는 것이라고 보아야 할지도 모른다.

《난쏘공》이 준 감동과 충격에 전율을 맛본 독자들은 당연히 선생의 다음 작품을 기다리며 갈증을 느끼게 마련이었다. 그 갈증은, 감히 말하거니와,《시간여행》과《침묵의 뿌리》로는 채 가시지 않는, 매우 근원적인 것이었다. 1990년대 벽두에 선생이 새 장편(《난쏘공》을 연작소설이라고 본다면, 사실상 첫 장편)《하얀 저고리》를 잡지에 연재하면서 그 오랜 갈증은 비로소 해소되는 듯했다. 게다가《하얀 저고리》는《난쏘공》과 같고도 다른, '역시 조세희'라는 탄성을 자아내게 만드는 역작이 아니었겠는가. 1970년대 한국 사회의 계급적 단층과 충돌을 공시적으로 파고든 게《난쏘공》이었다면,《하얀 저고리》는 동학농민전쟁에서 5·18에 이르는 한국 현대사 100년을 통시적으로 다룬 소설이었다.

그러나 안타깝게도 연재는 3회 만에 중단되었고, 책으로 나올 기미는 좀처럼 보이지 않았다. 작가가 결말부를 붙들고 씨름한다는 소문만 들을 수 있었다. 기다림에 지치면 헛것이 보이는가. 어느 날은 선생이 마침내《하얀 저고리》를 마무리해서 곧 책으로 낸다는 말이 들렸다. '이거다!' 싶었다. 다른 기자들의 귀에 소식이 들어가기 전에 부랴부랴 기사를 썼다. 이른바 '특종'이었다. 그러나 '특종'은 머지않아 '오보'로 몸을 바꾸었다.《하얀 저고리》는 아직 책으로 나오지 못한다는 것이었다. 선생이 아직 마무리하지 못했다고 했다.

　처음에는 그것이, 연재 이후 달라진 사회·정치 상황을 소설에 반영하기 위한 것이라고 생각했다. 처음 연재 때는 전두환·노태우 두 군인 출신 대통령의 집권기였는데, 1992년 말 대통령선거를 통해 이른바 문민정부가 탄생하지 않았겠는가.《하얀 저고리》가 이 땅의 역사와 현실을 상대로 대결을 펼치는 소설인 바에야 작가로서는 문민정부 출범 이후 새로운 국면을 소설 속에 담고 싶었으리라. 그러나 시간을 두고 찬찬히 들여다보니, 사정이 꼭 그런 것만도 아니었다. 선생은 어떤 의미에서는《하얀 저고리》를 차라리 마무리하고 싶지 않아 하는 것도 같았다. 이 무렵 만난 선생이 "내 소설의 일차적 독자들인 동시대 사람들의 정체를 알 수가 없다"라고 고통스럽게 토로했던 것이 기억난다. "그들의 생각과 삶의 방식이 나의 그것들과 너무도 달라서 약이 오를 지경"이라고까지 선생은 말했다. 그러니까 선생이 파악하는 역사와 현실을 소설 속에 담더라도 그것이 독자들에게 이해되리라는 믿음이 희박했던 것이다. 나는 '작가 조세희'의 오랜 침묵의 뿌리가 바로 여기에 있다고 생각한다. 더 나아가, 선생은 문학적으로 침묵함으로써 거꾸로 독자들과 현실에 대해 '발언' 하고 있는 것인지도 모른다. 그렇지만 독자 한 사람으로서 나는 여전히《하얀 저고리》에 미련과 기대를 떨치지 못한다. 선생이 느낄 막막함과 분노는 이해하지만,《하얀 저고리》를 마무리 지어 발표하는 것이 작가 자신에게나 미지의 독자들에게나 두루 도움이 될 것이라고 믿는다.

소설적 침묵을 고집하는 한편에서 선생은 사진이라는 새 매체를 발견하고 적극 활용하고 있다. 일찍이 1980년대 중반에 사북 탄광촌을 기록한 사진 산문집《침묵의 뿌리》를 낸 바도 있지만, 그 뒤로도 선생은 기록과 전달의 수단으로서 카메라에 대한 믿음을 놓지 않고 있는 듯하다. 특히 1990년대 이후 크고 작은 집회와 시위 현장에서 카메라를 든 선생의 모습을 만나는 것은 더이상 낯설거나 신기한 일이 아니게 되었다. 시위가 격해지고 그에 대한 무자비한 진압이 벌어질 때도 선생은 격렬한 사태의 한가운데에서 카메라의 셔터를 누르고 있곤 했다. 언젠가 선생의 댁에서 경찰에게 맞아 피 흘리는 노동자의 모습을 선생이 직접 찍은 사진을 본 적이 있다. 그 사진을 보여주면서 선생은 사뭇 뿌듯한 표정이었는데, 나는 어쩐지 소설가인 선생을 사진에 빼앗긴 것만 같아 마음이 그리 편치만은 않았더랬다. 촛불집회가 한창인 이즈음도 선생은 시청과 광화문의 집회 현장에 카메라를 들고 나오시는 모양이다. 건강이 썩 좋지 못한 터에 너무 무리를 하시는 건 아닌지. 선생을 보았다는 문인들의 전언을 듣고 나도 혹시나 싶어서 집회에 나갈 때마다 주위를 둘러보았지만, 어쩐 일인지 직접 뵙지는 못했다.

《난쏘공》에 대한 글들이 다양하게 나와 있지만, 그중에는 오해들도 없지 않다고 생각한다. 가장 큰 오해는 이 '모더니즘 소설'이 우화적 문법을 동원하는 바람에 현실의 치열함을 충분히 담지 못했다는 식의 것이다. 그러나 1970년대의 비판적 사실주의 소설들은 물론 1980년대의 민중문학 및 노동문학을 통틀어도 《난쏘공》만큼 급진적인 소설은 드물다는 것이 나의 판단이다. '사랑의 강제'라는, 《난쏘공》의 핵심은 섬세하게 이해될 필요가 있다. 가령 이청준의 소설 《당신들의 천국》(1976)에서 소록도 병원장 조백헌이 원생들에게 강요하는 사랑과는 구분되어야 하는 것이다. 말하자면 《당신들의 천국》의 사랑이 위에서 아래로 강요되는 것이라면, 《난쏘공》에서는 아래에서 위로 강제되는 사랑이다. 비유하자면, 근자의 촛불시위를 '아래에서 위로 강제되는 사랑'이라 할 수 있지 않을까. 선생은 2002년 6월 《난쏘공》 150쇄 돌파에 즈음해 기자들과 만난 자리에서 "인도에서 차도로 내려서야 역사가 이루어진다"라고 말한 적이 있다. 민중의 대규모 가두시위가 역사의 동력이라는 뜻이었을 텐데, 인도에서 내려와 차도를 행진하는 촛불시위 행렬을 보면서 나는 선생의 그 말을 떠올리곤 한다. 하다 보니, 그때 선생의 또 다른 말도 생각난다. 당시는 2002 한·일 월드컵의 열기로 뜨거웠던 무렵이다. 선생은 월드컵 이면에 도사린 자본의 음모에 눈감고 축구에 열광하는 대중에게 실망을 넘어 환멸을 느꼈던 듯하다. 중학생 때는 축구선수였으며 연고전 오픈게임에도 출전했다는 선생은 "지금은 축구를 안 본다"라고 단언했다. "축구를 볼 수 없는 아이들과의 약속 때문"이라고 덧붙였다. 선생이 좋아하던 클래식 음악을 '끊은' 것도 축구를 보지 않는 것과 비슷한 배경이 있지 않을까 싶다. 직접 여쭤 보지는 않았지만, 현실의 엄혹함에 견주어 클래식 음악이 너무 우아하고 한가롭다고 생각하신 게 아닐까.

나로서는 월드컵의 열기와 클래식 음악의 아름다움을 두루 챙겨서 '인도에서 차도로' 내려서는 역사적 행진의 일부로 삼을 수는 없는 것일까, 늘 고민하고 있다. 더 솔직히 말하자면, 선생이 예전처럼 축구도 즐기고 클래식 음악도 들으면서 '사랑을 강제'할 방법을 궁리할 수는 없을까 하는 안타까움이 있다.

1997년부터 내기 시작한 인문사회비평지 〈당대비평〉에 선생은 큰 애정을 기울이셨다. 여러 사정이 겹쳐 선생이 중도에 손을 떼게 되고 결국 잡지 자체가 나오지 못하는 상황에 이르렀을 때 나는 무엇보다도 선생이 느끼셨을 좌절과 슬픔이 마음에 걸렸다. 그러잖아도 허술한 건강이 잡지로 인한 마음고생 때문에 더욱 나빠지는 건 아닌가 걱정이 되었다. 혹시라도 마음의 짐을 덜어 드릴 수 있을까 싶어 기회가 닿는 대로 선생을 찾아뵙고 말씀을 듣자 했다. 둔촌동 댁 근처 식당에서 선생이 사 주시는 밥을 염치도 없이 맛있게 얻어먹곤 했다. 제천에 사는 판화가 이철수 형의 주선으로 충주호반 콘도에서 하루를 묵으며 술을 마시고 밤새 이야기를 나누었던 일은 행복한 추억으로 남아 있다. 선생도 모처럼 세상에 대한 슬픔과 분노를 잊고 아이처럼 즐거워하셨던 기억이 생생하다(다음 날 콘도 뒤편, 충주호가 시원하게 내려다보이는 금수산 정방사까지 가벼운 산행을 하는데, 선생은 결국 중도에서 포기하고 도로 내려가셨다).

얼마 전 돌아가신 박경리 선생의 추모 특집을 마련한 〈현대문학〉 2008년 6월호에는 여러 문인들과 함께 가수 겸 작곡가 김민기의 글이 실렸으니, '고마운 선생님'이라는 제목의 그 글의 전문이 이러했다. "선생님 정말 너무너무 고맙습니다." 경우와 성격은 다르지만, 애초에 나는 그런 글을 쓰고 싶었다. 짧고 단순한 문장 속에 선생에 대한 나의 마음을 온전히 담는 글을. 그러나 재주가 미욱한지라 결국 주저리주저리, 내용은 부실한데 분량만 늘어지는 이런 꼴이 되고 말았다. 그럼에도 글을 끝내기 전에 덧붙이고 싶은 말은 있다. 글의 처음으로 돌아가는 모양새지만,《하얀 저고리》를 탈고해서 꼭 책으로 펴내시라는 말씀이다. 2002년 6월의 기자간담회에서 선생은 이런 말씀도 하셨다. "원고지로 3000장 이상은 쓰지 말자고 스스로에게 약속했다."《난쏘공》이 1200장 정도이니, 나머지 절반이 남았다는 말씀이었다. 그 나머지 반이 바로《하얀 저고리》아니겠는가.

문학 담당 기자로 있는 동안《하얀 저고리》의 출간 기사를 쓰고 싶다는 것이 나의 소망이다. 선생이 내게 그런 기회를 제공해주신다면 얼마나 고맙겠는가. 이번에는 특종이 아니어도 좋으니까, 오보가 아닌 사실 보도로서《하얀 저고리》의 출간 기사를 쓸 수 있기를 바란다. 선생께 투정 삼아 말씀드리고 싶다.

(2008)

─ 부기

선생은《하얀 저고리》를 끝내 출간하지 못하고 2022년 12월 25일
타계했다.

그 손가락이 가리킨 것은

박완서 선생

추모의 글

그리운 박완서 선생님,

유난히 춥고 눈도 많았던 지난겨울, 존경하는 어른들이 차례로 세상을 뜨셨습니다. 리영희, 이돈명, 박완서……. 줄을 잇는 안타까운 소식에 남은 저희들의 몸과 마음은 한결 시리고 저렸더랬습니다. 제가 선생님과 마지막으로 통화한 것도 12월 초, 리영희 선생님의 부음을 전하고자 연락드렸을 때였죠. 당시 저는 선생님께서 리 선생님 장례식의 장의위원으로 참석해 주십사 요청을 드렸습니다(리 선생님의 장례는 사실상 저희 신문사가 실무를 맡아서 치렀습니다). 두 분의 활동 분야와 교우 관계 등을 감안해 볼 때 생전에 두 분 사이에 혹시 면식이 없었을 수도 있어 조심스러웠지만, 선생님만 괜찮으시다면 장의위원 명단에라도 선생님 성함을 포함시키고 싶었습니다. 기억하시겠지만, 선생님과 리 선생님은 저희 신문 창간 초기에 '한겨레 논단'이라는 1면 칼럼의 필자로 함께 참여하신 바 있습니다. 저나 저희 신문 동료들에게는 아주 소중하고 자랑스러운 인연입니다. 그런데 부끄럽게도 저는 그 통화에서 처음으로 선생님의 병환 소식을 듣게 됩니다. 선생님은 지난 10월에 수술한 일이며 암세포가 다른 부위로 번졌다는 경과를 말씀하시면서 장의위원 요청 건을 완곡하게 거절하셨습니다. 평소처럼 차분한 가운데 아무래도 힘이 없어 뵈는 말투이기는 했지만, 그렇더라도 걱정했던 사태가 이토록 빨리 닥칠 줄은 꿈에도 몰랐습니다. 토요일이던 1월 22일 늦은 오전, 전날의 숙취로 몽롱한 가운데 듣는 부음은 어쩐지 비현실적이기만 했습니다. 세수를 하고 가까스로 정신을 차리자, 연말 연초를 전후해서 댁에 인사라도 드리러 갈걸 하는 때늦은 후회가 밀려왔지만 이미 소용없는 일이 되고 말았죠.

사랑하는 박완서 선생님,

이렇게 때늦은 편지를 쓰고 있자니 선생님과 함께했던 날들이 하나둘 머릿속을 스쳐갑니다. 그중에서도 가장 기억에 남는 것은 1995년 6월 말의 보길도 여행입니다. 선생님과 이경자 선생, 임철우·김영현·최두석·민병일 형, 그리고 조용호와 저, 공지영이 일행이었죠. 민병일 형의 기획으로 마련된 그 여행은 임철우 형의 작업실 겸 가족 별장이 있는 보길도에서 생각 없이(?) 놀다 오자는 취지였습니다. 그게 처음으로 선생님을 가까이에서 뵌 기회였습니다.

차로 한참을 달려 내려가야 하는, 멀지만 아름다운 섬 보길도에서 우리는 정말 즐거웠죠. 서울에는 각자가 떨궈 놓고 온 고민과 업무가 괘씸하다는 표정을 지으며 우리가 올라오기만을 기다리고 있었겠지만, 보길도에 머물던 2박 3일 동안 우리는 정말 생각 없이 놀았습니다. 윤선도의 자취가 남아 있는 세연정, 철우 형의 작업실에서 내려다보이는 예송리 바닷가, 영화 〈그 섬에 가고 싶다〉(1993)의 촬영지였던 보길도 앞 작은 섬……. 멋진 풍광과 좋은 사람들, 술과 노래와 실없는 농담으로 여행 내내 우리 얼굴에서는 웃음이 떠날 줄 몰랐습니다. 그때 찍은 사진 한 장이 당시의 분위기를 잘 말해줍니다. 다름 아닌 세연정에서 일행 아홉이 함께 찍은 사진이죠. 우리는 맨 앞의 민병일 형부터 맨 뒤의 공지영까지 카메라를 향해 사십오도 각도로 틀어 서서는 앞사람의 어깨에 두 손을 얹은 '촌스러운' 자세로 사진을 찍었습니다(이 사진은 2006년 문학동네에서 나온 선생님의 단편소설전집 속 화보에 실려 있습니다. 선생님은 김영현 형과 공지영 사이, 오른쪽에서 두 번째에서 계시네요). 맨 앞의 병일 형은 카메라용 리모트컨트롤 단추를 누르는 모습이 선명한데, 형이 직접 카메라 셔터를 누르느라 빠진 또 다른 사진에서 일행들은 한껏 웃는 모습입니다. 그 밝고 환한 표정들에서 여행의 분위기는 여실히 드러나는 듯합니다.

당시 선생님은 일행 중 최연장자로서 자식뻘인 저희들과 격의 없이 어울려 주셨습니다. 실없다 못해 조금 과하다 싶은 농담에도 싫은 내색이 전혀 없었죠. 권위와 체면 따위 내던져 버리고 어린 후배들의 눈높이에 맞추어 어울리는 모습이 저로서는 놀랍고도 반가웠습니다. 그때 찍힌 또 다른 사진에는 제가 입고 갔던 허름한 점퍼를 선생님께서 둘러쓰고 있는 모습도 있습니다. 여름이었지만 그래도 배 위에서 맞는 바닷바람이 조금은 쌀쌀했던 게죠. 생각해 보니 제가 선생님께 해드린 것이라고는 고작 그 정도뿐이었습니다.

보길도에서 올라오던 날은 1995년 6월 29일이었습니다. 서울에 가까워질 무렵 차 안 라디오에서 긴급 뉴스가 흘러나왔습니다. 삼풍백화점 붕괴……. 그때까지도 여행의 여운 속에 잠긴 채 보길도의 추억을 곱씹던 저희는 새삼 깨달아야 했습니다. '아, 우리가 이런 세상을 살고 있구나!' 낙원과도 같았던 보길도의 날들과 백화점이 무너져 내리는 서울의 현실 사이의 괴리가 어찌도 그리 선명하던지요.

그 뒤로도, 같이 여행 갔던 멤버들 중심으로 선생님을 모신 이런저런 자리가 종종 있었습니다. 아직 잠실에 사실 때 댁에서 모여 조촐하게 생신 축하를 해드렸던 일이며, 아치울 댁에서의 몇 번의 술자리, 그리고 이경자 선생이 새로 이사 간 길음동 아파트에서 오붓하게 마셨던 일까지……. 언젠가는 선생님과 이경자 선생, 그리고 조용호와 저 넷이서 눈꽃 환상(環狀) 열차를 탔던 적도 있습니다. 그 열차의 식당칸에서 제가 양희은의 노래 〈한계령〉을 불러 드렸죠. 분위기와 어울리는 노래라서인지, 그날따라 컨디션이 좋았던 탓인지, 제 생각에는 제법 그럴싸한 '공연'이

1부 작가와 작품

되었던 것 같아요. 선생님도 무척 좋아하셨죠. 보길도 여행을 다녀온 이듬해에는 저희 신문에 문학기행을 연재하느라 선생님을 모시고 강화도를 다녀오기도 했습니다. 선생님의 단편 〈엄마의 말뚝 2〉(1981) 무대를 찾은 것이었죠. 북녘 선생님의 고향 땅이 빤히 건너다보이는 강화도에서 박완서 문학의 밑자리에 있는 아픈 가족사는 한결 절절했습니다.

  보고 싶은 박완서 선생님,
  리영희 선생님 장례 건으로 전화 드렸을 때 선생님은 생전의 마지막 산문집 《못 가본 길이 더 아름답다》(현대문학, 2010)에 대해 제가 쓴 기사를 언급하셨죠. 마음에 들어서 따로 스크랩해 놓았노라고. 당시 저는 무엇보다 선생님의 병환 소식을 처음 접하고서 너무도 경황이 없었던 터라 그 말씀에 제대로 인사를 챙기지도 못했습니다. 그러나 그 말씀이 빈 말씀이 아니라는 사실을 저는 잘 알고 있습니다. 토요일에 소식을 접하고 주말에는 어쩔 수 없이 기사를 쓰느라 못 가 뵙고 월요일 저녁에야 빈소에 가서 선생님의 영정에 인사를 올렸습니다. 유족들께서는 황망한 가운데서도 예의 기사 말씀들을 하시더군요. 선생님께서 특히 좋아하셨노라고. 저는 그 자리에서도 우물우물 제대로 대꾸를 하지 못했습니다. 새삼 생전에 한 번 더 선생님을 뵙지 못한 우둔함이 사무칠 뿐이었습니다. 그 기사에서 저는, 선생님이 그 책 머리말에 쓰신 말씀을 받아서 썼더랬죠. "선생님의 책을 또 읽을 수 있게 되어 기쁘고 행복해요." 그 기쁨과 행복을 이제는 더 바라기 힘들게 되었고, 저는 하릴없이 지난 사진이나 들척일 따름입니다.

하고 보니 예의 보길도 여행길에 찍은 다른 사진 한 장이 눈에 들어오는군요. 아마도 내려가는 길에 해남인가 강진인가에서 늦은 점심을 먹은 뒤였을 것 같습니다. 식당을 나와 주변을 산책하던 중이었겠죠. 사진 속에서 선생님이 어딘가 우리들 머리 위를 가리키며 무슨 말씀을 하십니다. 저희의 시선은 일제히 선생님의 손가락이 가리키는 쪽을 향해 있어요. 그중에서도 선생님 오른쪽에서 걷고 있던 제 눈이 가장 크게 부릅뜬 게 보이는군요. 그때 선생님이 무얼 가리키며 어떤 말씀을 하셨는지 지금은 기억이 나질 않습니다. 다만, 어쩐지 그 사진이 선생님과 저희의 관계를 상징하는 것 같다는 생각이 듭니다. 선생님은 어리석고 아둔한 우리를 위해 먼저 찾아내신 무언가를 알려주셨던 것이죠. 우리는 선생님의 그 가리킴과 가르침 덕분에 그나마 더 현명하고 지혜로워졌을 겁니다.

고마운 박완서 선생님,
선생님에 대한 감사와 사랑의 마음을 이렇게라도 털어놓으니 마음이 조금은 가벼워지는 듯합니다. 사랑하는 남편과 아드님이 계신 그곳에서 내내 평안하시길 빕니다.

최재봉 드림

(2011)

— 부기

〈현대문학〉2011년 3월호 박완서 선생 추모 특집에 실린 글이다.

기자가 쓴 소설들,
소설가가 그린 기자들

김소진의

소설에 대하여

1

연보에서 확인할 수 있다시피 김소진은 1990년 3월 초부터 1995년 6월 말까지 한겨레신문사의 기자로 근무했다. 〈경향신문〉신춘문예로 등단했을 때 그는 입사 2년 차의 기자였고, 첫 소설집 《열린 사회와 그 적들》(1993)을 낼 때도, 두 번째 소설집 《고 아떤 뺑덕어멈》(1995)을 낼 때도, 그리고 연작소설집 《장석조네 사람들》(1995)을 낼 때도 그는 신문기자였다. 그러니까 그는 만 5년 4개월의 기자 생활 동안 세 권의 소설책을 낸 것이다. 그 사이에 그는 결혼을 하고 아이도 낳았다.

알 만한 이는 다 알겠지만, 기자란 그리 한가한 직업이 아니다. 한가하기는커녕 대한민국에서 가장 바쁜 직업으로 둘째가라면 서러워할 법한 게 바로 기자 노릇이다. 김소진이 그 바쁜 기자 일을 하면서 그토록 왕성한 필력을 보여준 것은 놀라운 일이다. 물론 그는 애초에 교열부 기자로 입사했으며, 퇴사하기 전해 가을 문화부로 옮길 때까지 줄곧 교열부에서 일을 했으므로 취재 파트에 비해서는 상대적으로 여유 있는 처지이기는 했다. 그렇다고는 해도 기자 시절 작가로서 그의 생산력이 웬만한 전업 소설가의 그것을 훌쩍 넘어서는 수준이었다는 사실은 놀랍기만 하다.

2

이 글은 김소진 소설의 왕성한 생산력의 비밀을 파헤치고자 쓰인 것은 아니다. 기자이자 작가로서 김소진의 소설에 등장하는 기자 캐릭터의 유형과 그들이 김소진의 문학세계에서 차지하는 의미를 짚어 보려는 것이다. 김소진의 소설에는 적지 않은 수의 기자 캐릭터가 등장한다. 그들은 대체로 '기자 김소진'의 경력을 좇아 경찰서 수습기자→교열기자→문화부 기자로 변모하는 양상을 보인다(교열기자는 보통 일선 사건 현장에서 취재를 하거나 기사를 쓰지는 않지만, 처음 입사해서는 다른 취재기자들과 마찬가지로 경찰서를 출입하며 기자 교육을 받는 '수습' 과정을 거친다. 김소진은 교열기자로 입사했지만, 입사 초기의 몇 달 동안은 경찰서를 출입하며 사건을 취재하고 기사를 쓰기도 했다).

대체로 첫 소설집《열린 사회와 그 적들》에 기자가 등장하는 작품들이 집중되어 있는데, 그 가운데서도 초기작에는 경찰서 수습기자가 주로 등장하다가 뒤로 갈수록 교열기자로 그 '신분'이 바뀌는 것을 알 수 있다. 두 번째 소설집《고아떤 뺑덕어멈》에는 기자 주인공이 거의 사라지는데, 이 소설집에 수록된 작품 중 가장 먼저 발표된 〈파애〉만은 예외적으로 교열기자를 등장시키고 있어 첫 소설집과의 연속성을 보여준다. 세 번째 책인《장석조네 사람들》에는 기자가 아예 등장하지 않지만, 첫 소설집에서 기자인 화자와 마주쳤던 어린 시절의 '육손이 형'이 여기서 다시 등장한다. 신문사를 그만둔 이듬해 봄에 낸 소설집《자전거 도둑》(1996)에서는 표제작의 주인공이 기자 직업을 가진 인물로 나오긴 하지만, 소설 속에서 그 직업이 별다른 의미를 지니지는 않는다. 함께 수록된 〈길〉에는 신문사 경제부 기자를 하는 인물이 주인공의 대학 동창으로 등장하는데, 이는 김소진이 기자라는 직업을 객관화하게 되었다는 증거로 볼 수 있다. 연작소설집《장석조네 사람들》을 제한다면 김소진의 유일한 장편은 1996년 여름에 낸《양파》(1996)다(김소진은 1996년 겨울호와 이듬해 봄호 〈실천문학〉에 장편소설《동물원》을 2회에 걸쳐 연재하지만, 그의 갑작스러운 죽음으로 이 작품은 미완으로 중단된다). 이 소설에는 문화부 여기자가 비중 있는 인물로 등장하는데, 이는 김소진의 기자 생활 말년의 문화부 체험을 반영한 것으로 짐작된다.

3

《열린 사회와 그 적들》에는 등단작 〈쥐잡기〉와, 소설집의 분량을 맞추느라 미발표인 채로 수록한 〈임존성 가는 길〉 등 모두 11편이 발표순으로 실려 있다. 이 가운데 무려 여섯 편 내지는 일곱 편에 기자가 등장할 정도로 김소진의 초기 소설에서 기자의 비중은 막중하다. 그중에서도 제목에서부터 기자 신분을 표방한 〈수습일기〉는 김소진이 등단 이후 〈키작은 쑥부쟁이〉에 이어 두 번째로 발표한 작품이다. 이 작품에서 주인공인 수습기자 송호선은 경찰서 보호실에서 어릴 적 한 동네에 살았던 '육손이 형'과 마주친다. 육손이 형은 폭력조직의 두목으로 붙들려 와 있는 것인데, 보호실에 수감된 사람들을 상대로 취재를 하던 호선에게 자신이 혹독한 고문을 당하고 있음을 호소한다. 처음 말을 걸어올 때만 해도 육손이 형은 호선을 몰라보는 것처럼 행동했지만, 소설 말미에 가면 그가 진작부터 호선을 알아보고 있었음이 드러난다. 어린 시절의 육손이 형이라는 존재는 《장석조네 사람들》에 실린 〈비운의 육손이 형〉의 주인공으로 다시 등장하거니와, 〈수습일기〉의 주인공 호선을 작가 자신의 가탁으로 이해한다면 경찰서 보호실이란 바로 작가 김소진이 유년기의 배경이었던 민중과 마주치는 장소가 되는 셈이다. 이야기를 조금 더 진전시키자면, 보호실은 곧 김소진의 소설이 되지 않겠는가. 김소진이 어릴 적 이웃과 동무들을 만나는 공간이 바로 자신이 쓰는 소설 속에서였으니까. 그렇다면 〈수습일기〉의 마지막 장면에서 호선이 "현기증을 이기지 못하"는 상황은 호선이 기자로서 느끼는 어지럼증이자 김소진이 소설가로서 곱씹는 일종의 무력감을 상징하는 것일 터다.

첫 소설집의 표제작인 〈열린 사회와 그 적들〉에도 기자가 등장한다. 물론 이 소설에서 기자는 주인공과 같은 비중 있는 인물은 아니고, 말미에 삽화처럼 잠깐 등장할 뿐이다. 소설 주인공은 '밥풀때기'로 불렸던 우리 사회 최하층민들의 몫이다. 그러나 잠깐 등장하는 기자가 〈수습일기〉 때와 마찬가지로 경찰서를 출입하는 초짜 기자이며, 밥풀때기 중 한 사람의 변사 사고를 기사로 작성한다는 점에서 그는 〈수습일기〉의 호선과 비슷한 위치를 차지한다. 아마도 실족사로 짐작되는 사건을 두 줄짜리 기사(기자 사회의 '전문' 용어로 이때의 '줄'은 '문장'에 해당한다. 그러니까 두 줄짜리 기사란 두 문장으로 이루어진 기사를 이른다)로 전화기에 대고 부르는 기자의 모습에서는 사건 기사라는 객관적 '보고'와 (소설적) 진실 사이의 거리에 대한 작가의 문제의식이 엿보이는 듯하다. 현실 속에서 작가는 이제 수습을 마치고 본업인 교열부에 배속되게 된다.

다음 작품인 〈적리〉에서부터 교열기자가 등장한다. 주인공인 순태는 아내의 성화에 못 이겨 자신이 사는 동네의 잦은 단수에 항의하는 주민 시위를 직접 '두 줄짜리' 기사로 쓰게 된다. 그런가 하면 시장에서 노점상을 하는 어머니가 단속반원들에게 잔허리를 밟혀 병원에 입원하게 되자 같은 병실에 있던 사람들은 교열기자와 취재기자의 차이에 아랑곳없이 순태에게 요구한다. "어머니를 저렇게 만든 놈들을 신문에 좌악 까발려서 매장을 시켜버려요." 이 대목에서 신문기자 아들을 대하는 사람들의 요구와 기대는 작가에 대한 사회의 기대를 대신하는 것으로 보아도 무방할 테다. 신문이 사회 정의를 세우듯이 소설 속에서, 또는 소설을 통해, 문학적 정의(poetic justice)가 관철되기를 바라는 마음 말이다.

〈춘하 돌아오다〉에도 교열기자가 등장한다. 이 소설에는 교열기자인 주인공 병문이 문화부 기자 신현수와 '고갱이'라는 낱말을 놓고 실랑이를 벌이는 흥미로운 삽화가 소개된다. 아마도 작가 자신의 체험을 반영한 것일 듯싶은데, 쟁점은 '고갱이'라는 말이 죽은말이냐 산 말이냐 하는 것이다. "이건 죽은말 아닌가? 뭐 하러 이런 죽은말을 굳이 갖다붙일 필요가 있을까? 그냥 진수, 진수를 보여줬다, 해도 독자들이 다 알아들을 것을 (…) 고갱이인지 고쟁이인지 누가 알겠어"라는 문화부 기자의 주장과 "그래, 그걸 누가 안다구 하더냐? 쓰발. 하지만 우린 말이야, 어릴 적에 울 엄마가 배추 다듬으면 서로 무릎걸음으로 몰려들어 배추 고갱이 나 좀 달라고 얼마나 댕겼는지, 신현수 니가 알기나 하냐? 쓰발" 하는 병문의 (추후에 술을 마신 상태에서 혼잣말로 제기하는) 항의가 맞서는 형국이다. 이 장면이 흥미로운 것은 교열기자로서 김소진의 업무 형태의 일단을 보여준다는 점 말고도 김소진 소설의 두드러진 문체적 특징인 토속어 지향과 그에 대한 작가적 신념을 알려준다는 데에 있다. 김소진은 어릴 적 자주 들었던 어머니말(母語)을 한갓 죽은말(死語)로 치부하는 현실에 맞서 어머니말을 (되)살려 쓰는 것을 작가로서 중차대한 임무의 하나로 삼았던 것이다.

〈그리운 동방〉에서 한때 재야운동단체에서 격주로 타블로이드 8면짜리 신문을 만들었던 주인공 부부를 두고 '기자' 운운하기란 면구스러운 노릇일지도 모르겠다. 그러나 재야운동단체 소속으로서 할 만한 여러 일들 가운데서 군이 신문 제작(＝취재 원고청탁 편집 교열 인쇄 포장 발송 등등 일체의 과정을 포함하는 의미에서)을 특정한 데에는 기자라는 작가의 신분이 한몫을 한 것이 아닐까 싶다.

마지막으로 〈용두각을 찾아서〉와 〈임존성 가는 길〉에 다시 교열기자가 등장한다. 〈용두각을 찾아서〉에는 야근 기자들이 시내판(새벽 시간대에 제작해 주로 서울 시내에서만 배포하는, 신문의 마지막 판)을 끝낸 뒤 신문사 편집국 안에서 조촐한 술판을 벌이며 이런저런 대화를 나누는 장면이 사실적으로 그려진다. 〈임존성 가는 길〉에는 소설 쓰는 교열기자 세현이 관찰자로 등장해서 주인공 격인 특집부 한기돈 위원을 부각시킨다. 한기돈 위원은 두 번째 소설집 《고아떤 뺑덕어멈》의 첫 작품 〈파애〉에도 '특집부장한 선배'로 등장하거니와 그가 세현과, 마찬가지로 교열기자인 〈파애〉의 주인공 '나'에게 임존성의 존재와 의미를 소개한다는 사실이 두 사람이 동일인이라는 강력한 증거가 된다(한기돈 위원 또는 한 선배의 실제 모델은 한겨레신문사에서 김소진과 함께 근무했던 현이섭 미디어오늘 전 대표다. 김소진은 1996년 여름 교열부 선배 최인호 및 현이섭 선배와 함께 중국 여행을 다녀왔을 정도로 그와 친했다. 〈임존성 가는 길〉에 그려져 있다시피, 1980년 언론인 대량해직 사태 때 직장에서 떨려 났던 현이섭 선배는 후배들을 흔히 '귀공'이라 불렀으며 고전과 역사에 해박했다).

앞서 언급한 대로 〈파애〉를 제하고 《고아떤 뺑덕어멈》의 다른 수록작들에는 기자 캐릭터가 등장하지 않는다. 그런 점에서 〈파애〉는 《고아떤 뺑덕어멈》보다는 첫 소설집 《열린 사회와 그 적들》에 더 가까운 작품이라 할 수도 있겠다.

김소진의 세 번째 소설책인 《장석조네 사람들》은 1960, 70년대 서울 변두리 산동네의 이웃들을 되살려낸 작품집인 만큼 경찰 수습이든 교열기자든 기자가 등장하지는 않는다. 그러나 여기 수록된 〈비운의 육손이 형〉이라는 작품만은 이 글의 논지와 관련해서 주목할 만하다. 이 작품의 주인공인 '육손이 강광수'는 〈수습일기〉의 '육손이 형' 강병호와 동일인으로 짐작되기 때문이다. 어릴 적 한 동네에 살았던 두 사람이 세월이 흐른 뒤에 얄궂은 상황에서 재회한다는 설정에서 두 작품은 동일한 구조를 지닌다. 〈수습일기〉에서 강병호와 수습기자 송호선이 경찰서 보호실에서 마주쳤다면, 이 작품에서 강광수와 '나'(경록)는 시위 대학생과 진압에 나선 백골단원의 신분이 되어 다시 만난다. 두 사람은 몇 년 뒤 재야 공정선거감시단 요원과 여당에 고용된 정치깡패로서도 만나며, 죽음을 앞둔 광수의 병상에서 또다시 서로를 마주한다. 마지막 만남 때에도 '나'의 신분은 출판사 기획위원이지 기자는 아니었다. 그럼에도 이 소설은 〈수습일기〉와 마찬가지로 민중과 지식인이 만나는 양상을 포착하고 있으며, 더 나아가 비록 취재기자와 범죄 용의자 또는 시위 대학생과 진압 요원으로 신분이 어긋나게 되긴 했지만 양자가 본래는 동일한 뿌리를 지닌 존재임을 보여준다는 점에서 의미를 지닌다.

다음의 두 소설집 《자전거 도둑》과 《눈사람 속의 검은 항아리》(1997)에는 이렇다 할 기자 캐릭터가 등장하지 않는다. 《자전거 도둑》의 표제작에서 주인공은 다만 신분이 기자로 설정되어 있다뿐이며, 같이 수록된 〈길〉에는 신문사 경제부 기자인 대학 동창이 삽화처럼 등장할 따름이다. 소설가인 김소진 자신을 대신해서 세상사를 관찰하고 그에 참예하던 기자 주인공이 사라지고, 기자라는 직업이 여러 직업의 하나로 객관화하는 셈이다. 김소진 사후에 나온 마지막 소설집 《눈사람 속의 검은 항아리》에는 아예 신문기자 캐릭터가 등장하지 않는다. 기자가 있다면 〈신풍근 배커리 약사〉에서 학보사 기자인, 주인공 재덕의 여자친구 현경 정도가 있을 뿐이다. 그렇지만 '민초에게 듣는 이야기'라는 기획을 마련해서 어른들을 찾아다니는 현경의 모습에는 '기자 김소진'의 그림자가 희미하게 드리워져 있음이다.

김소진의 유일한 장편소설 《양파》에는 문화부 여기자 감수녕이 주인공인 의사 채운지의 친구로서 비중 있게 나온다. 소설은 두 사람이 기자들을 위한 영화 시사회에 가는 장면으로 시작되며, '야마(=주제)'와 특종 같은 기자 사회의 용어가 등장하고, '기자란 기회주의자의 준말'이라는 기자들의 자조적 농담도 소개된다. "같은 상황을 두고서 개인적 혹은 사회적 기회에 따라

어쩔 땐 씹고 어쩔 땐 빨아주는 게 바로 기자거든요."(수녕의 설
명에 등장하는 '씹다'가 '비판하다'는 뜻이고, '빨아주다'가 '칭찬하다,
아부하다'는 뜻의 언론계 쪽 사투리라는 부연설명이 필요할지도 모르
겠다.) 감수녕과 함께, 운지의 남편인 함승익 역시 감수녕과 같은
신문사에 근무하다가 정치에 입문한 인물로 그려진다. 젊은 시
절 탄광에 위장취업해 노동운동에 투신했던 승익은 기자 시절에
는 언론통제 수단으로 쓰이던 보도지침 문서를 빼돌렸다가 당국
의 수배를 받고 결국은 체포되어 혹독한 고문을 당했던 전력을
지니고 있다. 그랬던 그가 기자를 그만둔 지금은, 기자 시절 자신
이 집요하게 공격했던, 아마도 도덕적으로 커다란 흠결이 있는
정치권 유력 인사의 끈을 잡고 정치인으로 변신하고자 동분서주
하고 있다. 이런 변신 혹은 변절에 관한 승익 자신의 변명이 소
설 속에서 충분하지는 않은 편이다. 작가는 아마도 선과 악의 구
분이 갈수록 불분명해지고 노골적인 변절이 난무하는 1990년대
중반의 세태를 승익의 캐릭터에 담고자 했던 것으로 보인다.

4

　김소진이 오로지 기자 신분으로만 소설을 썼던 것은 아니다.
연보에 따르면 그는 이미 대학시절부터 소설을 쓰기 시작했으며
대학 3학년이던 1984년에 과 학회지에 소설과 시를 발표했다.
신춘문예 등단작 역시 대학 복학생 시절 학교 신문 현상문예에
응모했던 작품을 개작한 것이었다. 아마도 등단 이후(그러니까 이

미 신문사에 재직하고 있던 시절) 발표한 초기 소설들의 상당수는 신문사 입사 이전에 써 두었던 습작품을 개작한 것이었을 터다. 대부분의 초짜 작가들 사정이 그러하니까. 당연한 말이지만, 신문사를 그만둔 뒤에도 김소진의 소설 쓰기는 계속됐다. 그는 소설(만)을 쓰고자 전업을 택한 것이었으니까. 신문사를 그만두고 전업 작가가 된 이듬해인 1996년 그는 방언을 쏟아 놓기라도 하듯 엄청난 양의 소설을 써 냈다. 세 편의 중편과 여덟 편의 단편, 한 편의 장편과 한 편의 장편동화, 그리고 또 다른 장편의 1회분 분재가 이해 그가 거둔 원고지 농사의 소출이었다. 그는 이와 함께 콩트집을 한 권 냈고, 문학잡지의 편집위원으로 참여했으며, 대학 문창과에 출강을 시작했다. 기자에서 전업 작가로의 변신에 완벽하게 성공한 것이었다. 전업 작가로서의 이런 왕성한 활동은 해를 넘겨서도 계속되던 참이었다. 그에게 저 몹쓸 병마가 찾아오기 전까지는 말이다.

기자 시절의 김소진이 오로지 기자가 나오는 소설만을 썼던 것도 아니다. 상대적으로 초기 소설에 많은 수의 기자가 등장하며, 나중으로 갈수록 기자의 등장 빈도와 비중이 줄어드는 것이 엄연한 사실이다. 그럼에도 김소진 소설의 기자 캐릭터는 그의 문학세계 전반을 해명하는 유용한 틀이 될 수 있다는 것이 내 판단이다. 이 허술한 글에서는 물론 그런 측면을 치밀하게 파고들지는 못했다. 다만 스케치를 하듯 김소진 소설 속의 기자 캐릭터들을 일별해 보았을 따름이다. 누군가 좀 더 정치한 안목을 지닌

이가 제대로 된 분석을 해주었으면 하는 바람을 남긴다.

글을 쓰는 내내 신문사 시절 소진의 이런저런 모습들이 떠올라서 고통스러운 동시에 행복했다. 교열기자라는 것이 그다지 눈에 뜨이는 자리는 아니었지만, 그는 성실하고 모범적인 직장 동료였다. 문화부로 옮겨 와서, 그로서는 생소한 공연 분야를 맡았을 때 그가 기자로서 특출난 능력을 보여준 것은 아니었다. 그렇지만 기자로서의 업무에 소홀함이 없이 작가로서도 꾸준한 활동을 펼친 것만으로도 그는 존경해 마땅한 사람이었다. 직장인 신문사에서 그는 결코 소설 쓰네 하는 내색을 하지 않았다. 그럼에도 수습 시절의 경찰서 출입 경험과 교열기자로서의 4년 남짓한 세월, 그리고 문화부에서 보낸 기자 생활의 마지막 날들은 소진의 소설 여기저기에 손금처럼 혹은 주름처럼 아로새겨져 있다. 그 손금 혹은 주름을 잘 더듬어 보면 김소진 소설의 '고갱이'를 맛볼 수도 있다. 이 글이 훗날의 그런 작업을 위한 참고 자료로라도 쓰일 수 있다면 다행이겠다.

(2007)

—부기

김소진 10주기를 맞아 나온 《소진의 기억》(안찬수·정홍수·진정석 엮음, 문학동네, 2007)에 실린 글이다.

진이정을 괴롭힌 '세 허씨'는 누구?

진이정

《거꾸로 선 꿈을 위하여》

진이정의 시집 《거꾸로 선 꿈을 위하여》(1994)를 오랜만에 다시 읽는다. 시집 속표지에는 유하 시인의 사인이 적혀 있다. 1994년 1월 15일로 발행 일자가 새겨진 이 시집이 출간되었을 때 시인은 세상에 없었다. 두 달 전 세상을 뜬 그를 대신해 같은 '21세기 전망' 동인이었던 유하가 사인을 해준 것이었다. 주인공 없이 열린 출판기념회에서였다. 유하 사인이 있는 속표지로부터 석 장을 더 넘기면 '유하에게'라는 헌사가 인쇄돼 있다. 아마도 생전에 시인 자신이 정해둔 것이었으리라. 〈거꾸로 선 꿈을 위하여〉 연작 10편을 비롯해 38편의 시가 실린 본문 뒤에는 황현산 선생의 해설과 유하의 발문이 이어진다. '시인의 말'은 따로 없다. 진이정의 가장 가까운 동료이자 친구였을 유하는 일찌감치 영화 쪽으로 건너갔고, 해설을 쓴 황현산 선생도 2018년에 돌아가신 지금, 시집은 유난히 외롭고 쓸쓸해 보인다.

요절 시인의 첫 시집이자 유고 시집이라는 점에서《거꾸로 선
꿈을 위하여》는 윤동주의 시집《하늘과 바람과 별과 시》(1948)
와 기형도의 시집《입 속의 검은 잎》(문학과지성사, 1989)에 이어
진다. 그리고 비슷한 연배인 기형도의 시집과 마찬가지로, 이 시
집 역시 죽음의 진한 그림자를 거느리고 있다. 아무래도 두 사람
다 임박한 죽음을 예민하게 의식한 상태에서 삶을 이어가며 시
를 썼기 때문일 것이다. 유고 시집에서 죽음의 이미지를 찾는 것
은 자칫 뻔하고 상투적인 노릇이 될 수도 있다. 그러나 진이정의
경우에, 그의 길지 않은 생애와 시업의 핵심 대결 상대가 곧 죽음
이라 할 정도로 그에게 죽음은 압도적 비중을 지니는 화두였다.
오해하지 말아야 할 것이, '대결 상대'라고 해서 그에게 죽음이
싸워서 물리쳐야 할 적이었다는 뜻은 아니다. 진이정에게 죽음
은 오히려 이해하고 포용하기 위한 파트너였다. 그가 보기에 죽
음은 삶의 반대 개념이기도 하지만 삶과 분리할 수 없게 이어진,
말하자면 뫼비우스의 띠 같은 관계를 지닌 것이기도 했다. 진이
정 특유의 불교적 사유의 흔적이라 하겠다.

　　　　죽으면, 그렇다…
　　　　그냥 없어지는 것이다
　　　　이 사실을 받아들이는 데 거의 삼십 갑자가 흘렀다
　　　　그리고 나는 중년을 바라보게 된 것이다
　　　　이제 난 구체성의 신, 일상성의 보살만을 믿기로 한 것

이다

—〈아트만의 나날들〉 부분

　죽음이 꼬리치는 것만 보고도 언짢은 자들은 불행하다
구원의 관념만이 그들 것이다
　죽음의 애무를 외설이라 내치는 자들은 불행하다 천국
의 빗장만이 그들 것이다

—〈영동 산보 ― 진리는 죽었다〉 부분

　죽음을 죽음 자체로 받아들이지 않고 구원이니 천국이니로 포
장하고 가리려는 시도에 시인은 동의하지 않는다. 죽으면 그냥
없어진다는 것은 물론 아쉽고 허전한 일일 수 있겠지만, 그것은
거꾸로 '구체성'과 '일상성'에 충실해야 할 까닭이 될 수도 있다.
"이제/ 죽지 않는 자,/ 그대만이 사랑 마다하리/ 오 사랑 없는 자
여, 당신 홀로/ 영겁토록 죽지 않으리라"(〈제목 없는 유행가〉)에
서는 죽음이 아예 사랑과 동격에 놓이기도 한다. '죽음이 곧 사랑'
이라고까지 할 일은 아닐지 몰라도, 죽음이 없다면 사랑 역시 가
능하지 않다는 인식이다.
　앞서도 말했다시피 죽음을 대하는 이런 태도에서는 불교의 영
향이 보인다. 그것을 더 넓게 말해서 동양적 사유라 할 수도 있을
것이다. 시집 곳곳에서 만나는 아트만, 브라만, 우파니샤드, 무량
겁, 지장보살, 카르마, 윤회 같은 말들은 죽음에 대한 진이정의

생각이 기독교적 구원관과 대비되는, 불교적 해탈에 가까운 것임을 드러낸다.

아아 당신은 흐릅니다 난 대책 없이 당신에게로 퐁 뛰어듭니다 당신은 흐름, 난 이름, 당신은 움직임 아주아주 미세한 움직임, 나는 고여 있음 아주아주 미련한 고여 있음, 멀고먼 장강의 흐름 속에서 무수히 반짝이는 '나'의 파도들이여 거품 같은 이름도 흐르고 흐를지면 언젠가 당신에게로 다가갈 좋은 날 있을 것인가요 그런가요 움직임이시여 어머니 움직임이시여 고여 있는 '나'의 슬픈 반짝임, 받아주소서 받아주소서

　　ー〈지금 이 시간의 이름은 무엇입니까〉 마지막 부분

난 그렇게 산다 그러면서도 작은 깨침만큼은 포기하지
않는다
곧 너의 생일은 나의 생일이리라
나의 무수한 윤회는 가지가지 전생의 생일만 삼각산만
큼이나 쌓아놓았기
하 난 산다 산다 그리고 사이사이 죽기도 하면서 하면서
　　ー〈생일〉 부분

'당신'이라는 흐름에 얹힌 '나'라는 이름이란 시간의 무한한

컨베이어벨트 위를 도는 유한한 존재이자, '어머니'로 호명되는 근원에서 비롯되었고 언젠가 자신이 떠나온 근원으로 돌아가야 하는 여행자 또는 구도자이기도 하다. 사정이 어찌 되었든 일단 목숨을 받은 이상, 윤회의 고리를 끊고 해탈에 이르기까지는 "그 냥 사는 것"(〈생일〉) 외에 다른 방도는 없다. "죽으면(…)/ 그냥 없 어지는 것"(〈아트만의 나날들〉)과 같은 태도라 하겠다.

〈거꾸로 선 꿈을 위하여〉 연작이 특히 그러하지만, 진이정의 시들은 장황하다 싶을 정도의 요설을 두드러진 특징으로 삼는 다. 자유연상 내지는 의식의 흐름 기법을 좇는 듯한 발화는 논리 적 진술로 수렴되지 않는 잉여와 일탈을 빚어내는데, 그런 모호 함과 난해함이 진이정 시의 역설적 매력을 이룬다고 해도 좋다. 말장난과 유머가 빠진 요설은 얼마나 지루하고 숨 막히겠는가. 죽음에 경도된 이 시집은 유쾌할 정도의 말장난과 뜻밖의 유머 감각으로 독자를 즐겁게 한다.

> 오래 전에 읽은 책들, 모두 어디로 갔을까
> 도서관의 우주 속에서 탕진되는 진리들
> 내 카르마의 계량기가 경고한다; 진리를 질질 흘리지 마
> 어머니, 수도세가 너무 나와요
> ─〈거꾸로 선 꿈을 위하여 8〉 부분

> 기나란 망했어도 그 나라 백성의 근심은 영겁토록 사라
> 지질 않아
> 독창적 걱정 때문에 국위를 떨치는 거야
>   —〈시인을 위한 윤회강좌〉 부분

〈거꾸로 선 꿈을 위하여 4〉에서 "원효대사는 바로 내 해골바가지로 물을 드셨던 거"라 뻐기던 이 윤회론자는 국적을 묻는 고구려 병사의 질문에 이렇게 답한다. "전 허망한 나라에서 왔습니다요". 허망한 나라에서 살고 있기는 고구려 병사도 마찬가지여서, 그들은 도움을 주고받았다던가. 황현산 선생의 해설 제목 '허망한 나라의 위대한 기획'이 이 대목을 염두에 두었겠거니와, 또 다른 연작 〈거꾸로 선 꿈을 위하여 9〉에는 이런 문장도 나온다. "허전해, 허무해, 허망해, / 내 마음의 세 허씨가 날 괴롭힌다". 화자를 괴롭히는 '허(虛)' 자 돌림 셋을 하필이면 "세 허씨"라 이른 것이 전두환의 제5공화국 실세였던 '스리(3) 허'(허문도·허삼수·허화평)를 겨냥한 표현이라는 사실을 지금 독자들이 알 수 있을까. "여기는 남서울, 사랑의 메인 스트리트라고 어느 여류 명창이 갈파한 곳"(〈영동 산보—진리는 죽었다〉)이 가수 문희옥의 노래 〈사랑의 거리〉에 관한 언급이라는 걸 아는 독자는? 아니, 진이정의 동료 시인 유하가 〈말죽거리 잔혹사〉〈비열한 거리〉〈강남 1970〉의 영화 감독이기 전에 《바람부는 날이면 압구정동에 가야 한다》《무림일기》(1995)《세운상가 키드의 사랑》(문학과지성사, 1995) 같은 빼어

난 시집들을 낸 시인이었다는 사실을 아는 젊은 독자는 얼마나 될까. 오랜만에 진이정의 시집을 뒤적이며 그에 관해 어쭙잖은 글을 쓰는 마음이 허전하고 허무하며 허망한 것은 나 역시, 그처럼, '허망한 나라의 백성'이기 때문 아니겠는가.

(2019)

지난한 역사를 해원하는
형식으로서의 문학

황석영

《손님》

황석영의 소설《손님》(창비, 2001)에 대한 기사(〈한겨레〉 2001년 6월 4일)가 신문에 나간 뒤 편지 한 통이 배달되었다. 일흔두 살된 노인으로 자신이《손님》의 무대인 황해도 신천 출신이며 '신천의거사건과 직접 관련이 있는 사람'이라 소개한 발신인의 주장은 분명했다. 신천 사건은 '민주와 자유를 쟁취하기 위한 우익 지하조직의 의거와 공산군의 양민학살사건에 대한 저항으로 비롯된 것'이며, 소설에 나오는 사망자 숫자와 철사줄로 코를 꿰어 끌고 다녔다는 식의 세목은 순전히 날조되었다는 것이다.

그 편지를 받고서 얼마 후, 북한의 6·25 기념 퍼레이드 장면을 우연히 텔레비전에서 보게 되었다. 차창 밖을 스쳐 지나는 밋밋한 풍경처럼 별다른 인상을 남기지 못한 채 명멸하던 화면에서 문득 눈길을 잡아 끄는 것이 있었다. '신천미제양민학살'에 대한 기억과 복수를 다짐하는 플래카드였다.

며칠 상관으로 내가 겪은 이 두 가지 일화는《손님》이 놓인 미묘한 자리를 보여주는 것 같았다. 반세기 전에 이 땅에서 벌어졌던 '역사적' 사건을 소재로 한 소설로서《손님》은 동일 사건에 대한 우익 쪽 해석과 북한 당국의 해석 둘 다를 거부하고 신천 사건의 '숨은 진실'을 들춰내고자 한다. 그 진실이란, 북한 당국에서 미 제국주의의 소행으로 선전하는 신천양민학살사건이 사실은 기독교도들과 공산주의자들 사이의 충돌이 계기가 되어 발생했으며, 기독교도들을 주축으로 한 우익들이 좌익 및 일반 민간인들을 집단 살해한 사건이었다는 것이다.

　과거의 숨은 진실 발굴이라는 것은 소설보다는 언론이나 역사학의 영역이기 쉽다.《손님》의 작가가 관련자 인터뷰와 현장 답사 같은 취재를 거쳐 소설적으로 제시한 '진실'은 역사학자들의 연구를 통해 확인되고 확정되어야 할 성질의 것이다. 소설의 독자로서 우리의 관심은《손님》의 그 같은 역사 해석의 바탕에 깔린 작가의 역사관 내지는 세계관의 정합성, 그리고 그것의 소설적 표현 여하에 집중되어야 할 것이다.

　작가에 따르면 '손님'이란 기독교와 마르크스주의라는 두 박래(舶來)의 이데올로기를 가리킨다. 작가의 말을 좀 더 인용하자면, "식민지와 분단을 거쳐 오는 동안에 우리가 자생적인 근대화를 이루지 못하고 타의에 의하여 지니게 된 모더니티"가 기독교와 마르크스주의이며, 그런 점에서 이 둘은 "하나의 뿌리를 가진 두 개의 가지"라 할 수 있다. 게다가 천연두라는 질병에 대한 공포를, 그것을 '손님'으로 대접해 부름으로써 극복하고자 했던 선조들의 안쓰러운 지혜까지를 염두에 둔다면, '손님'이라는 명명이 이들 양대 이데올로기에 우호적인 태도에서 나온 것이 아님은 명백하다. 이 땅의 민중에게 그 두 '손님'은 천연두와 같은 일종의 재앙으로서 찾아왔으며, 신천 사건은 그 성격이 극적으로 표출된 것이라는 생각이《손님》의 집필 동기를 이루었을 터다.

기독교와 마르크스주의의 대립으로 우리의 뒤틀린 현대사를 요약한다는 것은 지나치게 단순하고 도식적인 발상일 수도 있다. 그 양대 이념에 포괄되지 않는 다기한 요소들이 엄존하기 때문이다. 그렇지만 기독교와 마르크스주의는 세계사적 보편성과 민족사적 특수성의 결합으로서 신천 사건과 한국 현대사를 파악하기에 더할 나위 없이 적절한 재료다.

민족을 중심에 놓고 양대 박래 이데올로기의 대립과 충돌을 그렸다는 점에서《손님》의 태도는 민족중심적이라 할 수 있다. 민족문학의 자연스러운 출발이 민족문제와의 대결이라는 사실을 환기한다면 이 말은 당연하다 못해 하나 마나 한 소리일지도 모른다. 그러나 모든 바람직한 문학의 궁극이 작가 개인과 그가 속한 민족 단위를 넘어서 통시적·공시적 보편성에 가닿는 것이라 할 때,《손님》을 두고 민족중심적이라 이르는 것은 이 소설이 내장한 울림의 폭을 크게 제한하는 행위일 수도 있다.《손님》은 물론 우리 민족사의 비극을 소재로 삼고 있지만, 그 비극은 제삼

세계적 전형성은 말할 것도 없고 세계사적 차원의 유의미성까지를 넉넉히 확보하고 있는 것이기 때문이다(《손님》의 그런 면모는 최인훈의 소설《광장》에서 이어진다).

그럼에도 여기에서 굳이 '민족'에 방점을 찍는 것은 이 소설의 주제를 떠받치는 형식적 특성에 주목하기 위해서다. 작가는 황해도의 망자 천도굿인 진지노귀굿 열두 마당을 《손님》의 구성 원리로 끌어들였다. '부정풀이'에서 '뒤풀이'에 이르는 열두 마당은 이 소설을 이루는 12개 장의 제목으로 쓰이면서 각 장의 내용과 서술방식에 일차적인 영향을 끼치고 있다. 더군다나 죽은 자가 목소리를 얻어 자신의 말을 하며 산 자와 대화를 나눈다는 지노귀굿의 '문법'은 소설의 운신 폭을 크게 넓혀주었다. 소재 특성상 죽은 자의 몫이 산 자 못지않게 클 수밖에 없는 《손님》과 같은 소설에서 죽은 자로 하여금 말을 하게 함으로써 작가는 한결 입체적이고 다층적인 시각을 확보할 수 있다.

황해도만이 아니라 한반도 전역에서 비슷한 형태로 전수되는 지노귀굿이 우리 민족 고유의 연희양식이라는 사실을 염두에 두고 보면, 작가의 양식실험이 지니는 의미를 짐작할 수 있다. 작가는 리얼리즘이라는 서구적 소설 형식에 민족 고유의 방법론을 결합한 것이다. 그것이 리얼리즘의 넓이와 깊이를 더해줌은 물론이다. 이렇게 되면, 민족 차원의 소재와 주제가 전세계적 보편성을 확보하는 과정은 지노귀굿이라는 민족적 형식이 리얼리즘이라는 보편적 형식의 속살을 찌우는 과정과 포개진다.

이제 작품 속으로 들어가 보자. 소설 속에서 신천 사건의 숨은 진실이 드러나는 계기는 신천 출신으로 미국에서 살고 있는 류요섭 목사의 고향 방문이다. 그는 십 대 초반 나이로 사건을 직접 목격한 일종의 당사자지만, 고향에 남아 있는 다른 관련자들을 인터뷰하거나 죽은 자들의 환영을 만나 그들의 얘기를 듣는 가운데 사건의 전체 면모를 재구성하는 역할을 한다. 그런 점에서 그는 작가의 분신이기도 하다. 신천 사건의 대표적인 가해자 가운데 한 사람인 요섭의 형 요한 장로가 아우의 고향 방문을 며칠 앞두고 갑작스럽게 세상을 뜸으로써 그는 자신이 죽인 피해자들과 대등한 귀신 자격으로 요섭을 찾아와 자신의 말을 하게 된다.

소설의 도입부는 요섭이 꾼 세 토막 꿈이 차지한다. 이 단계에서는 아직 요섭 자신조차도 그 꿈의 맥락과 의미를 깨닫지 못하지만, 소설이 진행되면서 그것이 신천 사건 당시 요섭이 겪은 일들에 대응됨을 알게 된다. 꿈의 첫 토막은 천연두에 걸린 아이를 옷에 감싸서 산으로 올라가서는 높은 나뭇가지에 매달아 놓는 풍습에 관한 증조할머니의 말을 재현한 장면이고, 둘째와 셋째 토막은 각각 요섭이 도피시키고 음식을 날라다 준 인민군 문화선전대 소속 여전사들이 바이올린으로 연주하는 노래 〈울 밑에 선 봉선화〉, 그리고 요섭을 윽박질러 그들의 은신처를 알아낸 뒤 곡괭이로 살해한 형 요한의 소행을 담고 있다. 말하자면 이 세 토막의 꿈은 천연두와 마르크스주의와 기독교라는 세 종류의 '손님'을 형상화한 셈이다.

모두 12장으로 이루어진 소설에서 제8장 '시왕'은 전체 분량의 3분의 1을 차지할 정도로 큰 비중이다. '심판마당'이라는 부제가 붙은 이 장은 신천 사건 45일간의 악몽을 숨 가쁘게 재구성한, 소설의 본론이라 할 만하다. 가해자와 피해자, 산 자와 죽은 자가 차례로 나서서 각자의 말을 하고, 보이지 않는 관찰자의 보고서가 덧붙여짐으로써 소설은 사건의 비극적 전체상을 그려나간다. 해방 뒤 삼팔선 북쪽에 사회주의 체제가 들어서고 토지개혁이 이루어지면서 소작농과 빈농들에게는 자신들 소유의 땅이 생기는 반면 기독교도인 지주들은 땅을 빼앗기게 되는 사태에서부터 시작해, 살육의 연원과 경과가 꼼꼼하게 기록된 이 장은 읽기에 고통스럽다. "우리넌 모두 미체 있댔다" "사십오일 동안 날마다 죽음언 도처에 있댔으니까니"라는 한 등장인물의 말처럼 그것은 사람이 사람이기를 포기한, 다만 죽임과 죽음의 날들일 뿐이었다.

　그러나 먹구름 뒤에 푸른 하늘이 감추어져 있듯이, 이 악몽의 한가운데에도 잠깐의 휴지부는 존재한다. 요섭이 동네 뒷산에 숨어 있던 인민군 문화선전대 소속 여전사 둘을 만나는 대목이 그것이다. 본대에서 낙오된 뒤, 무기도 없이 바이올린 하나만 지닌 채 숨어 있다가 요섭에게 들킨 이들은 "우리 동네 인근에서는 그렇게 참하게 예쁜 누나는 본 적이 없"다고 어린 요섭의 마음을 사로잡는다. 요섭이 특히 마음을 둔 이는 자기보다 겨우 두어 살 위로 보이는 '강미애 누나'였는데, 그이가 바이올린으로 연주하는 〈울 밑에 선 봉선화〉를 들으면서 그는 "갑자기 다른 세상이 보이는 것만 같"은 감동으로 눈물을 쏟는다. 요섭은 그들을 자신만이 아는 장소로 이끌고 열흘 가까이 먹을거리를 가져다 나르지만 결국은 형 요한에게 들키게 되고, 요한은 동생의 호소에도 불구하고 그 소녀들을 끔찍하게 살해하기에 이른다. 신동엽의 시 〈누가 하늘을 보았다 하는가〉에서처럼 "네가 본 건 먹구름/ 그걸 하늘로 알"았던 셈이며, 요섭이 눈물 속에 잠깐 보았던 '다른 세상'이란 악몽의 참혹함을 더한층 부각시키는 대비 효과를 낳을 뿐이다.

악몽의 끝 간 데는 어디일까. "조금만 짜증이 나면 에이 쌍, 하고 짧게 씹어뱉고 나서 상대를 죽여버"릴 정도로 살인에 대한 감각이 무디어진 청년들은 결국 권태와 살기가 결합된 총부리를 서로에게로 향하게 된다. 공산주의자들과 그 가족을 학살 대상으로 삼으면서 스스로를 '십자군'으로 자부했던 그들은 종교나 이념적 이유와 무관한, 개인적 원한과 증오 또는 시기의 감정으로써 '아군'과 그 군속의 목숨을 노린다. 그 상황은 요한에 의해 이렇게 요약된다. "나는 이제 우리의 편먹기는 끝났다고 생각했다. 더 이상 사탄을 멸하는 주의 십자군이 아닌 것이다. 우리는 시험에 들기 시작했고 믿음도 타락했다고 생각했다. 나와 내 동무들은 눈빛을 잃어버린 나날이 되어갔다." 최소한의 명분도 확보하지 못한 채, 다만 악마적 관성과 삶 자체를 상대로 한 적의에서 우러날 뿐인 살인이 창궐하는 곳이란 지옥에 다름이 아니다.

서로의 악행을 누구보다 잘 아는 가해자들은 결국 '서로를 원수보다 더 미워하게 되'고, 그 미움은 자신들의 고향 땅으로 전이되어 "이곳은 이제부터 마귀가 번성하게 될 지옥일 뿐이라고 생각"하며 고향을 떠난다.

"저 이 태가 묻힌 땅얼 피로 물들이구 꿈에두 다시넌 돌아갈 수 없넌 곳으루 맹(근)" 이들이 떠나버린 고향은 지옥으로 변해버렸던가. 다행히 그렇지는 않았으며, '중간적 인물'들의 존재가 자칫하면 지옥으로 떨어져 버렸을 고향을 다시금 사람 사는 세상으로 끌어올렸다는 것이 작가의 전언이다. 조화나 균형보다는 대립과 싸움에 지배되는 상황에서, 기독교도들과 공산주의자들 사이의 쉽지 않은 균형을 잡아나간 중간자들이야말로 악몽에서 탈출할 수 있는 출구이자 희망의 근거라는 것이다.

그런 인물의 대표적 존재인 '소메 삼촌'은 소설 속 현재 시점에서 기독교도이자 동시에 당원으로서 협동농장 관리위원장을 지낸 독특한 이력의 소유자다. 요섭네의 외삼촌인 그는 목사의 아들이자 유아세례자로서 독실한 신자인데, 전쟁 기간 중 북쪽 기독교도연맹의 신천군 위원으로 있으면서 내무서에 체포된 우익 청년 상호를 살려준다. 전황이 바뀌고 신천이 우익 청년들 휘하에 들어가자 이번에는 그가 위기에 처하지만 거꾸로 상호 덕분에 목숨을 부지한다. 내무서에 상주하며 우익들의 음식 수발을 들던 그는 그곳에서 자행된 끔찍한 악행을 목격하면서 "까딱했으문 내 하나님얼 버릴 뻔하였다"라고 토로할 정도로 충격을 받는다. 중공군 참전으로 전황이 다시 한번 바뀌고 기독교도들과 우익들이 삼팔선 남쪽으로 내려갈 때도 그는 고향 땅을 떠나지 않기로 결정한다. "여게 회개허던 기독교인으로 남기루 했"던 것이다.

작가의 분신인 요섭이 목사로서 자꾸만 헛것을 본다는 '약점'을 소메 삼촌에게만 털어놓을 정도로 소설 속에서 그에 대한 의지와 신뢰는 막중하다. 자기 역시 헛것을 본다고 대답하자 요섭은 다시 '그런 땐 기도를 하는가' 질문하는데, 그에 대한 소메 삼촌의 대답이 흥미롭다. "기런 때엔 기도허는 거이 아니다. 나타나문 보아주구 말하문 들어주는 게야." '우리 모두'를 구원해 달라고 매일 기도하는 소메 삼촌이 막상 헛것을 만나서는 기도 대신 그들의 모습을 보고 말을 들어줄 뿐이라는 대답은《손님》의 전체 주제와 형식에 대해 말해주는 것이 적지 않다. 앞에서도 언급했다시피《손님》은 지노귀굿 형식을 택하고 있으며, 그 굿의 '약속' 중 하나는 죽은 자가 목소리를 얻어서 자신의 말을 하고 산자는 그 말을 들어준다는 것이다. 말하자면 기독교도인 삼촌이 지노귀굿이라는 '미신'적 행위에 자신을 열어놓고 있다는 뜻이된다. 자신의 신앙과 이념을 편협하게 고집하지 않고, 심지어는 '신앙의 적'을 향해서도 품을 열어 놓는 그의 어른스러운 태도는 해원과 화해라는 소설 전체의 주제와도 긴밀히 연결되어 있다.

요한들의 월남 때 마침 아들 단열을 해산하느라 뒤에 남게 된요한의 부인, 즉 요섭의 형수 역시 소메 삼촌과 비슷한 중간적 존재다. 그는 40여 년 만에 귀향한 요섭에게서 남편의 죽음을 전해 듣고는 제삿상을 차린다. 그 역시 목사의 딸인 형수는 "기독교인 집안에서 옛날식 제사란 처음이어서" 요섭이 멀뚱하게 앉아 있는 사이 아들 손주들에게 절을 시키더니, 이어서는 요섭에게 기도를 청한다. 그러니까 그에게서 제사로 대표되는 전래의 '미신적' 풍습과 기독교의 기도는 결코 대립되는 행위가 아닌 것이다. 그런 점에서는 어린 시절 인민군 여전사들을 숨겨 준 적이 있고, 지금은 형수를 향해 "나라의 법을 지키세요. 그리구 혼자서라두 기도를 하십시오"라고 주문하는 요섭 역시 마찬가지라 볼 수 있다.

요섭의 귀향을 계기로 40여 년 전 악몽을 굿거리 마당에 되불러냈던 소설은 결국 해원과 화해의 결말을 향해 나아간다. 제9장 '길 가르기'에서 소메 삼촌이 말하는 대로 "갈 사람덜언 가구 이제 산 사람덜언 새루 살아야" 하는 것이다. 요섭이 귀향길에 오르기 전 화장한 형의 유골 중에서 챙겨 가지고 온 한 조각 뼈, 그리고 요한이 단열을 받아낼 때 썼던 것으로 형수가 아직까지 간직하고 있던 요한의 속옷이 마무리 역할을 한다. 제10장 '옷 태우기'에서 요섭은 고향 마을 뒷산 초입에 올라 형의 속옷을 태우고는, 형의 뼛조각을 땅에 파묻는다. 이제 형은 고향에 돌아와 묻혔고, 그의 불태워진 속옷에 받쳐져 세상에 나왔던 단열 세대의 새로운 삶이 시작되는 것이다.

《손님》은 황석영이 출옥 이후 두 번째로 내놓은 소설이다. 전작인 《오래된 정원》(창비, 2000)에 이어 또다시 묵직한 주제의식과 탄탄한 미학적 완성도를 갖춘《손님》을 선보임으로써 황석영은 바야흐로 제2의 전성기를 구가하고 있는 듯하다. 특히《손님》은 리얼리즘이 봉착한 기법상의 아포리아를 타개하기 위한 시도로 적극적인 형식실험을 동원함으로써 소설의 갱신이라는 문학사적 과제에도 부응한 것으로 보인다. 〈객지〉(1971)와 〈삼포 가는 길〉(1973)과《장길산》(1984)이 그러했듯이, 아니 어쩌면 그것들 이상으로,《손님》은 한국문학의 소중한 자산으로 등재될 것이다.

(2001)

우주로 사라지는 흰 운명의 길

김지하

《흰 그늘의 길》

김지하의 회고록이 드디어 완간되었다. 1991년 〈동아일보〉에 '모로 누운 돌부처'라는 제목으로 처음 연재를 시작했다가 곧 중단하고, 2001년 9월부터 인터넷 신문 〈프레시안〉에 '나의 회상, 모로 누운 돌부처'라는 제목으로 연재를 재개한 뒤 2003년 6월에 마침내 끝을 맺은 것이다. 첫 연재로부터 치자면 12년 만의 일이다. 세 권짜리로 나온 회고록《흰 그늘의 길》(학고재, 2003)은 물론 최종적으로 완결된 것은 아니다. 연전에 회갑을 넘긴 주인공이 여전히 건재해 있고, 연재에 마침표를 찍은 이후에도 그의 삶은 엄연히 계속되고 있기 때문이다. 아마도 이 회고록은 언젠가 보완되고 추가되지 않으면 안 될 것이다. 그 같은 미완의 숙명을 감안하더라도,《흰 그늘의 길》은 한국문학사와 사회사 및 정신사에 있어 길이 남을 중요 문건이라 할 수 있다. 주인공인 김지하 자신의 삶이 문제적이었던 만큼, 그것은 어쩌면 당연한 노릇인지도 모른다.

김지하, 그는 누구인가.

이런 질문이 새통스럽게 여겨질 정도로 그의 존재는 우뚝하다. 무엇보다 1970년대의 그는, 그 연대를 '박정희와 김지하의 이인 대결 시대'로 요약하는 관점이 있을 정도로, 반독재-반박정희 투쟁의 상징과도 같았다. 게다가 그의 정치 투쟁은 〈오적〉과 〈타는 목마름으로〉 〈1974년 1월〉과 같은 뛰어난 문학적 성과물을 거느렸다는 점에서 더욱 놀랍고 값진 것이었다. 70년대의 태반을 감옥에서 보낸 그는 80년대가 열리면서 생명이라는 화두를 들고 옥문을 나섰는데, 그 낡았으면서도 새로운 사상이 세상 사람들에게 제대로 이해되기 위해서는 10년 가까운 세월이 흘러야만 했다. 사람들이 그의 뒤를 좇아 생명과 환경의 중요성을 말하기 시작한 90년대 이후 그는 또다시 방향을 틀어 동학과 주역, 마고할미를 향해 나아간다. 물론 김지하 자신의 삶과 사유체계에서 70년대와 80년대 그리고 90년대 이후는 남들의 시선처럼 그렇게 단절되거나 모순된 것은 아니다. 그라면 오히려 구경꾼들 시야의 협소함과 편벽됨을 지적할 터다. 그런 맥락에서 '흰 그늘의 길'이라는 책 제목은 보통 사람들이 넘보기 어려운 모순과 통합의 어떤 경지를 가리키는 것 같다.

'희다'와 '그늘'은 명백히 대립하며 서로를 배척한다. 흰 것은 빛이고, 그늘은 검다. 그런데도 김지하의 사유체계에서 그 둘은 무리 없이 어울리고, 어울릴 뿐만 아니라 서로가 서로를 보완하고 규정하며 차라리 완성시키는 불가분의 관계에 놓인다. 오히려 흰 빛과 검은 그늘은 설 자리가 없다! 회고록 곳곳에서 그가 바람직한 신인간형으로서 제시하는 '요기-싸르'에서 그가 말하는 '흰 그늘'의 한 모습을 볼 수 있을 것이다. 명상과 변혁의 결합을 가리키는 이 용어야말로 김지하의 지난 삶에 대한 그 자신의 총괄에 가까워 보인다. 그처럼 일견 모순되는 두 개의 지향 또는 가치를 대표하는 두 대목이다.

> 내 넋은 그 감옥에 두고 왔다. 빈 껍질만이 왔다. 내 넋이 거기서 울고 있다. 통곡하며, 해방시켜 달라고, 다시금 다시금 일치되자고 통일되자고 미친 듯이 내 육신을 부르고 있다. 서로 만나자고 외치고 있다. 내 넋이 나를 오라고 손짓하고 있다. 바람 찬 잿빛 거리에 텅 빈 내 육신만 홀로 바람에 이리저리 굴러다닌다.
> 가자! 내 넋을 찾으러 가자! 가서 옥문을 열고 내 넋을 해방시키자!(2권 376쪽)

> '촛불을 켜라. 모셔야겠다.'(3권 426쪽)

앞엣것은 김지하가 1974년 〈동아일보〉에 쓴 〈고행… 1974〉의 한 대목이고, 뒤엣것은 《흰 그늘의 길》 말미에 붙인 몇 개의 후기들 중 하나에 나오는 문장이다. 김지하가 자신의 운명으로까지

1부 작가와 작품

파악한 '흰 그늘의 길'은 이 두 인용문 사이로 벋어 있다고 볼 수 있지 않을까. 앞의 인용문에서 김지하는 넋과 육신의 분열 및 그 통합을 향한 비원, 그리고 그를 위한 행동에의 각오를 격정적인 어조로 토로하고 있다. 분열되어 재통합을 기다리는 영육이 그 자신만의 것이 아님은 물론이다. 한편 폴 발레리의 시구를 패러디한 뒤의 두 문장은 최근 그의 화두인 '모심'과 성찰의 태도를 잘 보여준다. '모심(侍)'이라는 말이 동학의 첫 번째 주문이라 할 '시천주(侍天主, 내 몸에 한울님을 모심)'에 이어진다는 점에서 그의 최근 사유의 지향을 짐작할 수 있음이다.

책의 제목이 뜻하는 바, 그리고 책의 전체적인 취지를 파악하는 것으로 책에 대한 감상과 이해가 완결되는 것은 아니다. 《흰 그늘의 길》은 단순한 회고록이 아니라 문학적 회고록이라 할 수 있기 때문이다. 그렇다는 것은 이 책이 김지하 시인의 문학세계로 통하는 문을 열기 위한 열쇠를 간직하고 있다는 뜻과 함께, 이 책 자체가 한 편의 문학작품으로서 손색이 없다는 뜻이기도 하다. 다른 많은 시인들의 경우와 마찬가지로, 아니 그보다 훨씬 더, 김지하의 시들은 그의 삶과 밀접하게 관련되어 있으며, 그 때문에 회고록에는 그의 시들을 이해하는 데 도움이 될 사건과 정황에 대한 설명이 곳곳에 들어 있다. 가령 "황톳길에 선연한/ 핏자욱 핏자욱 따라/ 나는 간다 애비야/ 네가 죽었고/ 지금은 검고 해만 타는 곳"으로 시작되는 그의 등단작 〈황톳길〉에 대해 설명해 놓은 부분을 보자.

어둑어둑한 초저녁 땅거미 속에서 드러나는 부영산과 부줏머리 입구의 밭길과 검은 둥구섬, 검푸른 영산강과 머언 영암 월출산의 시커먼 그림자를 처음 바라보는 내 마음에 어떤 스산함이, 기괴한 불길함이 가득 찼던 것을 지금도 기억한다.
마치 에드거 앨런 포의 어느 작품에서처럼 산천 자체가 비극으로 느껴졌던 것은 아니었을까? 이 첫 느낌의 연장선 위에 나의 시 〈황톳길〉의 이미지 체계가 서 있다.
죽음과 반역의 땅, 부줏머리!(1권 205쪽)

또는, 어린 그에게 외할아버지가 들려주었던 이런 말.

"너는 앞으로 글을 쓸 아이다. 이 말을 잊지 마라. 사람이 글을 쓰려거든 똑 요렇게 써야 헌다. 한 놈이 백두산에서 방귀를 냅다 뀌면 또 한 놈이 한라산에서 '어이 쿠려' 코를 틀어막고, 영광 법성포 앞 칠산바다에서 조기가 펄쩍 뛰어 강릉 경포대 앞바다에 쾅 떨어진다, 요렇게!"(1권 47쪽)

"시를 쓰랴거든 좀스럽게 쓰지 말고 똑 이렇게 쓰랏다"로 시작하는 그의 대표작 〈오적〉은 물론 그의 문학세계 전반에 외할아버지에게서 받은 '문학수업'의 영향이 드리워져 있음을 확인할 수 있다.

반드시 작품 배경 설명이 아니더라도,《흰 그늘의 길》에는 시적인 이미지와 번뜩이는 상상력, 그리고 문학적 향취를 풍기는 문장들이 가득하다. 그가 자신의 운명을 상징하는 풍경으로 파악한 '흰 그늘의 길'과 조우하는 장면은 두드러진다.

> 거기 양쪽 두 개의 소실점 밖으로 사라지는 길고 긴, 달빛 비치는 흰 신작로가 똑바로 누워 있었다. 가로수와 먼 곳 숲들은 모두 검고 길만이 새하얬다. 만월은 저 높은 하늘을 가로질러 운행하고 눈부신 구름들이 달 근처를 지나가고 있었다. 그 행길을 한없이 소실점 바깥으로 달려가 지평선 너머의 저 아득한 한밤의 흰 우주 속으로 사라지고 있었다. 거기에 왠지 내 운명이 걸려 있는 듯했다.
> 우주로 사라지는 흰 운명의 길! (1권 366~367쪽)

《흰 그늘의 길》에 회고된바, 김지하의 지난 삶의 얼개를 여기서 곱다시 되풀이할 필요는 없을 것이다. 특히 '김지하'가 하나의 상징으로 자리 잡았던 60년대 이후의 삶에 대해서라면 더더욱 그러하다. 그보다는 그가 아직 '지하'라는 이름을 얻기 전인 1940, 50년대의 유년기를 만나 보는 재미가 쏠쏠하다. 그의 집안의 근거지 암태도, 동학에 적극 가담했다가 도피의 삶을 살았던 할아버지들, 목포 연동 뻘밭 위 빈민가에서 보낸 성장기, 그림 그리기를 향한 소년기 이래의 몸부림, 무엇보다도 댄디이자 공산주의자였던 부친에 대한 최초의 고백("아버지 김맹모 씨는 공산주의자였다." 이 한마디는 나의 육십 생애 안에 깊이깊이 감추어진 비밀 주문 같은 것이다. 미당이 "애비는 종이었다"라는 한마디에 그 일생이 결정되었듯이, 내게도 이 한마디가 나의 생애를 결정지었다고 할 수도 있을 듯하다) 등은 그의 삶과 문학을 이해하는 데 가히 결정적이라 할 만큼 중요한 밑그림들로 보인다.

《흰 그늘의 길》은 대부분의 회고록이 그러하듯이 자기애와 자가검열의 한계로부터 완전히 자유로워 보이지는 않는다. 뒤로 갈수록 사건이나 행동보다는 사변과 요설의 비중이 커지는 것도 눈에 거슬린다. 그러한 아쉬움에도 불구하고, 《흰 그늘의 길》은 한국 현대사와 문학사가 생산한 최상급의 회고록이라 할 만하다.

(2003)

─부기

시인은 2022년 5월 8일 타계했다.

전봉준의 혁명에서 금강송의 나라로

안도현

《제비꽃을 알아도 봄은 오고 제비꽃을 몰라도 봄은 간다》

안도현의 초기 시에서 식물은 자주 저항과 혁명의 심상을 수반한다. 이 점은 《제비꽃을 알아도 봄은 오고 제비꽃을 몰라도 봄은 간다》(다선출판사, 2018)에 실리지는 않았지만, 그의 데뷔작인 〈서울로 가는 전봉준〉에서부터 뚜렷했다. 녹두장군 전봉준이 왜군과 관군에 붙잡혀 서울로 압송되는 장면을 노래한 이 시에서 "우리 봉준이"의 북행길을 배웅하는 백성들은 "풀잎들" "들꽃" "잔뿌리" 같은 식물적 이미지로 표상된다. 동물에 비해 식물은 수동적이며 무기력한 존재로 비치기 십상인데, 안도현이 그런 식물에서 저항과 혁명의 에너지를 찾아냈다는 사실은 이채롭다. 그러나 다시 생각해 보면 그도 그럴 법한 것이, 식물의 가장 놀라운 속성 중 하나가 겨울에 죽은 듯이 움츠려 있다가 봄을 맞아 펼치는 신생(新生)의 드라마이기 때문이다. 〈서울로 가는 전봉준〉에서도 "겨울이라 꽁꽁 숨어 우는 우리나라 풀뿌리들이/

입춘 경칩 지나 수군거리며 봄바람 찾아오면/ 수천 개의 푸른 기상나팔을 불어제낄 것"이라거나 "들꽃들아/ 그날이 오면 닭 울 때/ 흰 무명띠 머리에 두르고 동진강 어귀에 모여/ 척왜척화 척왜척화 물결소리에/ 귀를 기울이라"처럼 '봄'과 '그날'을 맞은 식물들의 결집과 봉기를 그린 대목들을 만날 수 있다. 그 점은 이 책에 실린 시들에서도 마찬가지다.

> 우리는 봉선화 조선 싸리나무 울 밑에 사는
>
> 모양이 서툴러서 서러운 꽃
>
> 이 땅 겹겹 어둠 제일 먼저 구멍 뚫고
>
> 우리 봉선화 푸르른 밤 건널 때
>
> 흉한 역적 폭풍우도 맑게 잠재우고
>
> 솟을 꽃이겠다
>
> 터질 꽃이겠다
>
> 세상 짓이길 꽃이겠다
>
> ―〈봉선화〉 부분

> 저기
>
> 오는 봄
>
> 역적같이 오는 우리 봄을 보아라
>
> 얼음 겹겹 근심 쌓인 어깨를 벗고
>
> 기를 쓰고 능선을 넘어오는

참꽃을 보아라

긴 싸움 끝에

그 쓰린 상처 위에

그리하여 눈물짓듯 덥석 가슴에 와 안길 듯

차랑차랑 돋아나는 우리 사랑 보아라

(…)

저 맵디매운 조선 처녀 보아라

돌이킬 수 없는 꽃

―〈참꽃〉 부분

인용한 시들은 둘 다 선연한 이분법 위에 서 있다. 〈봉선화〉에서는 "어둠"과 "폭풍우"라는 부정적 어감의 명사에 "솟을" "터질" "짓이길" 같은 역동적 동사들이 맞선다. 〈참꽃〉 역시 "싸움"과 그로 인한 "상처"를 "사랑"이 위무하고 치유하는 구도를 보인다. 시련의 겨울을 보내고 신생과 환희의 봄을 구가하는 식물의 생리에 사회·역사적 상상력을 입힌 것이다(물론 봉선화는 봄꽃이 아닌 여름 꽃이지만, 이 꽃이 개화하기 전에 거쳐야 하는 '어둠'과 '폭풍우'가 문맥상 겨울 혹한의 대체물이라는 점에서 논지를 근본적으로 훼손하는 변수는 아니라고 보아야 한다).

인용한 시들에서 '조선'이라는 낱말이 거듭 등장한다는 사실 역시 주목할 만하다. 이 말은 분단 이전 한반도가 하나였던 시절, 그리고 지금의 분단을 지나 언젠가 이르러야 할 미래의 통일 한반도를 가리키는 분단 극복과 통일 지향의 국호로 볼 수 있다. "가야 할 나라 아직 멀고" "너무 그리워서 먼 나라로 가고 싶다"(《오랑캐꽃 피기 사흘 전에》)에 나오는 '먼 나라'가 '조선'의 다른 이름일 것이다. 이 책에 실린 시들에는 북방 지향이라 이를 만한 태도들도 자주 등장하는데, 이 역시 분단 극복과 통일 지향의 변형된 형태라 하겠다.

> 아가 아가 아빠는 아직
> 동네 야산 하나도 갖지 못하였구나
> 봉화 한번 제때 못 올린 산봉우리구나
> 부끄러움 다하는 날은 바로 오늘이다
> 쩌렁쩌렁 목청 가꾸어
> 북으로 치달아 가는 산맥이 되거라
> 아가 한국에서 크는 우리 아가
> 큰불을 부르거라
> ―〈산맥노래〉 부분

> 구절초 사무치는 북쪽을 보았는가?
> ―〈구절초의 북쪽〉 부분

> 한 떼의 자작나무가 二道白河를 건너고 있다
> ―〈물 건너는 자작나무〉 부분

'이도백하'란 백두산에서 발원해 연변조선족자치주를 흐르는 하천. 개마고원에 밀생하는 자작나무와 함께 백두산의 제유(提喩)로서 역시 분단 극복과 통일 지향의 심상을 대표하는 대상이다. 백석의 시 구절을 제목 삼은 시집 《외롭고 높고 쓸쓸한》(문학동네, 2004)을 펴냈을 뿐만 아니라 아예 《백석평전》(다산책방, 2014)을 쓸 정도로 북녘 시인 백석에 애정을 지닌 안도현이 역시 백석의 시 〈남신의주 유동 박시봉방〉에 나오는 구절을 제목으로 쓴 시 〈그 드물다는 굳고 정한 갈매나무라는 나무〉 또한 그의 북방 지향을 보여준다 하겠다.

혁명적 봉기와 분출이 아니더라도, 초기 안도현의 식물 시들은 언젠가 올 좋은 세상을 향한 희망과 믿음을 놓지 않는다. 시인은 5월의 단풍나무에서 "손바닥과 손바닥을 합쳐/ 큰 주먹을 이루려는(…)/ 드디어 눈부신 세상이 오는"(〈5월의 단풍나무〉) 가능성을 보며, 길가의 민들레에서도 "먼저 가신 이들 크나큰 발자국 따라/ 서로서로 어깨 대고 걸어"(〈배고픈 날〉)가며 "그대는 나의 세상을/ 나는 그대의 세상을/ 함께 짊어지고/ 새벽을 향해 걸어가겠다는"(〈사랑한다는 것〉) 다짐과 약속을 보아 낸다. '눈부신 세상'과 '새벽'이란 80년대 민중시와 민중가요에서 자주 등장했던, 미래지향적 가치를 담보하는 상징이라 하겠다. 이런 미래지향적 태도와 짝을 이루는 것이 지난 시절 역사적 아픔과 실천을 향한 공감이다. 〈서울로 가는 전봉준〉도 그러했지만, 이 시선집에는 해방 공간과 전쟁통을 뜨겁게 살다 간 이들을 떠올리게 하는 시들이 몇 편 들어 있다.

> 지리산 세석평전
> 철쭉꽃이 먼저 점령했습니다
> 어서 오라고
> 함께 이 거친 산을 넘자고
> 그대, 눈 속에 푹푹 빠지던 허벅지 높이만큼
> 그대, 조국에 입 맞추던 입술의 뜨거움만큼
>
> ―〈철쭉꽃〉 부분

> 그 사람들 발자국 소리 따라가다가 멈춰 선 山竹
> 그 사람들 모여 찬밥 나눠 먹던 자리마다 우거진 山竹
> 그 사람들 파르르 떨리던 눈썹처럼 사각이는 山竹
> 그 사람들 눈 뜨고 죽은 빈 숲 파랗게 밝히는 山竹
>
> ―〈山竹〉 전문

안도현은 시에서 드물지 않게 한자 표기를 드러내곤 하는데, 인용한 시 〈山竹〉에서는 특히 '산죽'의 한자 표기가 한글에 비해 산죽의 형태적 특성에 한층 가까운, 맞춤한 상형적 효과를 발휘한다. 그와 함께, 단 네 행으로 이루어진 이 시에서 매 행을 "그 사람들"로 시작하고 마지막은 "山竹"으로 처리함으로써 반복적 리듬감을 살리고 있다.

반복을 통해 리듬감을 빚어내는 또 다른 사례가 〈3월에서 4월 사이〉라는 작품이다.

> 산서고등학교 관사 앞에 매화꽃 핀 다음에는
> 산서주조장 돌담에 기대어 산수유꽃 피고
> 산서중학교 뒷산에 조팝나무꽃 핀 다음에는
> 산서우체국 뒤뜰에서는 목련꽃 피고
> 산서초등학교 울타리 너머 개나리꽃 핀 다음에는
> 산서정류소 가는 길가에 자주제비꽃 피고
> ―〈3월에서 4월 사이〉 전문

 시인이 교사로 근무했던 전북 장수군 산서면의 봄꽃 차례를 노래한 이 시에서는 학교와 관공서, 주조장과 정류소 등이 한결같이 '산서'라는 지명을 앞세운다는 점에 착안한 일종의 두운(頭韻) 효과, 그리고 "다음에는"과 "피고"가 되풀이되면서 자아내는 리듬감이 두드러진다. 이 리듬감은 독자에게 흥겨운 감흥을 주는 동시에, 차례를 지키며 반복되는 자연의 순환 질서를 지켜볼 때의 안정과 평화, 더 나아가 우주의 섭리를 접하는 깨달음까지를 선사한다. 그런가 하면 〈냉이꽃〉이라는 시는 "네가 등을 보인 뒤에 냉이꽃이 피었다"에서부터 "너도 없는데 냉이꽃이 피었다"까지, '냉이꽃이 피었다'라는 구절로 끝나는 12행을 통해 지천으로 피어 있는 냉이꽃에 대비되어 더욱 선연하고 잔인하게 다가오는 실연의 아픔을 효과적으로 표현한다.

안도현은 《가슴으로도 쓰고 손끝으로도 써라》(한겨레출판, 2009)라는 시작법 책을 낸 바 있다. 시를 쓸 때, 진정성과 함께 손재주라 할 기교 역시 필요하다는 뜻을 담은 제목이라 하겠다. 안도현 시의 매력 중 하나는 바로 그런 감각적 기교를 만날 수 있다는 점이다. 동물이나 식물은 물론 강과 돌처럼 생명이 없는 자연물에도 인격을 부여해 한결 친근한 대상으로 여겨지게 하는 기법은 대표적이다.

> 모과나무는 한사코 서서 비를 맞는다
> 빗물이 어깨를 적시고 팔뚝을 적시고 아랫도리까지
> 번들거리며 흘러도 피할 생각도 하지 않고
> 비를 맞는다, 모과나무
> 저놈이 도대체 왜 저러나?
> 갈아입을 팬티도 없는 것이 무얼 믿고 저러나?
>
> —〈모과나무〉 부분

> 아무것도 가지지 않은 듯 보이는
> 저 갈매나무가 엄동설한에도 저렇게 엄하기만 하고 가진 것 없는 아버지처럼 서 있는 이유도
> 그늘 때문이다
> 그러므로 이제 빈한한 집안의 지붕 끝처럼 서 있는 저

나무를

아버지,라고 불러도 좋을 것이다

　　　—〈그 드물다는 굳고 정한 갈매나무라는 나무〉 부분

　이런 의인법은 지나치면 자칫 시를 가볍게 만들 우려도 있으
나 적절히 사용하면 분위기 전환과 활기 유발의 효과를 거둘 수
있다. 안도현이 자연물에 인격을 부여함으로써 가장 큰 성공을
거둔 작품으로 '어른을 위한 동화'《연어》(문학동네, 1996)를 들
수 있겠는데, 이 시선집에 실린〈강과 연어와 물푸레나무의 관
계〉는 바로 그 작품을 떠올리게 하는 시여서 흥미롭다.

물푸레나무 가지 끝에 알을 낳으려고

연어는 알을 낳은 뒤에 죽으려고

죽은 뒤에는 이듬해 봄 물푸레나무 가지 끝에

수천 개 연초록 이파리의 눈을 매달려고

연어는 떼지어 나무를 타고 오른다

나뭇가지가 강줄기를 빼닮은 것도 바로 그 때문이다

　　　—〈강과 연어와 물푸레나무의 관계〉 부분

　나뭇가지가 강줄기를 빼닮았고 강물을 거슬러 오르는 연어가
그렇게 닮은 나뭇가지를 타고 오른다는 상상력은 나뭇가지와 강
줄기 사이의 시각적 유사성에 기반한다. 은유든 제유든 비유의

힘은 견주는 두 대상 사이의 거리가 멀수록 반비례해서 커지는
경향이 있다. 전혀 닮거나 어울릴 것 같지 않은 두 대상 사이에서
유사성을 찾아냈을 때 시인은 득의의 미소를 지을 법하다. 똥과
꽃을 포갠 과감한 발상이 돋보이는 아래의 시를 쓸 때 안도현이
그러지 않았을까.

나 오래 참았다
저리 비켜라
말 시키지 마라

선운사 뒷간에 똥 떨어지는 소리
—〈동백꽃 지는 날〉 전문

그런가 하면 〈공양〉 역시 특정 단위로 계산되지 않는 것들을
수량화하고 음식이 아닌 것들을 '공양'이라는 범주 안에 묶는 파
격적 발상으로 득의의 시적 효과를 거두는 데 성공한 작품이다.

싸리꽃을 애무하는 山벌의 날갯짓소리 일곱 근

몰래 숨어 퍼뜨리는 칡꽃 향기 육십 평

꽃잎 열기 이틀 전 백도라지 줄기의 슬픈 微動 두 치 반

외딴집 양철지붕을 두드리는 소낙비의 오랏줄 칠만 구
천 발

한 차례 숨죽였다가 다시 우는 매미 울음 서른 되

―〈공양〉 전문

  이렇게 자연물에 인격을 부여하고, 먼 거리의 두 대상을 하나
의 심상으로 포개 놓는가 하면, 계산할 수 없는 것을 계산하는 등
온갖 재주(?)를 뽐내는 시인이지만, 그에게도 '흑역사'가 있었다.
서른다섯 살 될 때까지 애기똥풀을 모르고 살았고, 형태가 비슷
하고 개화 시기도 같은 쑥부쟁이와 구절초를 구분하지 못했던
것. 그런 자신을 자책하는 시 두 편은 읽는 이로 하여금 슬그머니
웃음을 깨물게 한다. '나'를 희생해서 애기똥풀과 쑥부쟁이·구
절초를 부각시키는 겸양, 그리고 자기 자신과 절교한다는 발상
의 전환이 돋보인다.

애기똥풀도 모르는 것이 저기 걸어간다고
저런 것들이 인간의 마을에서 시를 쓴다고

―〈애기똥풀〉 부분

쑥부쟁이와 구절초를
구별하지 못하는 너하고

이 들길 여태 걸어왔다니

나여, 나는 지금부터 너하고 絶交다!

—〈무식한 놈〉 전문

식물에 적대적인 시인이 있을까마는, 안도현은 초기 시부터 근작에 이르기까지 유난히 식물을 즐겨 다루어왔다. 풀과 꽃과 나무 등 식물은 그에게 다양한 상상력의 원천으로 작용했지만, 기본적으로는 가르침과 위안을 주는 '어른'의 면모를 지닌 것으로 그려진다.

나보다 오래 살아온 느티나무 앞에서는
무조건 무릎 꿇고 한 수 배우고 싶다

(…)

나 외로운 날은 외변산 호랑가시나무 숲에 들어
호랑가시나무한테 내 등 좀 긁어 달라고, 엎드려 상처받
고 싶다

—〈나무 생각〉 부분

일생 동안 나무가 나무인 것은 무엇보다도 그늘을 가졌

기 때문이라고 생각해 본 적이 있다

(…)

말과 침묵 사이, 혹은

소란과 고요 사이

나무는 저렇게

그냥 서 있다

—〈그 드물다는 굳고 정한 갈매나무라는 나무〉 부분

시선집 맨 뒤에 실린 〈울진 금강송을 노래함〉과 앞에서 두 번째 작품인 〈歸〉를 함께 읽으면서 글을 마무리하도록 하자. 이 시집의 시들이 대체로 발표 순서대로 엮였다는 사실을 염두에 둔다면 이 두 편은 안도현의 초기 시와 최근작에 해당하는 작품들이라 하겠다.

아침에 한 나무가 일어서서 하늘을 떠받치면

또 한 나무가 일어서고 그러면

또 한 나무가 따라 일어서서

하늘지붕의 기둥이 되는

금강송의 나라,

—〈울진 금강송을 노래함〉 부분

어느 날 내가 앉아 있는 의자에서 나뭇잎이 돋아나고

금세 우리들의 교실은 학교 안에 울창한

참나무숲을 이루리라 그리고 어느 날 저녁식사 시간이면

옹기그릇은 한덩이 진흙으로 풀어지고 숟가락은

밥과 국물을 버리고 출렁이는 鑛脈 속으로 되돌아가리라

─〈歸〉부분

〈울진 금강송을 노래함〉에서 장려하게 묘사되는 "금강송의 나라"는 안도현 초기 시에서 노래된 혁명, 그리고 80년대적 통일 국가와 통하면서도 색깔을 달리한다. 한마디로, 이념적 색채가 옅어지고 대상이 되는 나무 본연의 특성에 직핍하는 쪽으로 변모한 것이다. 식물이 혁명에 '동원'되기보다는 식물 본연의 속성만으로 충분히 건설적·희망적 메시지를 전달할 수 있게 되었달까. 도식적으로 말해 본다면, 금강송이 경복궁의 대궐 기둥이 되어 지붕을 떠받치는 대신 숲속에 자리한 그 모습 그대로 하늘을 떠받치는 '나라'를 최근의 안도현은 노래한다고 볼 수도 있겠다. 이런 점은 초기 시 〈歸〉에서 의자와 그릇, 숟가락 같은 인공물이 나무와 흙과 광물로 돌아가는 회귀적 움직임과도 통한다 하겠다. 그리고 다시 이것은 최근 고향 예천으로 돌아가고자 하는 시인의 귀향 의지로도 이어지는 느낌이다. 일찍이 대학에 진학하면서부터 고향을 떠나 낯선 땅 전라도에서 생활해왔고 이제는 아예 '전라도 사람'으로 여겨지기까지 하는 그이지만, 최근 그는 고향 예천으로 돌아갈 꿈을 꾸고 있는 것으로 알려졌다. "내 스

1부 작가와 작품

스로 살아온 날들을 펼쳐 보지 않는다면/ 어느 누가 추억 속에 숨어 있는 우리 고향을 만나리"(〈歸〉)에서 보듯 안도현이 초기 시에서부터 언젠가의 귀향을 향한 각오를 피력했다는 사실이 새삼스럽다. 김제·만경 평야 전봉준의 혁명에서 울진 금강송의 나라로. 안도현 식물 시의 기원에서 잠정적 종착점까지의 행로를 이렇게 요약해 볼 수 있지 않을까.

(2018)

보이는 것 너머에 다른 세계가 있다

황현산

난해하고 소란스러운 '미래파' 시들에 문단 안팎에서 수상쩍은 시선이 쏟아지던 2000년대 중반, 중견 평론가 황현산은 〈'완전소중' 황병승〉이라는 평론을 계간 〈창작과비평〉에 발표하면서 미래파의 든든한 후견인으로 나섰다. 《여장남자 시코쿠》(2005)라는 전위적인 시집으로 미래파의 대표 주자로 떠오른 황병승의 시 세계를 적극 옹호하는 글이었다.

얼마 전 출간한 생애 첫 산문집 《밤이 선생이다》(난다, 2013)가 최근 젊은 문인들 사이에 '필독서'로 회자되면서 황현산 고려대 명예교수에게는 '완전소중 황현산'이라는 별칭이 따라붙었다. 〈한겨레〉와 〈국민일보〉에 쓴 칼럼과 강운구와 구본창의 사진에 관해 쓴 산문 등을 모은 이 책은 6월 말에 나온 뒤 지금까지 4쇄를 찍으며 산문집으로는 이례적일 정도로 인기를 모으고 있다. 산문집 출간 이후 그는 신문 및 잡지 인터뷰와 방송 출연, 독자와의 만남 행사 등으로 웬만한 시인·소설가 못지않게 바쁜 일정을 소화하고 있다. 8월 12일 오후 서울 인사동의 한 음식점에서 그를 만나 시와 문학에 대해, 그리고 상상력과 현실의 관계 등에 관해 말을 들어보았다. 시인 겸 소설가 김선재, 시인 안희연 등이 '팬으로서' 동석했다.

본업인 평론집에 비해 산문집에 독자들이 더 열광적인 반응을 보이는 것이 혹시 서운하지는 않나?

"역시 비평보다는 산문을 읽는 독자들이 많다는 사실을 새삼 확인했다. 독자들 사이에 비평집은 거의 문단 내의 일로 치부되는 반면 산문집은 사회 전체의 관심사로 받아들여지는 분위기가 있는 것 같다. 문학의 사회적 영향력이 그만큼 줄었기 때문이라고 생각하면 서운하기도 하지만, 다른 한편으로는 산문집이 문학과 바깥 사회를 매개하는 구실을 하는 것 같아 그나마 다행스럽다는 생각도 든다."

'밤이 선생이다'라는 제목은 어떤 의미를 담은 것인가?

"'밤은 선생이다'라는 문장이 단순히 밤의 신분을 말해 준다면, '이'라는 주격조사는 전혀 다른 뉘앙스를 지닌다. 다른 어떤 것도 아닌, 오직 밤만이 선생이라는 뜻이 되는 것이다. 낮이 논리와 이성, 합리성의 시간이라면 밤은 직관과 성찰과 명상의 세계, 의견을 종합하거나 이미 있던 의견을 한 단계 끌어올리기 좋은 시간이라는 뜻을 담고 싶었다. 개인적으로는 글 쓰는 작업을 낮보다는 밤에 주로 하는 쪽이기도 하다."

그는 보통 오전 6시에 잠자리에 들었다가 정오가 조금 넘은 시각에 일어난다. 요즘은 좀 당겨져서 오전 4~10시 수면 리듬을 지키고 있다. 대학원을 다니면서 출판사 편집장으로 밥벌이를 하던 시절에는 차마 그럴 수 없었지만, 1980년대 초 대학 강단에 서기 시작하면서부터는 줄곧 이런 패턴을 지켜오고 있다.

"낮에는 주로 책을 읽거나 사무를 보지 않으면 주변 환경을 정리하는 것으로 시간을 보낸다. 밤에도 초저녁에는 대개 책을 읽고, 자정이 넘어서야 비로소 글을 쓰게 된다. 그때쯤이면 사방이 조용하고 바깥으로부터의 간섭도 없어지므로 글쓰기에 집중할 수 있기 때문이다."

고려대 불문과에서 정년퇴직(2010년 8월 말)했는데, 퇴직 이후 자유로워진 상황에서 특히 하고 싶은 일이 있다면?

"나 자신은 평론이나 칼럼보다는 번역이 내 본업이라 생각하고 있다. 특히 프랑스 상징주의에서 초현실주의까지의 중요하고도 난해한 문헌들을 정확하게 번역하고 풍부하게 주석을 다는 게 내가 가장 자신 있게 할 수 있는 일이다. 여

기에 전력을 투구하고 싶은데, 비평이니 칼럼이니 시집 해
설이니 하는 일들 때문에 온전히 집중하기가 어렵다. 사실
내가 이렇게 말하면 문인들은 서운해하기도 한다.(웃음)"

황현산은 비평집《잘 표현된 불행》(2012)과 비슷한 무렵에 앙
드레 브르통의《초현실주의 선언》(미메시스, 2012)을 방대한 주석
을 곁들여 번역해 낸 것을 비롯해 스테판 말라르메의《시집》(문
학과지성사, 2005), 기욤 아폴리네르의《알코올》(열린책들, 2010),
드니 디드로의《라모의 조카》(고려대학교출판부, 2001) 등의 명 번
역자로도 잘 알려져 있다. 그는 동료 및 후배 불문학자들과 함께
보들레르 전집을 내기로 하고 산문시와《악의 꽃》을 맡아 작업
하고 있으며, 이밖에도 랭보 전집과 로트레아몽 전집, 말라르메
전집 등을 혼자서 또는 협업으로 번역해 낼 계획이라고 밝혔다.
"비평 작업이라는 현장이 없다면 프랑스 문학을 번역할 이유가
없고, 비평에서 길러진 감각이 거꾸로 번역에도 도움이 된다는
점에서 사실 번역과 비평은 안팎의 관계"라고 그는 덧붙였다.

**프랑스 상징주의와 초현실주의에 그토록 매달리는 까닭은 무엇인가? 그
것들은 우리 문학에 어떤 의미를 지니는지?**

"상징주의와 초현실주의는 얼굴 가린 귀신과 같아서 괜히
사람들을 겁먹고 주눅 들게 만든다. 한국문학이 모종의 서
구 콤플렉스를 벗어버리려면 상징주의와 초현실주의를 밑

바닥까지 파헤쳐야 한다. 그러자면 무엇보다 일차 텍스트
를 온전하고 정확하게 우리말로 갖추어 놓을 필요가 있다."

**상징주의와 초현실주의는 일반인은 물론 전문 문인들에게도 까다롭고
부담스럽게 다가오는 것 같다. 그 세계를 조금 쉽게 풀어 설명해 준다면?**

"한마디로 말해서 우리 눈에 보이는 것 바깥에 다른 세계가
있다는 생각이 바로 상징주의다. 그런데 우리는 그 다른 세
계를 눈에 보이는 것을 통해서만 알 수 있을 뿐이다. 보이는
것으로써 그 너머의 것을 봐야 하는 데에서 오는 난해함이
상징주의의 까다로움이다. 감각이 실제로는 그 다른 세계
자체라는 것이 상징주의의 핵심이다. 그리고 프로이트의
무의식 이론과 결합시켜서 그것을 확대하고 극단으로 밀고
나간 게 초현실주의다. 이런 것을 정확하게 알려주면 상징
주의니 초현실주의에 지레 겁먹을 필요가 없어진다."

전쟁 무렵 가족과 함께 목포 앞 다도해 중 한 섬인 비금도로
들어가 그곳에서 성장한 그는 초등학생 때부터 고교생 대상 문
학잡지인 〈학원〉에서 도피처를 찾는 조숙한 아이였다. 목포에서
보낸 고교 시절에 접한 중역판 랭보 시집은 그에게 "모르긴 해도
언어가 지닌 마술 같은 힘을 느끼게" 했다. 역시 고교 시절 목포
에서 김지하·최하림 등이 무대에 올린 연극 〈고도를 기다리며〉
를 본 경험도 "고달픈 현실이지만 적어도 '문학'이라는 탈출구

는 있다"라는 생각을 그에게 심었다. 국문학과 진학을 염두에 두었던 그에게 "세로 글쓰기의 세계와 가로 글쓰기의 세계가 다르다"라며 외국문학과 진학을 권유했던 선생님의 조언이 나중의 불문학자 황현산을 가능하게 했다.

평론가로서 데뷔도 남들에 비하면 한참 늦었는데?

"출판사 편집장을 하면서 대학원을 다니고 결국 대학에 자리를 잡게 되었지만, 학위논문을 마칠 때까지는 다른 글을 쓸 시간도 여유도 없었다. 다행히 사십 대 중반에 정식 등단 과정 없이 평론 성격의 글을 발표하면서 평론가로 행세하기 시작했다. 일단 나오고 나면 전심전력을 다해야 하는 게 이 세계다. 더구나 나처럼 늦게 시작한 사람은 '젊음'을 핑계 대고 어수룩한 글을 쓸 수도 없는 처지다. 돌이켜 보면 비평가로 나와서 처음 3~4년 동안 쓴 글들이 나로서는 가장 공력을 들였고 따라서 스트레스도 많이 받은 것들이었다."

독자에게 불친절하고 거칠다고 비판받는 '미래파' 시인들을 적극 옹호하면서 논란에 휩싸이기도 했다. 미래파의 문학사적 위치와 의미를 어떻게 볼 수 있나?

"1980년대까지는 가장 훌륭한 재능들이 정치시를 썼다. 암울한 시대 상황이 그것을 요구했기 때문이었다. 시대가 바뀌고 시 내부에서도 정치시가 힘과 영감을 잃은 뒤, 정치시를 쓰던 이들이 전원시를 쓰기 시작했다. 농촌 현실에 대한 관심이니 생태주의 담론이니로 합리화하면서 마치 그것이 정치시의 연장인 척했지만, 사실은 농경적 정서에서 크게 벗어나지 못한 것들이었다. 그런 상황을 뚫고 나온 게 황병승·강정·김경주·김이듬 같은 젊은 시인들의 시였다. 이들은 사회를 변혁시키는 것과 언어를 변혁시키는 것이 같다는 것, 언어가 가진 힘을 이동시키는 것이 사회의 힘을 이동시키는 것과 같다는 걸 증명했다. 용산사태 때 누구보다 이들이 가장 열심히 싸웠다는 사실이 그들의 생각이 틀리지 않았음을 입증한다."

《밤이 선생이다》에서 미학적 감수성과 정치적 감수성을 일치시키고자 노력하는 면모가 인상적이었다. 현실에서 그 둘은 어떻게 하나로 연결될 수 있나?

"미학적이든 윤리적이든 절대적으로 완벽한 세계를 상정하고 환각으로서 그 세계를 보여주는 게 바로 시다. 그런데 그 환각은 환각으로서 그치는 게 아니라 현실에 대한 구체적 실천명령이 된다. 우리가 완벽하고 찬란한 어떤 것을 상상하는 것은 그런 것이 물질과 현실 속에 이미 있기 때문이라고 나는 생각한다. 그런 점에서 나는 유물론자다. 일단 아름답고 완벽한 세계를 보고 나면, 현실에서 벽에 부닥치고 실패하더라도 크게 문제가 되지 않는다. 우리에게는 그런 아름다운 세계에 대한 꿈이 있기 때문이다. 신비주의자 같은 말일지도 모르겠지만, 사람들이 머릿속으로 생각한 것은 설사 밖으로 표현되지 않아도 어떤 식으로든 세상사에 영향을 끼친다고 나는 생각한다. 내가 어떤 생각을 하는 건 이미 세상에 그런 물질적 기반이 조성돼 있기 때문인 것이다."

마지막으로 최근 문단에서 벌어지고 있는 시의 정치성 논의 또는 문학과 현실의 관계에 대한 생각을 듣고 싶다.

"내 얘기를 하자면, 나는 가난한 농촌과 도시 변두리에서 컸기에 늘 그런 현실에서 탈출하려 애썼지만 시민으로서 그런 현실을 모른다는 것은 바보라 생각한다. 또한 동시에 그 현실에 붙들려서 아무 전망도 세우지 못하는 것 역시 우둔한 짓이다. 나는 정치·사회 현실에 무지하거나 무관심한 문인을 경멸한다. 그렇지만 나는 젊은 작가들에게 결코 직접적으로 정치적인 작품을 쓰지는 말라고 조언한다. 그 과정에서 그가 지닌 문학적 힘을 소진시키게 될 것이기 때문이다. 실제 현실에서는 구체적으로 정치적이어야 하지만, 작품은 본질적으로 정치적이어야 한다고 생각한다. '본질적으로 정치적'이라 함은 인간 존재의 가장 밑바닥에서부터, 작지만 오래 영향을 주어서 인간 자체를 바꿔 놓는 것을 말한다. 문학의 역할이 바로 그런 것이다."

(2013)

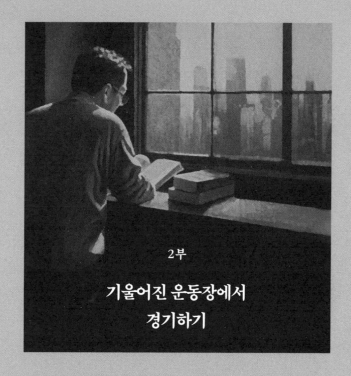

2부

기울어진 운동장에서
경기하기

반세기의 의연함

〈현대문학〉

600호에 부쳐

'2004년의 책'으로 잡지를 꼽는다면, 반칙이 되는 걸까? 내가 꼽고 싶은 책은 월간 〈현대문학〉 2004년 12월호다. 통권 600호.

눈치 빠른 이들은 짐작했겠지만, 월간지의 통권이 600호라면 만 50년을 채웠다는 뜻이다. 물론 그 50년 동안 단 한 번의 결호도 없어야 한다는 전제가 충족되어야 하겠지만 말이다.

1955년 1월호로 창간된 〈현대문학〉은 2004년 12월호에 이르도록 단 한 호도 거르지 않고 마침내 통권 600호의 탑을 쌓았다. 당연히, 단지 50년과 600호라는 숫자만으로 감탄할 일은 아니다. 그 숫자를 채우고 있는 내용이 중요할 터인데, 〈현대문학〉은 숫자에서만이 아니라 내용에서도 기념할 만한 족적을 거느리고 있다. 통권 600호인 12월호에서 그것을 확인할 수 있다.

'기념특대호'로 발행된 〈현대문학〉 2004년 12월호는 무려 750쪽이 넘는 두툼한 분량을 자랑한다. 이즈음 이 잡지의 쪽수가 통상 300쪽을 조금 넘는 정도임을 감안한다면 가히 파격적이다. 특대호는 성격상 크게 두 부분으로 나뉜다. 지난 50년 동안 이 잡지에 실렸던 글들 가운데서 가려 뽑은 글들로 꾸며진 앞부분, 그리고 역시 지난 50년 동안 이 잡지의 총색인을 정리한 뒷부분이 그것이다. 앞부분, 뒷부분이라 했거니와 특대호는 과거 세로쓰기 시절의 편집 방식을 취하고 있는 점이 무엇보다 두드러진다. 그러니까 오른쪽 위에서부터 아래로 내려가면서 읽어야 한다. 대체로 아래위 2단 조판으로 되어 있고 수필 등의 경우에는 3단, 드물게는 4단 편집까지도 동원하고 있다. '올드 팬'들의 향수를 자극할 법한 이런 편집 기교의 절정은 좌우 양쪽에서부터 안으로 접어 넣도록 한 2도 색상의 목차라 해야 하리라. 그 목차의 바깥에는 박완서 씨와 최일남 씨의 근작 소설, 그리고 그역시 얼마 전에 나온 김춘수 시인의 전집 등 책 광고가 실렸는데, 한자를 부러 살려 씀으로써 잡지 전체의 고전적인(?) 감각과 조응하도록 배려한 센스가 돋보인다. 신인 추천작품 모집과 구독 안내 광고는 아예 토씨를 빼고는 온통 한자로 일관했다.

형식에 관한 소개는 이 정도로 줄이고, 이제는 내용을 들여다보기로 하자. 색인을 제하고 450쪽이 조금 못 되는 본문은 〈현대문학〉 50년사의 족적을 더듬고 추억을 환기시키는 방향으로 꾸몄다. 손창섭·김동리·장용학·황순원·이범선·박경리·이문구의 소설, 서정주·김종길·유치환·김춘수·박재삼·박두진·박용래 등의 시, 양주동·피천득·김수영 등의 에세이와 조연현의 평론, 한용운·김동인·현진건·최서해·이육사·이상을 회고한 글들, 최일남·이제하·정현종·유종호 등의 신인(!) 당선소감이 발표 당시 표기법대로 실려 향수를 북돋운다.

평론가 김현과 시인 황동규가 서로에 대해 쓴 '상호 데쌍'은 1973년 8월호에 실렸던 것들로, 기념호에 재수록된 글들 가운데는 비교적 최근작에 해당한다. '싫은 놈이다'라는 제목 아래 김현을 그린 황동규의 글, 그리고 '루오의 광대'를 제목 삼아 황동규를 소묘한 김현의 글은 반어적 유머와 재치로써 우정을 한껏 과시한 샘나는 글들이다. "나는 도대체 김현이가 싫다"라고 황동규가 운을 떼자, 내 그럴 줄 알았다는 듯 김현은 한술 더 뜨고 든다. "이렇게 쓰면 황순원 선생께서 화를 내실지 모르지만 그의 기를 죽이기 위해서 쓰는 것인데, 나는 그와 사귀기 전에 그의 부친을 모시고 술좌석에 앉은 적이 많았다." 일단 뻐딱하게 시작한 글들은 갈수록 점입가경이다.

> 그의 돗수 높은 안경이 싫고, 안경 뒤에 노루처럼 순해 보이는 눈이 싫고(안경 끼고 눈이 순한 사람은 경계할 일이다), (…) 그는 좀처럼 화를 내는 일이 없다. 요컨대 그는 음험하다. 그의 글을 읽어본 사람은 알겠지만 그는 교묘하게 감춰진 문맥으로 남을 공격하곤 한다. (…) 그놈 때문에 자기 작품의 비밀이 밖으로 드러나는 불쾌감을 맛본 시인이나 소설가가 꽤 있으리라 생각된다. (…) 나보다 자타가 공

인하는 하수인데도 승률이 비슷한 그의 바둑이 싫다.

여하튼 그런 사실에 대해 나는 그가 자주 콤플렉스를 느껴주기를 바라는 사람이다. 하지만 그는 지나치게 파렴치한 데가 있어서 그것을 전혀 무시하고 달겨든다. (…) 그는 후안무치한 녀석이다. 나보다 한 급 정도는 급수가 낮은 바둑을(!) 맞수라고 악착같이 주장할 때나 (…) 서정주와 김수영이 있는 한 그는 자기가 제일 시를 잘 쓴다고는 소리 지르지 않겠지만, 그들만큼은 쓴다고 속으로 자부할 것이다. 엉큼한 놈이다.

각설하고, 〈현대문학〉이 무려 반세기 동안 건재할 수 있었던 비결은 무엇일까. '창간사'의 한 대목에서 그 답을 찾아보고 싶다. "본지는 현대라는 이 역사상의 한 시간과 공간을 언제나 전통의 주체성을 통해서만 이해하고 인식할 것이다. 즉 과거는 언제나 새로이 해석되어야 하며 미래는 항상 전통의 결론임을 잊어버리지 않겠다는 것이 그것이다." 전통과 현대, 과거와 미래 사이의 조응과 연속성이야말로 〈현대문학〉의 오랜 생명력을 보장한 가치가 아니었을까.

〈현대문학〉은 물론 보수 문단의 잡지였고, 그 점은 〈현대문학〉과 거의 동일시되다시피 하는 평론가 조연현의 문단 활동에서도 짐작할 수 있음이다. 그러나 이번 기념호에도 실린 조연현의 대표 평론 〈삶의 몸부림으로서의 비평〉은 비록 과학적 엄밀성이 떨어진다는 지적은 받을 수 있을지언정, 반드시 보수주의적 문학관의 표방으로만 볼 필요는 없어 보인다. "비평이란 누가 뭐라고 어렵게 풀이해도 그것은 자신의 인생적 경륜이 다른 그것과의 교섭이나 충돌에서 빚어지는 문학적 산물"이라는 정의는 보수주의적이라기보다는 모호한 대로 '인생파적'이라 규정할 만한 태도라 할 것이다. 〈현대문학〉이 50, 60년대의 최일수와 이철범, 70, 80년대의 구중서와 임헌영 등 진보적 평론가들에게 문호를 활짝 열었던 데서도 이 잡지의 '열린 보수주의'를 짐작할 수 있음이다.

모쪼록 한국 현대문학의 반세기를 주도해온 〈현대문학〉이 앞으로의 반세기 역시 의연히 이끌어가기를 바라 마지않는다.

(2005)

一부기

〈현대문학〉은 2024년 2월 기준 통권 830호를 맞았다.

한국 소설,
장편으로 진화하라

1

이 글은 〈한겨레〉 2007년 1월 1일 치에 실린 최 아무개의 기명 칼럼 '한국 소설, 장편으로 진화하라'에서부터 비롯되었다. 한국 소설의 지나친 단편 편향을 지적하고 장편 위주로 소설 문단을 재편해야 한다는 취지를 담은 그 칼럼에 대해 주변에서 대체로 동의한다는 반응을 보였고, 그 결과 지금 이 글을 쓰기에 이른 것으로 나는 이해한다.

한국 소설의 단편 편향 지적이 새삼스러운 것은 아니다. 내 칼럼 역시 결코 독창적이거나 남들이 미처 생각하지 못했던 창의적인 내용을 담은 것은 아니었다. 그렇지만 누구나 알고 공감하던 문제를 공론의 장으로 끌어냄으로써 생산적인 논의를 촉발시킨 정도의 구실은 한 것이라 자부한다. 그 칼럼이 나간 뒤 문단 안팎에서 만난 이들은 한결같이 칼럼의 취지에 공감하면서 이런

저런 조언을 들려주었다. 작가와 평론가, 독자가 두루 망라된 그들의 조언이 장편소설에 관한 내 생각을 좀 더 발전시키는 데 도움을 주었다. 이 글은 〈한겨레〉에 실린 내 칼럼에 바탕을 두되 그에 대한 주변의 반응을 참조하여 보완한 것이다. 한국 문단의 제도적 현실이 장편보다는 단편에 어떻게 쏠려 있는지를 비판적으로 점검하고 나아가서, 가능하다면, 그에 대한 대안을 제시해 보려는 것이 이 글의 목적이다.

2

한국에서 소설가로 등단하는 대표적인 방식은 신춘문예나 잡지의 신인상에 당선하는 것이다. 그리고 신춘문예나 잡지 신인상의 소설 당선작은 단편 일색이며 간혹 중편이 포함되는 정도다. 물론 신인을 대상으로 한 장편소설 공모가 없지 않고 최근 들어서는 점차 증가하는 것이 사실이다. 아울러, 서구의 경우처럼 출판사에 투고된 장편소설을 바로 단행본으로 출간함으로써 소설가로 등단하는 사례도 드물지만 발견된다. 그러나 제도권 내에서 소설가로 받아들여지는 주된 방식은 여전히 신춘문예나 잡지의 신인상 당선이라 할 수 있다. 그러니까 소설가가 되기 위해서는 우선 단편을 잘 써야 한다는 등식이 성립한다. 그러다 보니 대학 문예창작과나 문화센터의 소설 창작반에서는 심사위원의 마음에 들 만한 단편을 쓰는 훈련에 치중하게 마련이다. 소설가 지망생들은 짧게는 1, 2년에서 길게는 4년 남짓 동안 '잘 짜인'

단편소설을 쓰는 훈련을 거치고 그 과정에서 재능과 노력이 따라 줄 경우 뛰어난 단편 작가로 성장하게 된다(흔히 '신춘문예용'이라고 비아냥조로 불리는, 천편일률적인 스타일의 당선작들이 지니는 문제는 이 글의 논지와는 맥락을 달리하는 것이므로 여기서는 상론하지 않는다).

알다시피 단편은 같은 소설이라고는 해도 장편과는 태생부터가 다르다. 단편이 단일한 주인공과 사건, 갈등을 촘촘하게 짜 나가는 반면 장편은 복수의 주연급 인물들을 등장시켜 복잡다기한 사건의 연쇄를 유장하게 이어 간다. 단편이 문체와 상징 같은 언어미학을 좀 더 추구하는 반면, 장편은 흥미진진한 이야기 전개와 깊은 주제의식으로써 승부를 보고자 한다. 우리는 두 장르를 단지 길이의 장단에 따라 구분할 따름이지만, 가령 영어에서는 'novel(장편)'과 'short story(단편)'로 명칭에서부터 차이를 두고 있다. 명칭의 차이는 그 두 장르의 관계에 관한 무의식을 반영하는 것일 수도 있다. 우리는 단편과 장편의 차이란 단지 길이에만 있다고 보는 반면, 영어권 등 서구에서는 두 장르를 아예 다른 종류라고 판단한다는 뜻일 수도 있는 것이다.

단편과 장편의 관계에 관한 이런 두 가지 태도 가운데 어느 쪽이 더 진실에 가까운지는 별도의 검토가 필요할 것이다. 여기서는 논의의 필요상 단편과 장편이, 적어도 우리가 생각하는 것 이상으로, 동질성보다는 차이를 지니는 별개의 장르라는 쪽에 무게를 두어 얘기해 보고자 한다. 왜냐하면 우리네 창작 수련 과정에서는 '단편을 쓰다 보면 자연스럽게 장편 역시 쓰게 된다'는 식의 태도가 암암리에 통용되는 것 같기 때문이다. 그렇지만 뛰어난 단편 작가가 곧 뛰어난 장편을 쓴다고 보장할 수 없는 것이 엄연한 사실이다. 실명을 거론해서 민망하지만, 한국 현대문학을 대표하는 미학주의적 단편 작가들인 김승옥과 오정희가 단편의 성가에 어울리는 장편을 내놓지 못하고 있음을 기억할 일이다. 단편은 흠잡을 데가 없는데 장편은 어딘지 허술하고 불안한 작가들도 적지 않다. 논의의 공정성을 위해서라면, 그런 불균형의 작가들보다는 단편과 장편을 아울러 잘 쓰는 작가들도 많다는 사실을 지적하고 넘어가야 할 것이다(단편보다는 장편에 치중하는 작가들 역시 없지 않다. 아니, 최근 들어서는 그 숫자가 점차 느는 추세다. 이들에 대해서는 이 글의 논지 내에서는 특별히 비판적으로 지적할 까닭이 없으므로 더 이상 언급하지 않는다).

여기서 강조하고자 하는 것은 단편을 잘 쓴다고 해서 장편 또한 잘 쓰리라는 보장이 없다는 점이다. 좋은 장편을 쓰려면 처음부터 장편 위주의 창작 수련이 필요할 것이라 생각된다. 그러나 대학 문예창작과나 문화센터 소설창작반 같은 곳에서 장편 창작을 지도한다는 말을 들은 적이 없다. 그것은 창작 수업을 제한된 시간 안에 마무리해야 한다는 사정과 함께, 문단 등용문을 통과하기 위해서는 장편보다는 단편 실력이 요구된다는 사정에도 기인할 것이다(처음부터 장편에 주력하는 작가들은 대체로 국내외 장편소설들을 열심히 읽어 창작 수련을 대신한다). 장편보다 단편에서 능력을 발휘하는 이들의 문제는 한국 소설가들 대부분의 문제일 수 있다. 단편 위주 창작 수업기를 거치다 보니 단편만큼의 완성도를 지닌 장편을 쓰는 데 애를 먹는다는 뜻이다. 흔히 장편을 쓰기 위한 훈련으로서 단편을 쓴다고도 하는데, 그 말이 꼭 맞지는 않다. 단편 쓰기에 길들여지는 동안 장편을 쓰는 데 필요한 리듬과 정력을 소진시킬 수도 있다. 유난히 조로의 전통이 두드러진 우리 문단에서 등단 이후 두어 권 분량의 단편을 쓰는 5, 6년 동안 소설 쓰기의 재능과 열정을 거의 탕진하다시피 한 뒤 정작 장편을 쓸 차례가 되어서는 더 이상의 의미 있는 작업을 하지 못하는 작가들의 사례는 그 얼마나 많았던가.

오해해서는 곤란하다. 나는 지금 장편에 비해 단편이 열등하다는 주장을 하는 것이 아니다. 단편은 장편과 다른 독자적인 매력과 장점을 지닌 장르다. 앞서 국내의 미학적 단편 작가들을 몇 거론했지만, 외국의 경우에도 장편이 아닌 뛰어난 단편으로 인정받는 작가들이 없지 않다. 무라카미 하루키가 일본어 번역을 맡았다고 해서 더욱 유명해진 미국 작가 레이먼드 카버, 카버의 선배 격인 〈마지막 잎새〉의 작가 오 헨리, 그리고 〈마지막 수업〉의 알퐁스 도데 등이 대표적이다.

3

이제 등단 이후의 문제를 살펴볼 차례다. 신춘문예나 잡지 신인상 등을 통해 일단 등단의 관문을 뚫은 소설가는 거의 전적으로 문예지에 발표 지면을 의지한다. 다시 말하자면 한국 문단은 거의 완벽하게 월간지나 계간지 같은 문예지의 지배를 받고 있다. 문예지는 시인, 소설가들의 신작을 싣고 그에 대한 평을 게재하며 특정 시기 문단의 흐름을 정리하고 쟁점을 부각시키는 등의 일을 한다. 문제는 대부분의 문예지가 장편보다는 단편이나 중편을 선호한다는 점이다(단편에 비한다면 중편 역시 그다지 환영받지 못하는 것이 현실이다). 그것은 짧게는 한 달에서 길게는 석 달에 이르는 잡지 발행 간격에도 기인하는 문제일 것이다. 어쨌든, 잡지들은 한 호에서 완결되는 단편이나 중편을 선호하며 장편 전재 또는 분재에는 상대적으로 인색한 편이다. 한국문학에서 조세희의 《난장이가 쏘아올린 작은 공》이나 윤흥길의 《아홉 켤레의 구두로 남은 사내》(창비, 1977), 김소진의 《장석조네 사람들》과 같은 연작소설이 발달한 것은 이러한 잡지의 생리와도 무관하지 않다고 나는 생각한다. 물론 작가 쪽의 사정도 없지는 않을 것이다. 작가들은 다른 수입이 생기는 일을 작파하고 짧게는 몇 달에서 길게는 몇 년이 걸리는 장편 집필에만 매달릴 시간적·경제적 여유가 없고, 잡지는 잡지대로 장편을 분재하기보다는 연작의 일부이지만 독립적인 단편으로도 성립 가능한 연작 단편을 선호하는 것이다.

여기에다가 양대 월간지 〈현대문학〉과 〈문학사상〉이 주관하는 권위의 현대문학상과 이상문학상이 수상 대상을 단편 내지는 중편으로 제한하는 것도 한국 소설의 단편 위주 풍토를 조장한다. 이 두 상 말고도 황순원문학상과 이효석문학상이 역시 수상 대상을 중단편으로 한정하고 있다. 사정이 이렇다 보니 작가들은 막상 장편소설을 쓰려다가도 잡지에서 단편 청탁이 오면 거절하기 어렵게 된다. 문단에서 막강한 영향력을 지닌 잡지 편집위원들의 심경을 거슬렀다가는 그나마의 청탁도 끊어질지 모른다는 불안감이 한편에 있고, 다른 한편으로는 중단편에 주는 주요 문학상의 상금과 명예가 눈앞에 어른거리기 때문이다. 한때 마찬가지로 중단편에 한정했던 동인문학상이 수상 대상을 소설집과 장편을 아우르는 단행본으로 전환했으며 한국일보문학상역시 기존의 단편소설과 함께 단행본 소설집과 장편소설을 심사 대상에 포함하기로 한 것은 그런 점에서 바람직한 일이다. 물론 단편 문학상도 있어야 한다. 그러나 우리의 경우에는 주요 문학상의 단편 치중이 지나친 감이 있다. 그에 비한다면 장편 '만'을 대상으로 하는 문학상은 사실상 없는 것과 다름이 없다. 앞서 언급한 동인문학상과 한국일보문학상을 비롯해 대산문학상, 이산문학상, 그리고 한국문화예술위원회에서 주관하는 '올해의 예술상' 역시 단행본이 대상이기는 하지만 장편과 중단편집을 아우른다.

4

장편소설 상이 없다는 말에 의아해하는 이들이 있을 법하다. 문학동네소설상, 한겨레문학상, 세계문학상, 오늘의 작가상, 삼성문학상을 비롯한 장편 공모가 있지 않느냐고 말이다. 여기에다가 이 글이 실리는 〈창작과비평〉 역시 창비장편소설상을 신설해서 작품을 공모하고 있다. 그러나 이 상들은 기출간된 장편소설 대상이 아니라, 신인(급 작가)의 장편소설 원고가 대상이라는 점을 분명히 해야 한다. 이 상들은 모두가 단행본 출간을 목표로 그를 위한 원고를 모집하는 성격이 강하다. 이미 단행본으로 출간된 장편소설을 대상으로 하는 상이 아니라는 말이다. 당연히 신인 내지는 신인급 작가들이 주로 응모하게 마련이다. 그런 의미에서 사실상 '신인상'이라 불러 마땅하다.

다시 말하자면 장편에 대한 별도의 상은 없는 셈이다. 현재 장편소설로써 인세 이외의 지원을 받을 수 있는 것으로는 한국문화예술위원회의 '예술창작 및 표현활동 지원'과 문학나눔사업추진위원회의 '문예지 게재 우수 작품 지원'이 있다. 양자 모두 장편 '만'을 대상으로 하는 지원은 아니며, 다른 장르들과 함께 장편소설이 포함되어 있는 정도다. 전자의 경우는 건당 1200만 원을 지원하며, 후자는 건당 600만 원으로 지원금액이 책정되어 있다. 후자, 그러니까 '문예지 게재 우수작품 지원'에 대해서는 추가 설명이 필요하다. 이 사업은 문학나눔사업추진위원회의 창작 지원책의 하나로 시행되고 있는데, 장편은 잡지 분재의 마지막 회분을 대상으로 한다. 단편이 300만 원인 데 비하면 장편에 주어지는 600만 원이 큰돈으로 느껴질 법하다. 그러나 속단하긴 이르다. 지난해의 경우를 보자. 소설에서는 장편과 단편을 가리지 않고 편당 400만 원씩의 지원금이 주어졌다. 전체 지원 작품은 144편이었고, 이 가운데 장편은 김인숙의《봉지》, 강영숙의《리나》, 박민규의《핑퐁》단 세 편뿐이었다. 141 대 3이다. 물론, 문예지에 연재 또는 분재되는 장편의 숫자가 중단편에 비해 그만큼 적었다는 반증일 수도 있다. 올해의 경우 중단편에는 300만 원씩 179편이 지원 대상으로 책정되어 있지만, 장편 지원 대상은 아직 숫자가 나와 있지 않다. 담당자의 말로는 심사 대상 자체가 많아야 10편 내지 12편 정도가 아니겠느냐고 한다.

문학나눔사업추진위원회의 '문예지 게재 우수 작품 지원' 사업은 '우수 문학 도서 선정 보급' 사업과 함께 불황에 시달리는 문학계의 가뭄 해소에 큰 몫을 하고 있다. 그러나 이 글의 논지와 관련해서 뜯어보면 사업 방식을 바꿀 필요가 있어 보인다. 특히 '문예지 게재 우수 작품 지원'은 그러잖아도 단편 위주인 한국 소설의 풍토를 더욱 고착화할 소지가 있다. 문예지들이 장편보다는 단편을 선호하는 것이 뻔한 상황에서 잡지에 게재된 작품 가운데 우수작을 골라 작가를 지원한다면, 작가들은 그만큼 더 단편 창작에 매달릴 수밖에 없다. 현대문학상과 이상문학상, 황순원문학상 같은 단편 대상 문학상 수상 말고도 단편을 써야 할 또 하나의 이유가 생긴 것이다. 사실 단편집은 물론 장편소설조차 팔리지 않는 시장 풍토에서 작가들이 단편 하나를 써서 원고료와는 별도로 받는 300~400만 원의 지원금은 큰돈이 아닐 수 없다. 판매에 관한 확실한 전망이 없이 장편 쓰기에 매달리느니 짧은 시간에 집중적으로 단편 몇 편을 써서 '원고료+지원금'을 받는 게 타산이 맞는다고 생각할 수 있는 것이다. '문예지 게재 우수 작품 지원' 사업의 경우 1년 동안 한 작가가 단편 기준으로 세 번까지 지원금을 받을 수 있다. 한 편에 300만 원씩이니까, 연간 최대 900만 원을 받을 수 있다는 뜻이다(장편의 경우에는 금액 기준으로 '단편 세 편' 그러니까 900만 원을 넘지 않아야 한다. 따라서 어느 작가가 장편 한 편에 대한 지원금 600만 원을 받는다면, 그것 이외에는 단편 한 편에 해당하는 300만 원만을 추가로 지원받을 수 있다).

구차하게(?) 돈 얘기를 하고 있자니 적이 민망하다. 요는 장편소설에 대한 지원이 필요하다는 말을 하기 위해 이토록 장황하게 현실을 까발린 것이다. 현재 문예지가 단편을 줄이고 장편 연재나 분재를 획기적으로 늘릴 가능성은 그다지 보이지 않는다. 그렇다면 문학나눔사업추진위원회의 우수 작품 지원 사업은 무턱대고 문예지에 실린 작품만을 대상으로 삼아서는 곤란하다고 본다. 장편소설 원고(또는 집필 계획)에 대한 과감한 지원이 필요하다. 작가들의 말을 들어 보면 그 필요성은 더욱 절실해 보인다. 작가들은 물론 장편소설을 출간할 경우 해당하는 인세를 출판사로부터 받지만, 그것만으로는 단편의 유혹을 뿌리치고 장편소설에 매달릴 동기로서 충분하지 않다는 것이다. 인세에 더해서 잡지 장편 분재에 해당하는 원고료 및 '문예지 우수 작품 지원'에 해당하는 별도 지원이 있어야 그나마 장편 집필에 필요한 최소한의 물적 토대가 된다는 것이 작가들의 변이다. 이와 관련해서,

기존의 단편 위주 문예지가 아닌 장편 위주 문예지도 생각해 봄 직하다. 중단편을 배제하고 철저히 장편만을 전재 또는 분재하는 잡지가 출현한다면, 단편 위주 한국 문단에 신선한 자극이 될 수 있지 않을까.

5

왜 이렇게까지 장편에 집착하느냐며 의아해하는 이들도 있을 것이다. 노파심 삼아 다시 강조하지만, 내 얘기는 단편을 그만 쓰고 이제 모두가 장편을 쓰자는 뜻은 결코 아니다. 단편은 단편대로 쓰되, 지금보다는 장편 쪽의 비중을 늘려야 한다는 말이다. 그것은 무엇보다도 한국 소설이 독자와 더불어 호흡하는 데에 단편보다는 장편이 요구되기 때문이다. 독자들이 단편보다 장편을 선호한다는 것은 분명하다. 단편을 선호하는 독자들이 물론 없진 않겠지만, 장편에 비해 폭이 좁다고 보아야 한다. 출판사들이 분명히 단편을 모은 책을 내놓으면서 표지에다 '소설집'이 아닌 '아무개 소설' 식으로 모호한 표현을 써 버릇한 게 벌써 오래되었다. 출판사들은 독자들이 단편보다는 장편을 선호한다는 사실을 누구보다 잘 알고 있는 것이다.

한국 소설이 더불어 호흡해야 할 독자가 국내에만 있는 것도 아니다. 한국 소설의 해외 소개에 있어서도 단편 위주의 현실은 심각한 장애로 작용한다. 그 사실을 우리는 2005년 프랑크푸르트도서전 주빈국 행사를 치르면서 새삼스럽게 확인했다. 해외 출판사나 저작권 에이전시에서 한국문학에 관심을 가지고 작가를 찾을 때 흔히 드는 조건이 '장편소설을 다섯 권 이상 냈을 것'이라고 한다. 한두 권의 장편만으로는 그 작가의 역량을 정확히 확인하기에 불충분하다는 것이다. 그러나 국내 작가들 가운데 이 조건을 충족하는 작가는 생각보다 많지 않다. 여기에다가 '젊고 유망한'이라는 조건을 덧붙이면 내로라하는 작가들조차 기준 미달에 걸려 나가떨어진다.

   내가 몸담고 있는 신문에서 공지영과 일본 작가 츠지 히토나리의 합동소설을 연재한 적이 있다. 그때 츠지의 작업 스타일을 살짝 들여다보고 '기절초풍'했다. 그는 한꺼번에 대여섯 편의 장편소설을 여러 매체에 나누어 연재했다. 그가 소설만 쓰는 것도 아니어서, 록가수로서 노래도 부르고 영화감독으로도 일하는 등 다양한 활동을 펼치고 있었다. 그는 웬만한 일본 작가들이 자신과 비슷한 작업 스타일이라고 말해서 나를 두 번 놀라게 만들었다. 미안한 얘기지만, 그런 일본 작가들에 비해 우리 작가들의 생산성은 크게 떨어지는 것 같다(나는 얼마 전에 우리 신문에 쓴 또 다른 칼럼에서 '일본 소설은 한국문학의 미래가 아니다'라며 목소리를 높인 바 있다. 일본 소설의 얄팍함에 대한 경계였다. 일본 작가들의 놀라운 생산성이 그런 얄팍함과 무관하지 않을 것이라 본다. 그렇다면 나는 한 입으로 두말하고 있는 것인가? 일본 소설의 한계는 그것대로 분명히 인식하되, 그들의 철저한 프로 정신만은 본받을 바가 있다는 뜻으로 헤아려 달라).

해외에 소개할 국내 장편소설들이 일단 수적으로 열세를 면치 못하고 있는 것과는 반대로, 해외 일급 작가들의 야심작들은 거의 실시간으로 국내에 번역 출간되고 있어서 상황을 더욱 악화시킨다. 장편이 제공하는 이야기와 깊은 문제의식에 목말라하던 독자들은 큰 고민 없이 국내 소설 대신 번역 소설을 읽는다(국내에 소개되는 해외 소설들의 태반이 장편이라는 점을 보아도 단편이 아닌 장편으로 해외 독자들을 겨냥해야 한다는 사실은 분명하다). 외국 문학 쪽으로 몰려간 독자들을 다시 한국문학으로 불러들이기 위해서라도 작가들은 장편소설에 주력해야 한다.

다행히 최근 작가들과 문학출판계 내에서 장편의 중요성과 필요성에 대한 공감이 넓어지고 있는 점은 고무적이다. 직접 만나본 젊은 작가들 역시 전에 비해 장편소설을 쓰겠다는 의욕을 더 강하게 보이고 있었다. 물론 장편이라는 게 하루아침에 써지는 것은 아니기 때문에 시간이 필요하겠지만, 작가들과 출판사들이 앞장서서 한국 소설의 체질을 단편 위주에서 장편 위주로 바꾸어 간다면 언젠가 잃었던 독자들을 되찾고 세계 문학계에서도 한국문학의 위상을 한결 높일 것으로 기대한다.

6

대중 독자들이 장편을 선호하는 것과는 달리 평론가들은 여전히 단편에 집착하는 듯한 인상을 준다. 그 점은 그들이 주요 문예지의 편집위원으로 활동하는 사정과도 무관하지 않다. 작품 게

재와 그에 대한 비평, 그리고 궁극적으로는 문학상 심사에 이르기까지 문예지 편집위원인 평론가들의 영향력은 막강하기 짝이 없다. 그것은 어느새 '권력'이라는 지칭을 들을 정도다. 제 논에 물 대기일지 모르겠지만, 단편 위주에서 장편 위주로 한국 소설의 체질을 개편하자는 제안은 현재의 문예지 위주 문단 권력 구조의 변화로도 이어질 것이라고 나는 전망한다. 창작자 및 대중 독자들과 평론가들 사이의 알력은 세계적으로도 유구한 역사를 지니지만, 그런 점을 감안하더라도 한국문학에서 평론가들의 지위와 영향력은 비정상적으로 높은 것 같다. 주례사 비평이니 비평의 출판 자본에의 복무와 같은 불건강성이 그와 무관하지 않아 보인다. 단편이 평론가들의 평가에 크게 의존하는 데 비해 장편은 상대적으로 평론가들보다는 대중 독자의 선택과 판단에 더 신경을 쓰는 장르라 할 수 있다. 평론가들의 개입 여지는 그만큼 줄어들며, 그렇게 되면 주례사 비평과 같은 불건강한 문단 권력의 문제점을 어느 정도 개선시킬 수도 있다. 이 말을, 소설의 운명을 온전히 시장 논리에 맡기자는 뜻으로 받아들이지 않았으면 한다. 시장이란 물론 자연스러운 만큼 위험스럽기도 한 곳이다. 내 말은 한국 소설의 지나친 단편 편향이 평론가들을 중심으로 한 왜곡된 문예지 및 문학상 문화와 무관하지 않다는 것, 따라서 평론가들의 과도한 개입을 줄이고 작가와 대중 독자 사이의 직접 소통을 늘리는 쪽으로 판을 다시 짜야 한다는 뜻이다. 하다 보니 평론가들에게 욕먹을 소리로 글을 마무리하게 되었는

데, 한국 소설에 대한 나름의 충정에서 나온 고언이라 혜량들 해
주셨으면 한다.

(2007)

─부기

2007년 〈창작과비평〉 여름호에 쓴 글이어서 지금 시점과는 많은 차이가
있다. 그사이 제도와 환경도 달라졌고, 문단과 출판 및 독서계의 분위기
도 적잖이 달라졌다. 결과적으로, 이 글에서 주장했던 대로 단편에서 장
편으로 한국 소설의 무게중심이 옮겨졌다는 것이 가장 큰 차이라 하겠다.

기울어진 운동장에서 경기하기

노벨문학상 생각

2022년 노벨문학상 발표를 코앞에 둔 9월 말 미국의 온라인 문학 사이트 〈리터러리 허브(Literary Hub)〉에 흥미로운 글이 올라왔습니다. '2022년 노벨문학상을 누가 받을지(받아야 할지)에 관한 어떤 예측'이라는 제목의 이 글은 한국 영화와 드라마, K팝 등이 영어권을 비롯한 세계 전역에서 인기를 끄는 '문화적 지구화' 현상을 언급하면서, 최근 스웨덴 한림원의 노벨문학상 수상자 선택이 이런 흐름과는 정반대되는 방향으로, 거꾸로 가고 있다는 사실을 지적했습니다. 이 글에서 얘기한 대로 2021년까지 최근 노벨문학상 수상자 여섯 사람 가운데 넷이 영어로 글을 쓰는 이들이었고 나머지 둘 역시 유럽 작가들이었습니다. 2022년 수상자 아니 에르노를 더하면 최근 수상자 일곱 가운데 넷이 영어권 작가이고 나머지 셋은 유럽 작가라는 뜻입니다.

이 글의 취지는 명확합니다. 한국 영화와 드라마, 음악을 전 세계인들이 즐기고 아카데미상과 에미상, 칸영화제 황금종려상 등이 한국 대중문화를 주목하는 것처럼 노벨문학상 역시 영어와 유럽 중심주의에서 벗어나야 한다는 것입니다(반드시 '한국' 문학에 노벨상을 주어야 한다는 뜻은 아닙니다). 이와 같은 당위에도 불구하고 스웨덴 한림원은 여전히 자신들에게 편하고 익숙한 언어와 문화권의 작가들을 고집한다고 이 글의 필자들은 비판합니다. 이에 따라 자신들이 생각하기에 노벨문학상을 받을 만하다고 생각하는 작가들 10여 명의 명단을 제시합니다. 아도니스, 응구기 와 시옹오, 마리즈 콩데, 에드위지 당티카, 앤 카슨, 욘 포시, 아니 에르노, 황석영 등이 그 명단에 올라 있더군요. 이 가운데 아니 에르노가 2022년 수상자가 되었으니 필자들은 '예측'이 옳았다며 자축했을지도 모르겠습니다. 그들의 판단대로 아니 에르노는 노벨문학상을 받을 만한 충분한 자격을 지녔다고 봅니다. 그렇지만 글의 전체 취지에 비추어 보았을 때 2022년의 노벨문학상 수상자 결정을 아주 흔쾌히 받아들이기는 어렵다고 생각합니다. 앞서 말씀드렸듯이 아니 에르노는 '또 한 사람의 유럽 작가'이기 때문입니다. 오늘 제가 발표할 내용은 바로 이 점과 관련이 있습니다.

노벨문학상은 '세계 최고의 문학상'으로 꼽힙니다. 반드시 상금이 최고액이라서 그렇게 불리지는 않을 것입니다(최근 스페인에서 노벨문학상 상금을 상회하는 액수의 문학상이 생겼다는 소식을 들은 바 있습니다). 상금보다는 권위와 영향력에서 그런 평을 듣는다고 해야 할 것입니다. 노벨문학상은 또 부커상, 공쿠르상과 함께 '세계 3대 문학상'으로 일컬어지기도 합니다. '세계 최고'니 '세계 3대'니 하는 식의 표현은 물론 지극히 자의적이고 대중의 흥미를 자극하는 저널리즘의 말투입니다. 그러나 대중의 머릿속에 노벨문학상이 그런 위치를 차지하고 있다는 사실만은 부인하기 어렵습니다. 그런데 노벨문학상이 부커상과 공쿠르상과 구분되는 뚜렷한 특징이 하나 있습니다. 그리고 아마도 그것이 이 상을 '세계 최고'의 자리에 올려놓은 특징이라 할 수 있을 텐데요, 언어의 장벽에서 자유롭다는 사실이 그것입니다. 부커상이 영어로 된 작품에 주어지고 공쿠르상이 프랑스어 작품을 대상으로 삼는 데 반해, 노벨문학상은 특정 언어에 국한하지 않습니다. 이론상으로는 세계의 모든 언어로 된 작품이 이 권위 있는 상의 수상 대상이 될 수 있습니다. 문제는 이론상으로만 그렇다는 것입니다. 현실에서는 전혀 그렇지가 못하다는 것이 진짜 '문제'입니다.

신문사의 문학 담당 기자로 30년 동안 일하면서 저는 노벨문학상을 비판하는 칼럼을 여러 번 썼습니다. 오늘 제가 이 영광스러운 자리에 불려 나오게 된 것이 그 칼럼들과 무관하지 않다고 이해하고 있습니다. 2018년에 쓴 칼럼에서 저는 심지어 노벨문학상을 없애자는 과격한 제안(?)을 내놓기까지 했습니다. 물론 이 상을 주관하는 스웨덴 한림원에서 제 칼럼에 신경을 쓰기는커녕 아예 그 존재조차 모를 것이 확실하므로 그 제안은 제안으로서 의미가 없다고 해야 할 것입니다. 그럼에도 제가 그런 제안이라기보다는 주장을 한 까닭은 분명합니다. 노벨문학상이 매우 불공정하다고 보기 때문입니다. 그리고 그 점이 오늘 심포지엄의 전체 주제와 연결되는 지점이라고 저는 생각합니다.

노벨문학상에 대한 저의 불만은 단순하다면 매우 단순합니다. 그 상이 이론상으로는 세계의 모든 언어로 된 문학작품을 대상으로 삼음에도 현실에서는 전혀 그렇지가 못하다는 사실이 불만의 근거입니다. 이 발표문의 첫머리에서 제가 소개한 〈리터러리 허브〉의 기사를 인용하자면 "백인인 여섯 명의 스웨덴인"이 결정하는 노벨문학상 수상자 선정에는 근본적인 한계가 있습니다. 그들의 "의심할 나위 없이 탁월한 취향"에도 불구하고 '쾌적 범위(comfort zone)'가 제한적이기 때문입니다. 어떤 작품이 이 심사위원들의 눈에 들자면 반드시 스웨덴어일 필요까지는 없다 해도 그들이 편하게 읽고 평가할 수 있는 '주요 언어'여야 합니다. 영어나 프랑스어, 독일어, 스페인어 같은 언어들이 바로 그분들의 쾌적 범위에 드는 언어일 것으로 짐작됩니다. 아시다시피 모두 유럽어들입니다. 그러니까 스웨덴어는 물론 영·불·독·서반아어로 작품을 쓰는 작가들은 일단 다른 언어권 작가들에 비해 출발부터 이점을 지닌다는 뜻입니다. 바꿔 말하면, 이 유럽어들이 아닌 다른 언어로 글을 쓰는 작가들은 불가피하게 핸디캡을 감수해야 한다는 뜻이 되겠지요. 제가 오늘 발표문 제목에 '기울어진 운동장'이라는 표현을 쓴 취지가 여기에 있습니다. 번역은 그 핸디캡을 보완하기 위한 유력한 수단이지만, 그렇다고 해서 그 보완이 완전할 수는 없습니다. 양과 질에서 두루 한계를 지닐 수밖에 없는 것이지요.

　제가 번역의 필요와 가치를 무시하거나 번역자들의 노고를 폄하하려는 것은 아닙니다. 저는 번역을 매우 중요하게 생각하고 번역자들에게 늘 감사한 마음을 가지고 있습니다. 우리 사회가 번역과 번역자를 좀 더 적극적으로 평가하고 대우해야 한다고 믿습니다(어쭙잖지만 저 역시 몇 권의 번역서를 낸 바 있습니다). 제가 생각하는 번역의 불완전성은 차라리 생래적인 것입니다. '번역은 반역'이라는 말에 들어 있는 반어적 진실을 저는 지금 생각하고 있습니다. 문학이 언어로 이루어지는 예술 활동이라는 점에서 하나의 언어를 다른 언어로 옮기는 번역 작업은 불가피하지만 어찌할 수 없는 한계와 문제를 수반합니다. '시란 번역 과정에서 누락되는 어떤 것(Poetry is what gets lost in translation)'이라는, 프로스트의 말로 알려진 금언은 시만이 아니라 문학 전체에 해당하는 말이라 하겠습니다. 물론 언어의 장벽을 넘어서는 문학적 가치가 아주 없지는 않을 것입니다. 그렇다면 오늘날 우리가 그토록 많은 번역 문학작품을 향유하지는 못할 것이기 때문입니다. 번역에도 '불구하고', 또는 더 나아가 번역 '덕분에' 언어의 장벽을 넘어 전해지는 문학의 가치가 분명히 있다고 저 역시 믿습니다. 그럼에도 번역은 불가피하게 원전을 훼손하고 왜곡할 수밖에 없습니다. 번역의 태생적 결함이라 할 그런 훼손과 왜곡의 가능성은 번역자들을 자주 절망에 빠뜨리지만, 거꾸로 그것은 번역자들의 투지와 사명감을 부추기기도 할 것입니다.

제가 이 귀한 시간에 이런 하나 마나 한 소리를 늘어놓고 있는 까닭은 더 말할 나위도 없이 노벨문학상과 번역의 관계에 대한 제 생각을 여러분께 들려드리고 싶어서입니다. 아시다시피 오늘 심포지엄의 주제가 '노벨문학상은 어떻게 번역되는가?'이니까요. 그런데 제가 말씀드릴 노벨문학상과 번역의 관계는 오늘의 발표자인 다른 다섯 선생님들의 말씀과는 다른 방향을 취하고 있다는 사실을 눈치채셨을 것입니다. 다른 선생님들은 대체로 노벨문학상을 받은 외국 작품을 한국어로 번역·출판하는 일에 대해 말씀을 해주셨지만, 제 얘기는 주로 한국문학 작품의 외국어 번역과 노벨문학상의 관계를 겨냥하기 때문입니다. 부연하자면 그것은 한국어로 된 작품들만이 아니라 이른바 주요 유럽어들이 아닌 '소수 언어'로 쓰인 작품들이 번역 과정을 거쳐 노벨문학상 심사위원들의 눈에 들기까지의 과정을 문제 삼으려는 것입니다.

노벨문학상은 스웨덴에서 제정해 시상하는 상이지만 그 대상을 스웨덴이나 북유럽 또는 유럽 문학이라는 식으로 제한하지 않습니다. 스웨덴이나 (북)유럽의 문학작품이 아니더라도 수상 대상이 될 수 있는 것이지요. 그것은 그 범주 바깥의 작가들에게 분명히 기회를 제공합니다. 상과 상금을 받는 기회뿐만이 아니라, 그 상을 수상함으로써 좀 더 많은 독자들에게 읽힐 수 있는 기회가 되는 것이지요. 그러자면 먼저 번역이 되어야 합니다.

노벨문학상 심사위원들이 모국어인 스웨덴어에 더해 몇 개의 유럽어에 대한 능력을 지니리라 짐작할 수 있지만, 그 밖의 수많은 언어들에도 그만큼의 능력을 지니지는 못할 것이기 때문입니다. 그 때문에 '주요' 유럽어가 아닌 다른 언어로 쓰인 작품들은 번역이라는 필터를 거친 상태에서 심사위원들의 책상에 가닿게 마련입니다. '주요' 유럽어로 된 작품들이 원전 그대로 평가받는 데 반해, 번역 과정에서 불가피한 훼손과 왜곡이 빚어진 텍스트로 심사 대상이 되는 것이지요. 제가 노벨문학상을 두고 불공정하다고 말한 까닭이 여기에 있습니다. 상을 만든 노벨과 스웨덴 한림원의 선의에도 불구하고 제가 감히 노벨문학상을 없애자고 제안 또는 주장한 것 역시 그 때문입니다. 상을 없애지 않는다면 수상 대상을 스웨덴어 또는 '주요' 유럽어 문학작품으로 제한하는 것이 그나마 공정하다 생각합니다. 상을 주관하는 분들의 의도와는 무관하게 노벨문학상은 수상하지 못한 작가와 언어권 독자들에게 부당한 열패감을 조장합니다. 무언가 우리의 역량이 못 미쳐서 수상에 실패했다는 자기 비하에 빠져들게 합니다. 당연하게도 노벨문학상은 '세계 최고' 문학상이 아니고 노벨상 수상 작가가 세계에서 가장 잘 쓰는 작가인 것도 아닙니다. 설명할 필요도 없이 문학적 평가에는 객관적으로 계량화할 수 있는 잣대 같은 것은 없습니다. 그럼에도 적어도 대중 인식 차원에서 노벨문학상은 세계 최고의 상으로 간주되고, 그 상을 받은 작가는 세계 최고 작가로 떠받들어집니다. 어떤 작가와 작품을 높이 올리고 대접하는 것이 나쁜 일은 아니겠지만, 그 반대급부로서 다른 작가와 작품이 열등하게 취급받아야 한다면 온당한 일이 아닐 것입니다. 최근 6,7년만이 아니라 노벨문학상의 120여 년 역사를 놓고 보아도 대부분의 수상자는 '주요' 유럽어로 작품을 쓴 이들입니다. 이런 수상 결과가 세계 문학에서의 유럽 중심주의를 공고히 했음은 물론입니다. 노벨문학상 수상자 명단은 가령 '유럽 문학은 우수하고 한국문학은 열등하다'는 식의 편견을 낳는 데에 책임이 없지 않습니다.

그렇지만 이런 투정과 하소연이 노벨문학상을 주관하는 이들에게 전달되어 어떤 식으로든 변화를 끌어낼 가능성은 거의 전무합니다. 그렇다면 우리는 현실적으로 가능하고 필요한 일을 해야 하겠지요. 그렇습니다. 다시, 번역입니다. 훼손과 왜곡을 최소화하면서, 가능한 한 많은 한국문학 작품을 영어를 비롯한 주요 유럽어로, 뿐만 아니라 다른 많은 언어들로 번역해 내보내야 함은 물론입니다. 이 지점에서 제 발표는 앞선 발표자 다섯 선생님의 발표와 가까스로 만날 수 있을 듯합니다. 그리고 다섯 선생님이 하신 발표는 한국문학 작품의 외국어 번역 출판과 관련해서도 시사하는 바가 많으리라고 생각합니다. 반드시 한국 작가의 노벨문학상 수상을 위해서가 아니라, 한국문학과 외국 문학들 사이의 소통과 대화를 위해서 번역은 필요합니다.

이런 원론과 당위 차원을 넘어 구체적인 전략과 방법론을 제시하는 것은 제 능력과 오늘 제 발표의 취지를 벗어나는 일일 듯합니다. 그와 관련해서는 이미 많은 전문가들의 고견이 나와 있고 한국문학번역원과 대산문화재단 같은 관련 기구에서 필요한 일을 잘 하고 있을 것으로 믿습니다. 취재 현장에서 느낀 실감으로 덧붙이자면, 최근 들어 한국문학 작품에 대한 해외의 관심은 그 어느 때보다 높아 보입니다. 〈리터러리 허브〉의 기사가 언급한 한국 대중문화 주도의 '문화적 지구화', 그러니까 '한류'의 영향이 문학에도 직·간접적으로 나타나고 있다고 생각합니다. 작가 한강이 《채식주의자》(2007)로 2016년 맨부커상(현재의 부커상) 인터내셔널 부문을 수상한 데 이어 정보라의 《저주토끼》(2017)와 천명관의 《고래》(문학동네, 2004)가 2022년과 2023년에 연이어 같은 부문 최종 후보에 오른 것이 단적인 사례라 하겠습니다. 최근 몇 년 사이에는 김혜순 시인이 캐나다의 그리핀 시문학상과 스웨덴의 시카다상을 비롯해 외국의 주요 문학상을 수상하면서 세계 문단의 주목을 받고 있습니다. 한국문학번역원과 에이전시 관계자들에 따르면 한국문학 작품을 번역 출간하겠다는 해외 출판사와 에이전시들의 문의와 요청도 크게 늘고 있다고 합니다.

다른 한편으로는, 일종의 '상호주의'랄까 선제적·공세적 대응이라 할 법한 움직임도 눈에 뜨입니다. 노벨문학상의 편견과 한계에 대한 문제 제기 차원에서 '차라리 우리가 노벨문학상 같은 상을 만들어 시상하자'는 말이 일찍부터 나온 바 있습니다. 이즈음 박경리문학상과 이호철통일로문학상처럼 국내에서 제정한 문학상이 해마다 세계적 수준의 작가들을 수상자로 배출하는데, 이는 한국문학과 세계 문학을 잇는 끈으로서 나름대로 긍정적인 역할을 하고 있다고 봅니다. 최근에는 부천 디아스포라문학상이 제정되어 역시 앞선 두 문학상의 뒤를 받치고 있습니다. 다만, 세 문학상의 운영 주체나 재원이 지방 자치단체라는 점에서 정치적 기류에 따라 상의 운명이 좌지우지되는 등 불안 요소를 지니고 있다는 점은 조금 아쉽습니다. 그럼에도 국내에서 시행하는 이런 문학상의 수상자들이 세계 문학의 틀 안에서 한국과 한국문학의 존재에 관해 일종의 앰배서더(대사) 역할을 할 것이라 기대할 수는 있을 듯합니다. 가령 2016년 박경리문학상 수상자인 케냐 출신 소설가 응구기 와 시옹오는 시상식에 참석차 방한했을 때 따로 시간을 내어 김지하 시인을 만난 적이 있습니다. 응구기 와 시옹오는 자신의 소설 《십자가 위의 악마》(창비, 2016)가 김지하 시인의 담시 〈오적〉의 영향을 크게 받았음을 여러 차례 밝혔고, 김지하 시인의 투옥 때 1976년 도쿄에서 열린 '한국 문제 긴급 국제회의'에도 참석하는 등 김지하 구명 운동에도 적극적으로 참여한 바 있습니다. 응구기 와 시옹오는 해마다 노벨문학상의 유력 후보군으로 꼽히고, 수상자 발표를 앞두고는 캘리포니아 자택 앞에 많은 기자들이 대기하는 세계적인 작가입니다. 앞서 소개한 〈리터러리 허브〉의 예측 기사에도 당연히 이름이 올라 있죠. 이런 작가가 자신의 작품에 영향을 주었다며 한국 시인을 찾아가 만나는 장면이 모종의 가능성을 상징하는 것이라고

2부 쟁점과 인물

저는 보고 싶습니다.

한국문학이 노벨문학상을 받자면 불가피하게 번역이라는 매개를 거쳐야 하지만, 그와 함께 번역 이외의 추가적인 노력과 행운 역시 따라야 할 것입니다. 비록 노벨문학상이라는 운동장이 크게 기울어져 있는 것은 사실이지만, 그래도 그 기울어진 운동장에서 최선을 다해 달리며 공을 차다 보면 어느 순간 골을 넣을 수도 있고 운동장의 기울기도 조금은 바로잡을 수 있으리라는 희망 섞인 예측으로 오늘 제 발표를 마치고자 합니다.

(2022)

—부기

2022년 12월 2일 유영학술재단 주최로 열린 제7회 번역심포지엄에서 발표한 글이다. 학술대회 발표문이므로 경어체로 되어 있는데, 현장 분위기를 살리고자 문체를 바꾸지 않았다. '노벨문학상은 어떻게 번역되는가?'라는 주제로 열린 이 심포지엄의 발표문들은《노벨문학상과 번역 이야기》(정은귀 외 지음, 한국외국어대출판부 지식출판원, 2023)라는 책으로 묶여 나왔다. 책을 묶으면서 내 발표문도 일부 손을 보았다.

나는 왜 《악평》을 번역했나

앙드레 버나드·빌 헨더슨
《악평》

꿩 대신 닭이랬다고, 창작이 여의치 않으면 남의 글을 우리말로 옮기는 것으로라도 그 갈증을 조금이나마 풀어 보자는 심사였다. 취미 삼아 번역에 손을 대게 된 까닭이다. 기사 역시 글쓰기가 아닌가 싶겠지만, 그것은 어디까지나 월급 받기 위해, 조직의 시스템 안에서 쓰는 글. 아무래도 기사 이외의 다른 출구가 있어야 했다.

그간 번역해 낸 책들이 많지는 않은 대로, 대부분이 하고 있는 업무와 무관하지 않은 것들이라는 사실만은 스스로 위안으로 삼고 있다. 우선, 《중국의 붉은 별》로 유명한 미국의 언론인 에드거 스노의 자서전(번역판 제목은 《에드거 스노 자서전》[김영사, 2005])은 '선배' 기자의 책이라는 점에서 번역할 명분이 넉넉했다. 《클레피, 희망의 기록》(푸르메, 2006)은 나치 치하 체코 아이들의 '지하 신문' 발행 이야기여서 역시 넓은 의미의 언론 범주에 들어간다고 볼 수 있겠다. 《에리히 프롬, 마르크스를 말하다》(에코의서재, 2007)는 조금 다른 계열이라 하겠는데, 사실 이 책의 원저인 《Marx's Concept of Man》은 대학원 시절 마르크스주의 입문서로서 요긴하게 읽은 책이어서 반가운 마음에 번역 제안을 받아들인 터였다. 번역을 마치고 책으로 나올 때쯤 해서야 주제넘은 짓을 했다는 생각에서 반성과 후회를 번갈아 곱씹어야 했지만, 이미 엎질러진 물이었다. 이밖에도 기자 초년 시절에 번역했던 두어 권의 소설, 그리고 학부 및 대학원 시절 공부 삼아 했던 번역은 일단 제쳐 두자.

2010년에 낸 《제목은 뭐로 하지?》(모멘토, 2010)는 《Now All We Need Is a Title: Famous Book Titles and How They Got That Way》를 옮긴 것이다. 부제에서 알 수 있다시피 유명한 문학작품들의 제목이 탄생한 흥미로운 뒷이야기를 담은 책이다. 비교적 짧은 분량이어서 뒷부분에는 우리 문학작품의 제목에 얽힌 이야기를 따로 취재해서 붙였다. 책 제목, 특히 문학작품의 제목은 해당 작품의 내용과 주제를 함축적으로 전달하는 것을 일차적인 임무로 삼는다. 때로는 엉뚱하고 난해하게 보일지라도(아니 오히려 그 때문에 더욱더) 그런 제목이 붙여진 이유와 배경을 알고 나면 책의 내용이 한층 새롭고 의미 있게 다가오는 효과가 있다.

《악평》(열린책들, 2011)은 앞선 책 《제목은 뭐로 하지?》와의 인연으로 번역을 맡게 되었다. 두 책 모두 앙드레 버나드라는 미국 편집자가 엮은 책이다. 《제목은 뭐로 하지?》를 내고 나서 얼마 뒤 열린책들의 홍지웅 대표를 만났더니 원서 하나를 내밀면서 번역할 의향이 있는지를 물어 왔다. 《Rotten Reviews》라는 책이었는데, 원제는 훨씬 길었다. 'Pushcart's Complete Rotten Reviews and Rejections: A History of Insult, A Solace to Writers(Revised & Expanded)'가 원제로, 푸시카트라는 출판사에서 낸 《Rotten Reviews》 1, 2권과 《Rotten Rejections》를 한 권으로 묶은 책이었다. 《Rotten Reviews》는 지금은 고전으로 자리 잡은 영미문학의 명저들이 처음 발간 당시 받았던 가혹한 서평을 모은 것이고, 《Rotten Rejections》는 작가들이 출판사에 원고를 투고했다가 답변으로 받은 거절 편지 모음. 《Rotten Reviews》의 엮은이는 빌 헨더슨이고, 《Rotten Rejections》의 엮은이가 바로 《제목은 뭐로 하지?》의 앙드레 버나드였다. 앞선 책을 비교적 재미있게 작업했던 터라 같은 사람이 엮은이로 참여한 이번 책 역시 흥미가 당겼다. 검토를 위해 통독해 보니 더욱 욕심이 생겼다. 이 기회에 비판에 인색한 국내 서평 문화에 자그마한 자극을 주고 싶다는 생각도 들었다.

문학 담당 기자로 일해오면서 지녔던 문제의식의 하나가 '칭찬과 비판의 균형'이었다. 문학기사란 으레 작가와 작품을 추어올리는 것이라는 분위기에 찬물을 끼얹고 싶었다. 어원상 '비판'에 가까운 평론에서도 비판의 목소리는 갈수록 잦아드는 풍토에 딴죽을 걸고 싶었다. 다른 기자와 평론가들이 한결같이 상찬의 목소리를 보태는 작품, 또는 기왕의 작업이 빼어났기에 기대가 컸던 작가의 실망스러운 신작에 나름대로 비판적인 기사를 써 보았다.

결과는 참담했다. 해당 작가와, 때로는 출판사 쪽의 반발이 거셌다. 그동안 쌓아온 작가와의 친분이 모래성처럼 무너지고 관계가 파탄 나는 굉음을 들어야 했다. 그 관계는 어느 정도 시일이 지난 뒤에 회복되기도 했지만, 끝내 회복되지 않고 원망과 거리감을 남기기도 했다. 혹시 다른 감추어진 배경이 있거나 나쁜 의도에서 그런 '이상한' 기사를 쓴 게 아닌가 의심을 받는 경우도 있었다. 동료 기자나 평론가들이 동조하지 않는 바람에 내 기사는 외로운 목소리로 머물러야 했다. '정말 내가 잘못 판단한 것인가?' 스스로의 심미안과 문학관을 의심해 보기도 했다. 비슷한 상황이 되풀이되면서 처음의 의욕은 많이 꺾였다. 핵심 취재원이자 내가 좋아하는 작품의 창작자들과 굳이 척을 질 필요가 있겠나 싶은 '반성'도 하기에 이르렀다. 마음에 안 드는 작품에 대해서는 입을 다물면 되지 않겠나 하고 스스로를 타이르게끔 되었다. 최근에는 전처럼 비판적인 기사가 잘 보이지 않는다는 독자들의 반응을 접할 때면 통증 비슷한 회한이 가슴을 훑고 지나가곤 한다. 나 역시 이렇게 순치되는 건가……?

《악평》을 읽고 번역하면서 일종의 대리만족을 맛본 것은 이런 배경 때문이었다. 이토록 가차 없고 다채로운 비판들이라니! 가령 이런 서평들을 보라.

《사슴 사냥꾼》의 한 장면에서, 게다가 3분의 2페이지에 불과한 짧은 지면에서 쿠퍼는 문학예술을 상대로 115가지의 가능한 잘못 가운데 114가지를 범했다. 기록이다.

─제임스 페니모어 쿠퍼의 소설 《사슴 사냥꾼》에 대한 마크 트웨인의 평

돼지가 수학을 모르는 것만큼 휘트먼은 예술에 생소하다.

─월트 휘트먼에 대한 〈런던 크리틱〉의 평

전체적으로 완전히 변태적인 이야기입니다 (…) 섬뜩한 현실과 개연성이 없는 환상 사이를 불확실하게 오갑니다. 종종 광폭한 신경증 환자의 백일몽이 되기도 하며, 플롯은 자주 혼란스러워집니다. 특히 추적 부분에서 그렇죠 (…) 저를 특히 당혹스럽게 만드는 것은 작가가 이 글의 출판을 요청했다는 사실 자체입니다. 지금 이 책을 출간하는 데에는 아무런 근거도 없습니다. 저는 이 글을 천 년 동안 돌 아래에 묻어 둘 것을 제안합니다.

─블라디미르 나보코프의 소설 《롤리타》 원고를 검토한 출판사 관계자의 견해

독설도 이쯤 되면 예술이라 할 만하지 않겠는가. 당사자는 물론 기분이 나쁘겠지만, 이해관계가 없는 구경꾼들로서는 손뼉을 치고 무릎을 두드리며 크게 웃을 법한 '작품'들이다. 마크 트웨인과 〈런던 크리틱〉, 그리고 《롤리타》 원고를 검토한 출판사 관계

자의 견해가 전적으로 옳다는 뜻은 아니다. 사정은 오히려 반대여서 문학사의 전개는 그들이 틀렸다는 쪽에 무게를 더 실어 주고 있다. 그럼에도 이 예술적 비판자들의 주장에는 새겨들을 구석이 없지 않다. 생각해 보면 비평이란 옳고 그름 또는 참과 거짓을 따지는 일과는 성격이 다른 행위이다. 비평의 가치는 타당성과 설득력의 다과(多寡)로써 판단되어야 한다. 타당성과 설득력이 떨어지는 비평이라 할지라도 최소한의 생존 근거를 제공받아야 한다고 나는 생각한다. 그것이 건강한 토론 문화다.

> 지극히 섬세한 감정을 가지고 이렇게도 쓸데없는 농담을 늘어놓다니 (…) 클레멘스 씨는 도대체가 교양과는 담을 쌓고 있는 모양이다.
> ─마크 트웨인의 소설《허클베리 핀의 모험》에 대한〈스프링필드 리퍼블리컨〉의 서평

> 앞으로 백 년 뒤에는 그의 작품 중에서 단편〈뜀뛰는 개구리〉만이 기억될 가능성이 매우 높다.
> ─해리 서스턴이 마크 트웨인에 관해

마크 트웨인이라면 이런 평들에 어떤 반응을 보였을까? 쿠퍼를 그토록 신랄하게 비판했던 터수에 정색하거나 장황하게 반론을 늘어놓는 모습은 상상하고 싶지 않다. 애써 의연하게 웃어넘

기는 쪽이 독설가 마크 트웨인에게는 더 어울려 보인다.

순전한 멜로드라마. 피부 아래로 파고드는 인물 묘사라고는 찾아볼 수도 없다.
　—셰익스피어의 희곡《오셀로》에 대한 조지 버나드 쇼의 평

이 작품에 가짜 인물들이 가득하다는 것은 (…) 이것이 셰익스피어의 작품이라는 말일 뿐이다.
　—셰익스피어의 희곡《안토니우스와 클레오파트라》에 대한 조지 버나드 쇼의 평

쇼는 언젠가 진지하고 심지어 예술적인 희곡을 쓰게 될지 모른다. 그가 불손한 변덕을 억누른다면, 자신이 생각하는 인물들에 살과 피를 덧입히는 노력을 기울인다면, 그리고 아는 체하는 것과 아는 것 사이의 차이를 깨닫는다면 말이다.
　—조지 버나드 쇼의 희곡《무기와 인간》에 대한 윌리엄 아처의 평

나는 쇼가 전반적으로 천재라기보다는 천박한 인물이라고 생각해요 (…)《인간과 초인》은 참을 수 없어요. 구역질이 나더군요.
　—조지 버나드 쇼의 희곡《인간과 초인》에 대해 언급한 버트런드 러셀의 편지

인용한 글들이 말해주는 것은 무엇일까? 남을 비판하는 이는 자신에 대한 남들의 비판에도 마음을 열어야 한다는 것 아닐까? 셰익스피어에 대한 쇼의 비난은 다소 터무니없어 보이고 쇼에 대한 러셀의 견해 역시 과도하다 싶지만, 양쪽 모두 나름의 타당성과 존재 이유를 지니는 평들이라고 나는 믿는다.《악평》의 부제가 부당한 악평으로 '모욕'을 당한 작가들에 대한 '위안'을 내세우고 있긴 하지만, 이 책의 발간 의도가 거꾸로 그 악평 필자들을 모욕하거나 심판하는 데에 있다고는 생각하지 않는다. 특히 우리처럼 비판이 위축되고 서평 문화가 왜곡된 상황에서 이 책의 아름다운(!) 악평들이 시사하는 바는 매우 크다는 것이 옮긴이의 판단이다.

"아름답다니?"라고 누군가(아마도 작가들?) 항의조로 내뱉는 말이 들리는 듯하다. 그러나 책을 읽어 보면 알게 되겠지만, 악평에도 기술 내지는 예술이 필요하다. 아니, 호평보다 더 섬세한 기교와 설득력을 요하는 것이 바로 악평이다. 아래에 인용하는 것이 그런 기술적 악평의 모범이라고 하기는 어려울지 모르겠다. 아부인지 야유인지 분간하기 어려운 이 글은 중국인 특유의 과장과 포즈를 유감없이 보여주는데, 악평으로 인해 마음을 다쳤던 이라 할지라도 이 글을 읽으면서는 한바탕 폭소를 터뜨리지 않을까.

선생님의 원고를 읽으며 한량없는 기쁨을 맛보았습니

다. 만일 저희가 선생님의 논문을 싣게 된다면 그보다 낮은 수준의 글은 더 이상 실을 수 없게 될 것입니다. 그렇지만 앞으로 수천 년 동안은 선생님의 논문과 맞먹을 만한 글을 다시 만날 가능성이 전무해 보이기에 저희는 눈물을 머금고 이 고귀한 원고를 돌려드리고자 합니다. 저희의 단견과 소심함을 굽어살펴 주실 것을 수천 번 머리 조아려 앙망하나이다.

—중국의 어느 경제 잡지가 투고 논문 필자에게 보낸 거절 편지

그러니, 나의 결론은 이렇다. 꼭 악평까지는 아니더라도, 비판적 서평은 계속되어야 한다!

(2012)

신경숙 표절의 기원과 행로
그리고 파장

　이응준의 글이 촉발한 신경숙 표절 논란을 지켜보면서(단지 지켜볼 뿐만 아니라 문학 담당 기자로서 숨 가쁘게 기사로 중계하면서)신경숙의 단편소설 〈딸기밭〉 표절 사실을 칼럼성 기사로 썼던 1999년의 일이 상기되었다. 이응준이 문제의 글에서 각주 형태로 〈한겨레신문〉 1999년 9월 21일 치 '최재봉의 글마을 통신'을 소개했기 때문이겠지만, 이후 다른 언론의 기사와 토론회 등에서도 해당 글이 여러 번 언급되어 당사자로서는 조금 민망하기까지 했다. 그 글의 요지는 사고로 죽은 재미 유학생 유고집에 쓴 그 아버지의 서문 일부를 신경숙이 자신의 소설 〈딸기밭〉에 무단으로 가져다 썼다는 것이었다. 당시 표절 혐의를 잡고 기사를 쓰기 전에 작가에게 전화를 걸었다. 첫 통화에서 그는 '그게 왜 표절이냐?'는 투의 고자세를 보였다. 일단 전화를 끊고 나서 몇 시간 뒤, 이번에는 작가가 먼저 전화를 걸어 왔다. 말투가 달라져 있었다. 사태가 심각하다는 걸 뒤늦게 깨달은 듯했다. 그사이 누군가와 상의를 한 것으로 보였다. 그로부터 일주일 뒤 그가 〈한겨레신문〉에 기고한 해명성 글에서 "다시 생각해 보고 주위 사람들의 의견을 들어보니 그것(=출처를 밝히지 않고 인용한 일)은 내 불찰이었다"라고 쓴 것은 그 상의의 결과일 터다. 흥미로운 것은 이 글에서 그가 평론가 박철화가 제기한《기차는 7시에 떠나네》(문학과지성사, 1999)와 〈작별인사〉(《딸기밭》에 수록) 표절 혐의를 두고 "위험천만한 단세포적 주장"이라며 반발했다는 사실이다. 한국작가회의와 문화연대 주최로 6월 23일 열린 신경숙 표절 관련 토론회에서 평론가 이명원은 2001년 신경숙의 남편인 평론가 남진우가 강준만 교수를 비판하는 글에서 "지극히 단세포적인 시각"이라는 표현을 쓴 것을 상기시켰다. 남의 견해나 주장을 '단세포적'이라 표현하는 일이 흔한 경우가 아니라는 점에서 1999년 당시 신경숙이 해명 글을 쓰면서 남진우의 도움을 받았든지 2001년 남진우가 2년 전 신경숙의 글을 '표절'했든지, 가능성은 둘 중 하나 아니겠느냐는 것이었다. 판단은 독자의 몫으로 남겨두겠다.

이명원은 그 토론회에서 이번 사태를 가리켜 '억압된 것의 귀환'이라는 표현을 썼다. 1999년 〈딸기밭〉을 비롯한 일련의 표절 시비에 이어 이듬해인 2000년에 평론가 정문순이 다름 아니라 신경숙의 단편 〈전설〉이 미시마 유키오의 단편 〈우국〉을 표절한 사실을 지적했음에도 주류 문단의 '침묵의 카르텔'에 의해 철저히 묻혀 버렸던 일이 15년 만에 되살아난 것이라는 뜻에서다. 이번 사태를 기사로 쓰면서 정문순과 통화를 했을 때 그는 새삼스러운 표절 논란이 "썩 유쾌하지는 않다"라고 했다. "15년 전에는 지금처럼 논란이 되지 않다가 왜 이제야 새로운 사실인 것처럼 소동이 벌어지는지"라며 15년 전에 같은 문제 제기를 했던 당사자로서는 "아쉬움이 크다"고도 말했다.

물론 정문순의 글과 이응준의 글 사이에는 15년이라는 시간 차 말고도 다른 많은 차이가 있다. 정문순이 〈문예중앙〉에 발표한 최초의 글에서 〈전설〉과 〈우국〉이 "주요 모티프부터 유사하다" "또 10여 개의 비슷하거나 거의 동일한 문구"라는 식으로 설명만 하고 넘어간 반면, 이응준은 표절 혐의가 있는 대목을 나란히 제시해 놓아 읽는 이로 하여금 표절을 한눈에 파악할 수 있게 한 것이다. 여기에다가 정문순도 앞선 통화에서 지적했다시피 에스엔에스(SNS)라는 환경 변화가 사태 확산에 결정적인 구실을 했다. 15년 전이라면 주요 문예지 편집위원들과 평론가들이 '담합'하면 더 이상 일이 커지지 않고 조용히 마무리될 수 있었겠지만, 트위터나 페이스북 같은 에스엔에스를 통해 실시간으로 사실과 견해가 공유되는 상황에서는 그런 식의 담합이 가능하지 않다는 것이다.

신경숙의 문학적 위상이 그사이에 달라졌다는 사실도 영향을 끼쳤다. 15년 전 당시 신경숙은 우리 문단의 주요한 작가 가운데 하나였지만 《엄마를 부탁해》(창비, 2008)의 국제적 성공 이후 지금 그는 한국을 대표하는 소설가로 '지위'가 높아졌다. 그런 신경숙이 표절을 했다는 것은 한국문학 자체의 자존심과 양심에 관한 문제로 받아들여진 것이다. 사태 초기에 정우영 한국작가회의 사무총장은 "신경숙은 한국문학의 소중한 자산인 만큼 충분한 해명 기회를 주어야 한다"라고 발언했다가 집중포화를 맞았는데, 정 총장의 발언 역시 한국문학에서 신경숙이라는 작가가지니는 비중을 의식한 것이었다.

그렇다면 신경숙은 과연 그럴 만한 가치가 있는 작가인가. 6월 23일 토론회에서 시인 심보선은 "신경숙은 우리의 에이스가 아니다"라는 말을 반어적으로(!) 한 바 있는데, 신경숙은 과연 한국문학의 에이스로 손색이 없는가. 신경숙을 가리켜 '한국문학의보람'이라 평한 원로 평론가 백낙청의 판단은 옳은 것인가.

익명을 요구한 한 중진 평론가는 《기차는 7시에 떠나네》이후 신경숙 소설을 읽지 않은 지 꽤 됐다"라고 말했다. 그는 신경숙을 "대중작가라고 생각한다"고도 했다. "신경숙은 무언가 늘낯익은 것을 보여주기 때문에 독자들이 좋아하는 것 아닌가 싶다"라며 "달리 말하자면 어딘가 우리가 아는 데서 베껴 온다는것이 그의 인기의 비결이며, 그런 점에서 언젠가는 이런 일이 있을 것으로 예상했다"라고까지 말했다.

15년 전 〈전설〉 표절 사실을 처음 밝혔던 정문순의 글 제목은'통념의 내면화, 자기 위안의 글쓰기'다. 그는 이보다 몇 년 전'자기중심적 시각과 소녀적 감수성의 세계'라는 이름으로 또 다른 신경숙론을 발표한 바도 있다. 두 글을 통해 그가 강조하는 바는 신경숙 문학이 소녀적 감수성과 통속성을 특징으로 삼는 유치한 수준이라는 것이다. 그는 7월 15일 문화연대와 인문학협동조합이 주최하고 서울문화재단이 후원한 '2차 토론회'에 발표자로 나와서도 "세계에 대한 감수성이 '문학소녀' 급인 소설가에게 당대 한국문학은 그동안 지나치게 의존해왔다"라고 강조했다. 문학적 평가는 논자에 따라 얼마든지 달라질 수 있다. 정문순의 판단이 신경숙 문학에 대한 유일한 '정답'이라고 보지는 않는다. 실제로 〈풍금이 있던 자리〉를 비롯한 신경숙의 초기 단편들과 장편 《외딴방》(문학동네, 1995)은 충분히 높이 평가할 만하다고 생각한다. 그러나 《엄마를 부탁해》를 포함한 그의 다른 많은 작품은 실제 이상으로 과대평가되었다는 견해가 적지 않다(따라서 〈전설〉 표절 지적 이후 《엄마를 부탁해》를 포함한 신경숙의 다른 여러 작품들에 대해 이런저런 신빙성 희박한 표절 혐의를 찾아내는 것보다 중요한 것은, 신경숙 문학의 공과 과를 냉정히 따져서 그것을 본디의 자리로 돌려보내 주는 것이라고 생각한다).

이번 사태가 단순한 표절 논란에서 '문학권력'을 둘러싼 더 큰 논란으로 번지게 된 것도 신경숙 문학의 실질과 포장 사이의 이런 괴리 때문이라고 보아야 한다. 이응준의 글이 〈허핑턴 포스트〉에 실린 뒤 출판사 창비는 문학출판부 이름으로 표절 혐의를 전면 부인하는 보도자료를 냈다가 여론의 뭇매를 맞았다. 하루 뒤에, 이번에는 사장 명의로 표절을 사실상 인정하는 해명 자료를 내놓았지만 들불처럼 번진 분노를 잠재우기에는 역부족이었다. 최초의 보도자료에서 창비는 〈전설〉이 표절 대상인 〈우국〉보다 미학적으로 우월하다는 궤변까지 늘어놓아 매를 벌었는데, 이런 일련의 상황 뒤에 도사린 것이 바로 문학권력이라는 사실이 이후의 사태 전개 과정에서 드러나게 되었다.

그렇다면 창비는 왜 신경숙의 표절을 감싸고 돌았나. 김명인·권성우·오길영·이명원 등 많은 논자들은 창비가 신경숙이라는 작가가 지닌 상업적 가치에 눈멀어 판단이 흐려진 것이라고 목소리를 모은다. 신경숙은 애초에 문학과지성사(문지)와 더 가까운 작가였으며 그의 '출세작'인 두 번째 소설집《풍금이 있던 자리》(1993)도 문지에서 나왔다. 그 뒤 출판사 문학동네가 생기고 그곳에서 잡지 〈문학동네〉가 창간되면서 장편《외딴방》을 그 잡지에 연재하고 내처 문학동네에서 출간했는데, 창비가 그 소설에 만해문학상을 수여하면서 신경숙을 '영입'하는 데 성공한다(그 과정에서 창비의 정신적 지주라 할 원로 평론가 백낙청이 신경숙 문학의 의미를 실제 이상으로 높이 평가함으로써 그간 창비가 추구해왔던 문학적 가치를 포기했다는 것이 백낙청의 제자인 오길영을 비롯한 비판자들의 지적이다). 지금 한국 주류 문단의 트로이카로 불리는 문지-문학동네-창비가 모두 신경숙에 대한 '지분'을 주장할 수 있는 상황이 된 셈인데, 신경숙 이후 이른바 잘나가는 작가들이 이 세 출판사를 돌아가며 책을 출간함으로써 그 출판사 '소속' 평론가들의 비평적 우산 아래 들어가고자 하는 행태를 가리켜 소설가 이순원은 '문단 보험 카르텔'이라 표현하기도 했다. 자신이 편집위원으로 있는 문학잡지를 내는 출판사의 상업적 이익을 챙겨 주려는 평론가들의 이해관계와, 문학상으로 상징되는 문단 내 평판을 좇는 작가들의 이해가 맞아떨어진 결과 그런 카르텔 구조가 나타났다는 것이 비판적 관찰자들의 견해다.

상업성이라는 지적과 관련해서는 특히 문지 쪽의 불만과 반발을 예상할 수 있다. 〈문학과사회〉 편집위원을 비롯한 문지 사람들이 상업주의 반대를 표방하는 것은 사실이다. 최근 김현문학패 제정과 함께 출범을 알린 '문학실험실'에 발기인으로 참여한 이들(소설가 이인성, 시인 김혜순, 평론가 성민엽·정과리)은 문지의 적자라 할 만한 이들인데, 이들이 문학실험실을 출범시키면서 강조한 것 역시 탈상업주의와 실험 정신이다. 문지에 상업주의가 아예 없다고는 하기 어렵겠지만, 트로이카의 다른 두 축인 문학동네나 창비에 비해서는 약한 것이 사실이다. 비판자들이 보기에 문지 쪽의 더 큰 문제는 그들이 주요 문학상 심사위원을 독식하면서 문학적 판단을 한쪽으로 몰아간다는 사실이다. 1970년대 이래 한국문학은 크게 보아 창비의 비판적 참여주의와 문지의 반성적 자유주의가 양대 축을 이루었는데, 1990년대 이후 적어도 문학상 수상에 있어서만큼은 창비가 아닌 문지적 경향이 지배적 지위를 점하게 되었다는 것이다. 참여 문학을 대표하는 문인 단체 한국작가회의 이사장인 이시영 시인은 트위터 발언을 통해 이런 생각을 종종 밝힌 바 있다. 7월 15일 토론회에 토론자로 나온 홍기돈이 "문학의 연성화"를 현재 문학장의 큰 문제로 지적한 것 역시 같은 맥락에서 나온 발언이다.

7월 15일 토론회가 있기 전에 문학동네는 김명인·권성우·이명원·조영일·오길영 등 '문학권력'을 비판해 온 평론가들에게 지상(紙上) 토론회를 제안했지만 사전 협의를 거치지 않은 일방적 제안이라는 등의 이유로 당사자들에게 거절당했다. 그리고 7월 15일 토론회 주최측의 참여 요청에 문학동네와 창비는 나란히 거부 의사를 밝혔다. 일종의 '기싸움' 양상이다. 이동연 문화연대 집행위원장의 말마따나 "토론회 3라운드"가 필요해 보이기도 한다. 이 위원장은 "창비와 문학동네 등 편집위원들과 만나 세 번째 토론회의 형식과 절차 등에 관해 사전 토론을 할 생각"이라 밝혔다. 이에 앞서 이시영 한국작가회의 이사장 역시 문학권력 비판론자들과 창비, 문학동네, 문지까지 아우르는 공개 토론회를 제안한 바 있다. 모처럼 한국문학에 대한 사회적 관심이 집중된 상황에서, 그동안 누적된 문제들에 당사자들이 터놓고 이야기하는 열린 토론의 장을 기대해 본다.

(2015)

2부 쟁점과 인물

유미리의 한국어

유미리를 처음 본 것은 1995년 가을 일본 시마네(島根)현의 현청 소재지 마쓰에에서였다. 시마네현이라면 독도를 자기네 행정구역에 편입시키고 해마다 '다케시마(竹島)의 날'을 기념하는, 일본의 독도 영유권 주장의 최전선에 해당하는 동네다. 그러나 1995년 그곳에서는 독도를 둘러싼 한·일 두 나라의 갈등과는 사뭇 결을 달리하는 행사가 열리고 있었다. 제3회 한·일작가회의. 1992년부터 시작해 해마다 또는 해를 걸러서 한국과 일본을 오가며 열리는 두 나라 문인들의 발표 및 토론회였다. 1995년 행사에 유미리는 가라타니 고진, 쓰시마 유코, 가와무라 미나토, 시마다 마사히코, 다카하시 겐이치로 등과 함께 일본 대표로 참가했다. 출세작 《풀하우스》(1997)나 아쿠타가와상 수상작 《가족시네마》(1997)를 발표하기 전이었는데, 새침한 사춘기 소녀처럼 시종 눈을 내리깐 채 발언하는 모습이 인상적이었다. 그해 토론

주제가 모국어였거니와, 신경숙이 모국어에 대한 거의 종교적인 애정과 믿음을 토로한 반면 복거일은 한국어와 같은 소수 언어의 소멸을 예측하면서 예의 영어공용어론을 주창해 논란을 낳았다. 나로서는 유미리의 발언이 인상적이었다. "어릴 적 부모님이 욕을 하며 싸우거나 아이들에게 감추어야 할 은밀한 이야기를 나눌 때면 조선어(한국어)를 썼기 때문에 나에게 조선어는 어쩐지 음습하고 폭력적인 것을 연상시킨다"라는 취지였다. 그럴 수 있겠다고 이해는 하면서도 왠지 서운한 마음을 누르지 못했던 기억이 있다.

〈가족 시네마〉로 1997년 초 아쿠타가와상을 받은 그가 일본 우익의 테러 위협을 받았다는 소식은 한국 독자들 사이에 작가 유미리에 대한 민족주의적 관심을 한껏 고조시켰다. "조센징이 일본과 일본인을 우습게 그렸다"라며 그의 사인회 장소인 대형 서점을 폭파하겠다는 협박 전화가 걸려와 사인회 자체가 취소된 것. 그해 4월 유미리의 한국 방문에 '이상 열기'가 수반된 데에는 이런 '민족주의적' 맥락이 작용했다. 300명 넘는 독자가 참석한 가운데 세종문화회관 대회의실에서 열린 '독자와의 대화'에서 아흔 살 가까운 어느 어른이 "과거사를 뉘우칠 줄 모르는 일본과 일본인들이 배우고 깨달을 수 있도록 한·일간 과거사를 공부해서 그것을 작품으로 써 주기 바란다"라고 주문(?)한 것은 그런 분위기를 단적으로 보여주었다.

그러나 이 질문에 대한 유미리의 답변은 보기에 따라서는 실망스러운 것이었다.

"작가로서 저는 정치적인 질문에 대해서는 늘 대답을 유보해 왔습니다. 소설(小說)이라는 한자에는 이 장르의 진실이 들어 있다고 봅니다. 개인을 다룸으로써 정치나 민족문제와 같은 큰 문제도 그릴 수 있다는 것입니다. 저를 사로잡는 것은 나라는 개인이 어디에 서 있는가 하는 의문입니다. 한·일간의 불행한 과거에 대해서라면 지금 생각으로는 글을 쓸 것 같지 않습니다."

그렇지만 유미리는 독자 만남 행사에 앞서 행한 기자회견에서는 자신의 뿌리를 찾기 위한 장편을 준비 중이라고 밝히기도 했다. "조부모와 부모 세대가 어찌해서 일본으로 올 수밖에 없었는지를 파헤쳐 볼 생각"이라는 그의 말은 한국과 일본 두 나라 신문 공동연재를 거쳐 책으로 낸 2권짜리 장편《8월의 저편》(2004)으로 이어졌다. 유미리 자신의 외조부와 그 동생을 모델로 삼은 이 소설은 의열단 김원봉의 항일무장투쟁과 창씨개명, 일본군 위안부 문제 등을 적극적으로 다룬다. 특히 김원봉의 영향 아래 좌익 학생운동과 독립운동에 매진하던 중 비명횡사한 우근(=유미리 외조부의 동생), 그리고 그런 우근을 짝사랑하다가 위안부로 끌려갔으며 해방 뒤 귀국길에 자살을 택하고 만 영희의 영혼결혼식에 입회한 유미리에게 영희의 혼령이 들어오는 소설 마지막 장면은 유미리의 '뿌리(=민족)의 발견'이라 이를 만하다.

《8월의 저편》을 쓰기 위한 자료 조사와 실제 집필 과정에서 유미리의 민족의식에는 적잖은 성장과 변화가 있었던 것으로 보인다.《평양의 여름휴가—내가 본 북조선》(615, 2012)에서 그는 2008년 10월과 2010년 4월 및 8월 등 세 차례에 걸친 북한 방문 이야기를 털어놓았다. 세 차례 모두 열흘 정도씩 머무르면서 평양과 신천, 묘향산, 백두산, 판문점 등을 둘러보고 북한 사람들과 만나 이야기를 나누었는데, 그 계기는 역시《8월의 저편》과 이어져 있다. 소설 주인공인 우근은 남로당 청년조직 간부였다가 남한 군인들의 총에 맞아 숨졌고 그 형인 유미리의 외조부 자신도 공산주의 혐의를 쓰고 투옥당한 바 있는데, "조부의 남동생이 죽임을 당하지 않았더라면 형제가 모두 북으로 갔을 가능성도 있지 않았을까 하는 생각이 들어서" 북한을 방문하게 되었다는 것. 외조부의 고향이자 어머니가 태어난 곳이 경남 밀양이고 유미리 자신의 국적도 대한민국인 터에 평양공항에서 입국신고서를 작성할 때 여행 목적을 '조국 방문'이라 쓴 것이 그 때문이었다.

2008년 첫 북한 방문에서 돌아온 뒤 그는 일주일에 한두 차례씩 조선어(한국어) 개인 수업을 받기로 한다.

조선 사람들과 통역 없이 이야기하고 싶다, 대동강 맥주를 마시고 명태를 씹으면서 우리말로 밤새 이야기하고 싶다는 마음이 들었기 때문이다.(《평양의 여름휴가》)

유미리를 가까이에서 보게 된 것은 2013년과 2014년이었다. 《평양의 여름휴가》한국어판 관련 언론 인터뷰를 위한 2013년

1월 방한 때에는 비록 통역을 거치긴 했지만 비교적 오랫동안 이야기를 나누면서 유미리가 겉보기와 달리 소탈하고 개방적인 성격임을 확인할 수 있었다. 인터뷰에서 그는 "아버지의 고향인 경남 산청과 지리산을 무대로 한 장편을 쓸 생각"이며 "당연히 빨치산과 전쟁 이야기가 포함될 것"이고 "그 소설을 위해서도 조선어 공부를 더 열심히 하고 싶다"라고 밝혔다.

그로부터 2년 가까이 지난 2014년 연말에 유미리를 다시 만났다. 비무장지대(DMZ) 관련 심포지엄에 초대된 그는 원로 작가 이호철과 함께 철원 노동당사와 백마고지, 월정리 역 등을 둘러보고 서울로 돌아온 참이었다. 술을 곁들인 저녁을 먹으면서 한결 편안하고 우호적인 분위기에서 이야기를 나눌 수 있었다. 그사이 한국어 실력은 많이 는 듯, 이쪽 말을 거의 알아듣고 짧은 말은 한국어로도 의사소통이 가능했다. 이 자리에서 그는 한국과 한국어에 관해 좀 더 진전된 이야기를 들려주었다. 당시 중학교 3학년인 아들이 대학에 가면 자신도 한국으로 유학을 올 생각이며, 장기적으로는 한국어로 글을 쓰고 싶다는 것이었다.

"저는 열일곱 살에 희곡을 쓰기 시작해 지금까지 일본어로 글을 쓰고 있어요. 일본어로 쓰게 된 이상 일본인보다 아름다운 일본어로 쓰고 말겠다는 자부심이 있었지요. 그게 어떤 의미에서는 저에게 일본어를 강요한 그들에 대한 복수가 아닌가 싶기도 했고요. 그렇지만 이렇게 나이 들고 보니, 모국어로 쓰지 못한다는 게 저에게는 커다란 결락입니다. 죽기 전에 어떤 글이든 한국어로 써 보고 싶어요."

그리고 이듬해인 2015년 초 유미리에게서 엽서가 왔다. 붓펜과 볼펜으로 또박또박 쓴 친필 연하장이었다.

새해 복 많이 받으십시오. 서울에서 재회할 수 있어 기뻤습니다. 한겨레신문 기사 감사합니다. 최씨와 이야기하기 위해 더 한국어를 공부합니다. 추운 날씨가 계속되고 있습니다. 아무쪼록 감기 걸리시지 않도록 조심하시고 항상 몸 건강히 지내십시오.

약간 어색한 대목이 없는 것은 아니지만, 맞춤법에 어긋나지 않는 훌륭한 한국어였다. 한국 작가들의 친필 편지를 받아 본 경험이 더러 있지만, 유미리의 한국어 엽서는 그 어떤 작가의 편지보다 감동적이었다. 20년 전 마쓰에서 음습하고 폭력적인 것을 연상시킨다던 유미리의 한국어가 그사이에 이토록 따뜻하고 정겨운 것으로 바뀌었다.

(2017)

역사의식으로 포장된
하루키의 역사허무주의

무라카미 하루키

《기사단장 죽이기》

"그렇습니다. 이른바 난징학살사건입니다. 일본군이 격렬한 전투 끝에 난징 시내를 점령하고 대량 살인을 자행했습니다. 전투중의 살인도 있고, 전투가 끝난 뒤의 살인도 있었죠. 포로를 관리할 여유가 없었던 일본군이 항복한 군인과 시민 대부분을 살해해버린 겁니다. 정확히 몇 명이 희생되었는지 세부적인 수치는 역사학자들 사이에도 이론이 있지만, 어쨌든 엄청난 수의 시민이 전투에 휘말려 목숨을 잃었다는 것은 지울 수 없는 사실입니다. 중국인 사망자 수가 사십만 명이라는 설도 있고, 십만 명이라는 설도 있지요. 하지만 사십만 명과 십만 명의 차이는 과연 무엇이라고 할 수 있을까요?"(2권 88쪽)

무라카미 하루키의 신작 소설《기사단장 죽이기》(문학동네, 2017)

2권에서 멘시키라는 인물이 '나'에게 하는 말이다. 지난 4월 이 소설이 일본에서 출간되었을 때 난징학살에 관한 이런 언급 때문에 우익들은 "매국노"라는 표현을 써 가며 하루키를 비난했다고 한다. 이에 하루키는 언론 인터뷰에서 "역사를 잊으려 하거나 바꾸려 해서는 안 된다" "전후(戰後)에 태어났다고 해서 내게 책임이 없다고 생각할 수는 없다"라고 응수한 것으로 전해졌다. 소설 속 난징학살 언급과 그와 관련한 발언이 알려지면서 하루키는 균형 잡힌 역사관을 지닌 의식 있는 작가로 평가받는 분위기였다. 그런데 그런 평가는 올바른 것일까.

《기사단장 죽이기》는 '나'가 몇 달간 머물게 된 산속 저택의 주인인 늙은 화가 아마다 도모히코의 그림 〈기사단장 죽이기〉를 둘러싼 수수께끼와 모험을 다룬다. 아마다 도모히코는 치매에 걸려 요양원에 들어가 있는데, '나'가 우연한 기회에 그의 다락방에서 발견한 그림이 〈기사단장 죽이기〉였다. 일본 전통 복장을 한 청년이 역시 전통 복장 노인을 칼로 찔러 죽이는 모습을 담은 이 그림에 화가는 모차르트의 오페라 〈돈 조반니〉 첫머리 장면에 나오는 '기사단장 죽이기'라는 제목을 붙였던 것.

모차르트의 오페라에서 따온 제목을 달긴 했지만, 이 그림에는 아마다 도모히코 자신이 겪은 역사적 상처와 그에 대한 나름의 대응이 은유적으로 담긴 것으로 이해된다. 도모히코는 2차대전 직전인 1938년 오스트리아 유학 당시 나치 요인 암살 음모에 가담했다가 발각되어 강제 귀국을 당했고 동지였던 연인은 수용소에 끌려가 죽는 아픔을 겪었다. 게다가 그의 동생인 음악가 쓰구히코는 군에 동원되어 다름 아닌 난징학살 때 상관의 명령에 따라 포로의 목을 베어야 했던 일이 트라우마가 되어 결국 자살을 택한 바 있다. 도모히코의 그림은 동생의 목숨을 앗아가고 자신의 삶 역시 망가뜨린 파시즘을 향한 분노와 복수 의지를 간접적이고 비유적으로 표현한 것으로 해석된다.

문제는 도모히코가 이처럼 묵직한 역사적 맥락을 지닌 그림을 완성했으면서도 세상에 공개하지 않고 단단히 포장한 상태로 아무도 모르게 다락방에 숨겨 놓았다는 사실. 게다가 소설이 시작되는 시점에서 그는 이미 중증 치매에 걸린 터라 그림을 그리게 된 동기나 감추어둔 까닭을 스스로 말할 수 없는 상태였다. 소설 《기사단장 죽이기》는 그림 〈기사단장 죽이기〉가 품고 있는 비밀과 화가의 의도, 그리고 그것이 21세기인 현재 인류와 세계에 지니는 의미 등을 파고드는 진지한 작품이 될 수도 있었다. 결과적으로는 그렇게 되지 못했다는 말인데, 하루키의 허약하다기보다는 뒤틀린 역사관과 문학관이 결정적인 장애로 작용했다는 것이 나의 판단이다.

소설 말미에서 그림 〈기사단장 죽이기〉는 도모히코의 저택에 화재가 발생하면서 함께 불타 없어지고 만다. '나'가 알기에 그 그림을 실제로 본 사람은 화가 자신과 '나', 그리고 '나'의 안내에 따라 그림을 본 저택 이웃 소녀 아키가와 마리에뿐이다. 그림이 화마에 휩쓸려 사라지기 전에 도모히코 자신은 요양원에서 숨을 거두었고, 십 대 소녀 마리에는 그 그림에 함축된 의미와 맥락에 큰 관심이 없어 보인다. 요컨대 〈기사단장 죽이기〉라는 그림이 존재했다는 사실과 그 가치를 아는 이는 '나'뿐인데, 이 인물은 도모히코의 저택에서 나올 때 문제의 그림을 원래 있던 다락방에 되돌려 놓고 누구에게도, 심지어는 도모히코의 아들이자 자신의 미술대학 동창인 친구 마사히코에게도 그에 관해 아무런 언급을 하지 않는다. 그렇게 해서 세상에서 거의 혼자만 알던 그림이 더 이상 존재하지 않게 되었다는 소식을 접한 '나'의 반응은 이러하다.

그토록 훌륭한 작품이었는데, 나는 생각했다. 내 행동은 어쩌면 예술을 배신한 짓이었는지도 모른다.

하지만 한편으로는 그것이 소실되어야 했던 작품인지도 모른다는 생각이 들었다. 내가 보기에 그 그림에는 아마다 도모히코의 혼이 너무 강하고 너무 깊이 배어 있었다. 물론 훌륭한 그림이지만 동시에 무언가를 불러내는 힘을 지닌 그림이었다. '위험한 힘'이라 해도 좋을 것이다. 실제로 나는 그 그림을 발견함으로써 하나의 고리를 열어 버렸다. 그런 존재를 밝은 곳으로 끌어내 대중의 눈에 드러내는 일은 적절치 못할지도 모른다.(2권 591쪽)

'모른다'는, 유보적 뉘앙스를 지닌 표현으로 싸여 있기는 하지만 '나'의 결론은 명백하다. 〈기사단장 죽이기〉라는 그림이 불에 타 없어진 것은 안타깝지만 한편으로는 당연하고 마땅한 일이다. 그것이 '위험한' 그림이기 때문이다. 대중이 그런 위험한 그림을 보게 되는 것은 적절치 않다.

'나'의 이런 판단은 소설 외적으로도 이해하기 어렵고 소설 내적으로도 타당한 근거를 찾기 힘들다. 소설 안에서 굳이 근거를 찾자면, 그림에서 튀어나온 인물 '기사단장'이 '나'에게 한 이런 발언을 들 수 있을 것이다.

> "역사에는 그대로 어둠 속에 묻어두는 게 좋을 일도 무척 많다네. 올바른 지식이 사람을 윤택하게 해준다는 법은 없네. 객관이 주관을 능가한다는 법도 없어. 사실이 망상을 지워버린다는 법도 없고 말일세."(1권 501쪽)

그림 〈기사단장 죽이기〉의 의미가 무엇인지, 이 그림을 대중에게 공개할지 여부를 둘러싼 토론 과정에서 나온 발언이다. 이에 대해 '나'는 "그 그림은 보는 이에게 무언가를 강력하게 호소하고 있어요. 아마다 도모히코는 자신이 알고 있는 대단히 중요한, 그러나 공공연하게 말할 수는 없는 어떤 일을 개인적으로 암호화할 목적으로 그 그림을 그린 게 아닌가 싶어요. 인물과 무대 설정을 다른 시대로 바꾸고 자신이 새롭게 익힌 일본화의 기법을 이용하는 것으로, 이른바 은유로서의 고백을 시도했다는 느낌이 듭니다"라고 반박하지만, 그림이 불타 없어진 뒤에 그가 보인 반응을 보면 결과적으로는 그가 기사단장의 논리에 굴복하게 되었음을 알 수 있다.

그림과는 상관없는 맥락에서 나온 발언이지만, "진실은 오히려 혼란을 가져올 뿐입니다. 아마 결국에는 누구도 행복해지지 않겠죠"라는 멘시키의 말이 이런 맥락에서 의미심장하게 다가온다. 그림 〈기사단장 죽이기〉가 호소하는 역사의 진실이 혼란만을 초래할 뿐 개인의 행복에 보탬이 되지 않으리라는 유추 해석이 가능해지기 때문이다. 이런 해석이 억지가 아니라는 사실은 소설 안에서 확인할 수 있다.

애초에 '나'가 도모히코의 저택에 임시로 머물게 된 것은 아내에게 갑작스러운 결별 통보를 받았기 때문이었다. 비슷한 시기에 그는 자신의 일과 관련한 근본적인 회의에 사로잡히기도 했다. 미술대학을 졸업하고 화가의 꿈을 꾸었으나 그의 직업은 의뢰를 받아 초상화를 그리는 일이다. 다행히 업계에서 평판은 좋은 편이어서 수입은 나쁘지 않지만, 주로 성공한 사업가의 집무실에 걸릴 그럴싸한 초상화를 그리는 일에 재능을 낭비하는 자신을 두고 그는 "때때로 내가 미술계의 고급 창부 같다는 생각이 들었다"라고 밝힐 정도다. 그는 친구인 마사히코의 제안에 따라 비어 있는 도모히코의 저택에 머물기로 하고, 그곳에서는 자신이 그리고 싶은 그림을 그리기 시작한다. 그러던 중 〈기사단장 죽이기〉라는 그림을 다락에서 발견하고, 저택 근처 숲에서 수상

쩍은 구덩이를 확인하며, 그림에서 튀어나온 비실재적 인물 기사단장과 만난다. '이데아'를 자처하는 기사단장을 그의 요청에 따라 살해하고, 그림에서 튀어나온 또 다른 인물 '메타포'가 알려준 대로 지하 동굴을 통과하는 가상의 시련을 겪은 끝에 그는 원래의 자리로 돌아온다. 이혼을 통고했던 아내와 다시 결합하게 되고(그사이 아내가 다른 남자를 사랑해서 수태한 딸을 자신의 딸처럼 키우고), 그토록 저주했던 초상화 그리는 일을 다시 시작한다. 이번에는 기꺼이, 행복하게.

> 나는 생계를 위해 매일같이 '상업용' 초상화를 그렸다. 아무 생각도 하지 않고 캔버스 위에서 거의 자동으로 손을 움직였다. 그것이 내가 원하던 생활이었다. 또한 사람들이 내게 원하는 일이었다. 그리고 그 일은 내게 확실한 수입을 가져다주었다. 그 또한 내게 필요한 것이었다. 내게는 부양할 가족이 있으니까.(2권 589~590쪽)

'나'의 선택을 존중해야겠지만, 독자로서는 당혹스러운 결말이 아닐 수 없다. 기껏 떠나왔던 자리로 돌아가기 위해 번역판으로 1200쪽에 육박하는 방대한 이야기가 필요했단 말인가. "그 장소들을 지나온 나는 그전과 조금이나마 다른 인간이 되었다"라고 '나'는 변명 삼아 말하는데, 그 말이 그다지 설득력 있게 다가오지 않는 것은 무엇 때문일까. 그의 '변화'를 짐작할 수 있는 다른 고백을 들어보자.

> 이데아니 메타포니 하는 것들과 엮이지 않는 것. 골짜기의 맞은편에 사는, 수수께끼에 싸인 유복한 인물(=멘시키)의 복잡한 개인사에 말려들지 않는 것. 숨겨진 명화를 백일하에 드러낸 결과 좁고 어두운 지하세계의 동굴로 끌려들어가지 않는 것. 그런 것이 현재 내가 무엇보다 바라는 바였다.(2권 578쪽)

멘시키의 개인사란 자신이 젊은 시절 사랑했으나 헤어진 여자가 다른 남자와 결혼해서 낳은 아키가와 마리에가 사실은 자신의 딸일지도 모른다는 가능성을 말하는 것이거니와, 곁가지에 해당하는 이 이야기가 소설에 정말로 필요한 것인지는 의문이다. 더구나 '나'가 숨겨진 그림을 끄집어낸 결과 지하 동굴을 통과해야 하는 고난과 시련을 겪었다는 대목에서는 실소를 금하기 어렵다. 이데아니 메타포니 하는 가상의 인물들과 엮여 한갓 판타지에 불과한 동굴 탐험을 했다는 것을 도대체 어떻게 이해해야 할까. '나'가 겪은 심리적 시련과 상처에 대한 은유적 표현이라고 상투적으로 해석할 수도 있겠지만, 그럴 경우에도 상처의 정체가 구체적으로 무엇인지를 특정하기란 여간 난해한 노릇이 아니다(이혼에서 재결합에 이르는 과정을 그 상처의 내용이라 보기에는 나치와 난징학살이라는 '소도구'가 너무 거창하다). 그나마 확

2부 쟁점과 인물

실한 것은 문제의 그림을 끄집어내지 말았어야 한다는 '교훈'을 '나'가 얻었다는 사실일 것이다. 작가가 그런 '나'의 결론에 특별히 비판적 거리를 두지 않는 것으로 보아 〈기사단장 죽이기〉라는 그림의 공개 또는 멸실에 관한 '나'의 판단은 곧 하루키 자신의 것으로 보아도 무방하리라. 요컨대 하루키는 〈기사단장 죽이기〉라는 그림이 겨냥한 역사적 진실 규명과 그 표현에 부정적이라는 결론이 가능해진다.

하루키는 《기사단장 죽이기》 한국어판 출간 뒤 한국 출판사와 행한 서면 인터뷰에서 의미심장한 말을 했다. 크게 두 가지였는데, "역사에서 '순수한 흑백'을 가리는 판단은 있을 수 없다는 것이 저의 개인적인 견해입니다"라는 것이 그 하나다. 이 소설로 인한 일본 극우파의 작가에 대한 공격, 그리고 한국에서 국정교과서를 둘러싸고 벌어진 '좌우 갈등'(국정교과서 논란을 이렇듯 이념적 '갈등'으로 표현한 질문부터가 잘못됐다)에 대한 생각을 묻는 질문의 답이었고 그 선의를 이해 못할 바는 아니지만, 아무래도 오해의 여지가 있는 발언이라고 생각한다. 일본의 식민 침탈과 전쟁 및 학살, 군 위안부 등의 인권 유린에 관해 또는 박정희 정권의 독재와 강압 통치에 관해 정말로 시시비비를 가릴 수 없다는 말일까. 작가는 '순수한'이라는 수사로 빠져나갈 구멍을 만들어 놓은 것처럼 보이지만, 그렇다고 해서 최소한의 진실 판단 가능성조차 포기해야 옳겠는가.

역사에 대한 '순수한' 흑백 판단의 맞은편에 하루키가 놓는 것이 소설 또는 이야기의 힘이다. 서면 인터뷰에서 두 번째로 의미심장한 발언인데, "소설(이야기)은 그런 단편적인 사고에 대항하기 위해 존재하는 것"이라는 그의 말이 그 자체로 틀렸다고 하기는 어렵다. 인간과 세계의 복잡성에 열려 있(어야 하)는 게 문학이겠기 때문이다. 그는 여기서 더 나아가 "어떤 명백한 목적을 지니고 쓰인 소설은 대부분 문학적으로 성공하지 못한다"라고 단언하며, 이야기가 지닌 '선량한 힘'에 신뢰를 피력한다. 여기서 말하는 '선량한 힘'은 그림 〈기사단장 죽이기〉가 지녔다는 '위험한 힘'의 상대 개념처럼 들린다. '위험한 힘'을 지닌 그림은 불에 타 없어지는 게 마땅했던 반면, '선량한 힘'을 지닌 자신의 소설은 많은 이에게 읽혀야 한다는 함의를 읽을 수도 있겠다.

"이건 그가 스스로를 위해, 또한 이미 이 세상에 없는 사람들을 위해 그린 그림이자, 말하자면 진혼을 위한 그림이야. 그동안 흘려온 수많은 피를 정화하기 위한 작품이지. (…) 혼을 달래 진정시키고 상처를 치유하기 위한 작품. 그래서 세간의 시시한 비평이나 찬사, 혹은 금전적인 보수는 그에게 전혀 의미가 없었어. 오히려 있어서는 안 될 것이었지. 이 그림이 그려지고 이 세상 어딘가에 존재하는 것만으로 그는 충분했던 거야. 설령 종이에 싸인 채 천장 위에 숨겨져 누구의 눈에도 띄지 않는다 해도."(2권 495~496쪽)

　　　　　　　　　　　　　　　2부 쟁점과 인물

소설에서 '나'가 아키가와 마리에에게 그림 〈기사단장 죽이기〉에 대해 설명하는 대목이다. 이 그림의 의미는 순전히 도모히코 개인의 치유와 진혼에 있고 외부의 평가나 사례는 불필요할 뿐만 아니라 아예 있어서는 안 되는 것이라는 생각이다. 외부 세계에 노출되느니 차라리 불에 타 없어지는 쪽이 낫다는 판단이 이로부터 가능해진다. 설사 그것이 그림을 그린 도모히코 자신의 생각과 정확히 부합한다 하더라도 이는 역시 역사의 사유화(私有化)가 아닐까. 도모히코가 목격하고 체험한 역사는 그 개인의 몫만은 아니다. 목격과 체험의 주체는 개인일 수 있어도 그 본질에 있어 역사는 어디까지나 공동체 성원과 인류 전체의 공동 책임이자 공동 자산이다. 그림 〈기사단장 죽이기〉에 대한 위와 같은 '나'의 해석은 도모히코가 체험하고 표현한 역사를 개인적 차원으로 축소·환원하는 퇴행적 관점이라 할 수 있다. 일본 우익의 반발을 샀다는 난징학살과 관련해서도, 소설에서 부각되는 것이 '가해자'인 쓰구히코 개인이 겪은 트라우마일 뿐 피해자인 중국 인민의 고통, 그리고 이 사건이 지니는 인류사적 의미와 맥락에 대해서는 그에 합당한 비중이 할애되지 않는다는 사실이 이와 무관하지 않을 것이다. 그런 점에서 일본 우익의 하루키 비판은 아무래도 번지수를 잘못 짚은 것이 아닐까.

(2017)

인터뷰 2

결국 평생 한 가지 노래를

최인훈

원로 작가 최인훈의 사상가로서의 면모를 엿볼 수 있는 선집이 출간되었다. 고려대에서 서양사를 가르치는 오인영 박사가 엮은《바다의 편지》(삼인, 2012)가 그것이다.

이 책은 최인훈의 에세이와 소설에서 문명과 역사, 인간과 예술에 관한 작가의 사유를 담은 글들을 뽑아 싣고 작가가 2003년 〈황해문화〉에 발표한 단편 〈바다의 편지〉를 단행본으로는 처음 수록했다. 또 작가가 그 작품을 직접 낭송한 한 시간 가까운 분량의 시디를 책 뒤에 붙였다.

엮은이는 "최인훈의 역사 해석은, 그 자신이 인간이란 종의 일원(문명인)이며 물리적 지구 전체가 역사적 세계로 연결된 근대를 사는 존재(근대인)임을 강하게 자각하고 있는 한국의 지식인(한국인)이 '독자적으로 익힌 실험 요령'을 통해서 빚어낸 역사적 사유"라고 최인훈 사상의 의미를 설명했다.

2월 2일 경기도 고양시 화정동 자택에서 만난 작가는 "역사학자가 내 작품 전부를 꼼꼼히 읽고 그 가운데서 추려낸 글들로 엮은 책이라서 매우 고맙게 생각한다"라며 "글쓴이로서도 보람을 느끼고 독자들에게도 부끄럽지 않게 추천할 수 있을 것 같다"라고 말했다.

"이 땅의 구체적 생활의 문제 속에서 자연히 나온 사상, 스스로를 납득시키자면 어떤 이론 구축이 되는가를 말해 주는 하나의 케이스가 되는 그런 사상의 계절에 내가 살고 있는 게 아닌가 싶어요."

작가는 자신의 사유가 한반도의 현실이라는 조건 속에서 한 사람의 작가로서 고투한 결과 생겨난 것임을 강조했다.

"다른 민족 구성원들과 마찬가지로 나 역시 엄청난 격동 속에 밥을 벌어먹고 생각을 하느라 정신없이 산 셈이에요. 한 가지 다행인 것은, 나는 창작을 한다는 실험의 공방이 있었다는 거죠. 내 머릿속의 생각을 글로 써 봐서 실제로 들어맞는지를 큰돈 안 들이고 실험하는 원시적인 공방이라고나 할까요. 돌이켜 보면, 어려웠지만 그래도 생각에 매달릴 수 있는 행복한 생애였어요."

그는 자신의 모든 소설이 사실은 하나의 연작이라 할 수 있다고 말했다.

"지금 보면 대학 시절에 쓴 첫 소설 〈두만강〉에서부터 〈바다의 편지〉까지가 한 가지 주제랄까 풍경, 정신을 담은 일종의 연작인 것 같아요. 역사를 끌어안으면서 동시에 예술은 예술로서 쉽사리 변하지 않는 시원성(始原性)을 어떻게 하면 획득할 수 있나 하는 게 데뷔 이래의 화두였습니다. 결국 평생 한 가지 노래를 불렀구나 하는 생각이 드네요."

그는 특히 공식적으로 그의 마지막 발표작인 단편 〈바다의 편지〉가 자신의 논리적 사유를 형상화한 작품이라고 소개했다. 〈바다의 편지〉는 적의 공격으로 잠수정이 침몰하면서 숨진 수병의 혼백을 화자로 삼아 민족사와 인류사의 기억과 전망을 한데 버무린 실험적인 작품이다.

"말하자면 《광장》의 주인공 이명준이 〈바다의 편지〉에서 백골이 되어 누워 있는 것입니다. 바다로 뛰어내린 이명준의 선택을 두고 왜 자살했느냐 도피가 아니냐 하는 지적도 있지만, 현실에서의 도피와 작품 속 도피는 다른 것입니다. 이명준은 죽은 다음에도 최일선에서 바다 밑 보초를 서고 있는 셈이죠. 백골이 되어서도, 죽은 후에도 조국을 사랑하고 철학을 사랑하고 있달까요."

틈날 때마다 《광장》을 끊임없이 고쳐 쓰고 있다는 작가는 "2차 한국전쟁은 절대로 없어야 한다"라고 힘주어 말했다.

"어떤 유행이나 서양식 철학보다 앞서는 한국의 소박한 토착철학이 바로 이것입니다. 그 결론이 먼저 있고, 그걸 어떻게 명제화 하느냐는 학자나 예술가가 할 일이죠. 너와 나의 피가 그렇게 값싸게 흘러서는 안 되는 겁니다. 인간의 목숨은 대체할 수 없는 것입니다. 한 사람의 목숨은 지구는 물론 우주 전체보다 무거운 거예요."

총선과 대선이 있는 '정치의 해'를 맞아 독자들에게 주고 싶은 한 말씀을 청하자 그는 스코틀랜드 독립 논란에 관한 뉴스 이야기를 꺼냈다.

  "스코틀랜드 사람들이 독립하고자 한다는 신문 기사를 흥미롭게 읽었어요. 깊은 철학적 생각을 하게 하더군요. 혈서 써서 식민지 군대의 초급장교가 되겠다던 사람(=박정희)이 역대 통치자 중 인기가 몇째라느니 하는 감각과, 이 시점에 스코틀랜드 사람들이 독립하겠다는 감각은 확실히 다른 겁니다. 검은 안경 끼고 시청 앞에 나타나서 그 이전까지의 사회 질서를 모조리 깨부수는 식의 오두방정을 역사랍시고 살았지요. 그런 상황에서 학문이니 예술이니 철학이니를 한다는 건 뭐였는지, 내 괴로움은 그런 거였습니다."

  그는 "외적이 침입했을 때 주책바가지 노릇 했던 세력이 여전히 행세하고 그 후예들은 떵떵거리며 사는데, 애국운동을 한 이들의 후예는 교육도 못 받고 돈도 없는 하층민이 된 이런 게 자유주의인가?"라며 "정말 지킬 건 안 지키고 지키지 말아야 할 것만 지키려 드는 우리 보수는 도대체 어떤 보수인지 묻고 싶다"라고 목소리를 높였다.

  (2012)

3부

살 만한 세계

남북 '침묵의 영토' 메운
백두산 소녀의 미소

    평양 인민문화궁전 대회의장의 그 기이한 정적을 기억한다. '6·15 공동선언 실천을 위한 민족작가대회' 첫날 본 대회가 열린 7월 20일 저녁. 대회 형식과 절차를 놓고 남북 양쪽 대표단 사이에 막판 이견이 불거지는 바람에 남쪽 작가들은 예정된 시각에서 서너 시간이 지난 뒤에야 회의장에 입장했다. 북쪽 작가들은 이미 대회장 안쪽 절반을 가득 채운 채 앉아 있었다. 그러나 긴장과 설렘이 교차하는 가운데 회의장에 들어선 남쪽 작가들은 이내 당혹스러운 정적과 맞닥뜨려야 했다. 북쪽 작가들이 박수는커녕 자리에서 미동도 않은 채 냉담한 눈길로 쳐다보고만 있었던 것이다. 어색한 표정으로 자리를 찾아 앉은 남쪽 작가들도 곧 북쪽 작가들과 비슷한 침묵 속에 빠져들었다. 간간이 들리는 헛기침이 정적을 깨뜨릴 뿐 널따란 회의장 안은 여름 한낮의 호수처럼 고요했다. 그 묘한 '대치'는 주석단이 입장하기까지 족히 삼십 분 정도는 이어졌던 것 같다.

그 침묵 속의 대치는 어쩌면 5박 6일 일정의 남북작가대회 기간 내내 작가들을 따라다녔다고 보아도 좋았다. 물론 남과 북의 작가들은 한목소리로 통일을 외쳤고 술잔을 부딪쳤으며 악수와 포옹, 웃음과 눈물을 나누었다. 그럼에도 양쪽 사이에는 가슴속 깊이 묻어 둔 채 차마 입 밖으로 내놓지 못한 침묵의 영토가 엄연히 있었다. 북쪽 작가들의 속말을 들을 기회는 없었지만, 남쪽 작가들의 회의와 불만의 소리는 싫도록 들어야 했다. 평양 시내건 백두산이건 온통 항일투쟁, 그리고 주석-국방위원장 부자의 혁명 위업과 관련해서만 의미를 부여하는 버릇이 남쪽 작가들에게는 쉽사리 이해되지 않았다. 상당수 남쪽 작가들에게 다만 '허영의 전시장'으로 다가왔을 따름인 묘향산 국제친선전람관 관람을 마친 뒤에는 상황이 더 심각했다. 이 특별한 공간을 침묵 속에 둘러보고 나온 남쪽 작가들은 처연한 심사를 감추지 못했다.

정말 오래도록 기억하고 싶은 순간은 백두산 일출이었다. 자동차 헤드라이트로 어둠을 밝히며 올라선 백두산 정상 위에는 둥근 달이 환하게 떠 있었다. 그 달이 서쪽으로 조금씩 내려가면서 동녘 하늘은 점차 벌게졌고 마침내 양쪽 하늘에 달과 해가 함께 걸려 있는 장관이 연출되었다. 달이 해를 마중하고 해는 달을 배웅하는 천지의 신성한 시간. 해와 달, 하늘과 땅, 인간과 자연이 조응하는 그 뻐근한 순간을 뉘라서 쉽게 잊을 수 있겠는가. 그것만으로 충분했다. 겨레의 영산 백두산에서 천지신명을 두루 입회시킨 가운데, 남과 북의 작가들은 통일을 약속한 것이었다.

더불어 잊히지 않는 것은 백두산 삼지연 마을에서 마주친 소녀의 미소와 손 인사다. 소녀는 남쪽 작가 일행이 탄 버스가 지나는 길가에 혼자 서 있었다. 수줍은 시선을 내리깐 채, 그러나 아주 외면하지는 않으면서 이쪽의 눈치를 살피며 머뭇대고 있었다. 짧은 순간이었다. 버스 안에서 먼저 흔드는 손을 확인하고서야 소녀는 비로소 밝게 웃으며 손을 마주 흔들었다. 백두산 야생화만큼이나 수수하게 아름다운 미소였다. 그 수줍은 자태와 소박한 미소는 북조선의 오늘을 상징하는 것만 같았다. 북쪽은 어디까지나 소수자이자 약자의 처지. 먼저 악수의 손을 내밀거나 미소를 지을 형편이 아닌 것이다. 우리가 먼저 손을 내밀고 웃음을 보여야 한다.

물론 분단은 허구가 아니고 통일은 감상이 아니다. 그러나 사상 초유의 남북작가대회는 분명 한 가능성을 보여주었다. "이제 우리는 헤어짐의 슬픔이 아니라 만남의 기쁨을 노래할 것"이라고 황석영 씨는 평양 도착 성명에서 다짐했다. "오늘은 분단의 상처를 노래하지만 머지않은 날 우리는 통일의 기쁨을 노래할 것"이라고 홍석중 씨는 백두산정 연설에서 예고했다. 남과 북을 대표하는 두 소설가는 공동 창작을 하자는 약속을 공개했다. 문학적 통일을 위한 첫걸음을 뗀 것이다.

(2005)

비폭력 외친 시인을 짓밟다니

전경1이 진압봉으로 그의 팔을 쳐서 쓰러뜨린다. 꿈틀거리며 일어서려는 그를 뒤따라 오던 전경2가 방패로 어깨와 등을 찍어 다시 쓰러뜨린다. 앉은 채로 뒷걸음질 쳐 도망가는 그에게 이번에는 전경3이 다가와 수평으로 눕힌 방패로 가슴과 관자놀이를 힘껏 가격한다. 가슴을 움켜쥔 채 쓰러져 신음하는 그에게 전경4와 전경5가 욕을 퍼붓고 손가락질을 하며 지나간다…….

인터넷 한겨레(hani.co.kr)의 동영상 뉴스 "경찰 '무차별 폭력' 〈한겨레〉 생방송 요약"의 한 장면이다. 6월 29일 시청 앞에서 벌어진 일이다. 공권력의 이름으로 행사되는 야만적인 폭력에 소름이 끼치고 치가 떨린다.

피해자는 당시 과격시위를 벌이는 중이 아니었다. 상황이 발생하기 전에 그는 시민들에게 고립되어 있던 전투경찰 한 명을 구출해 주었다고 했다. 자신이 평화주의자이며 시인이라고 안심시키자 전투경찰은 자기도 대학에 다니다가 입대했노라면서 울먹이더라고 했다. 그가 떠나고 난 뒤 길 한복판에서 열 명 정도의 전경이 진압대원들에게 쫓기던 시민들에게 포위된 것을 보고 비폭력을 외치며 다가서다가 전경이 벗어 던진 철모에 얼굴을 맞고 코에서 피를 흘리며 잠시 정신이 혼미해졌다. 다시 정신을 가다듬고 지하철 출구 쪽으로 비틀거리며 도망치던 그가 시위대를 쫓던 전경들의 먹이가 된 것이다.

이 불운한 피해자가 다름 아니라 시인 함민복이라는 사실을 알았을 때 퍼뜩 든 생각은 '왜 하필이면 함민복인가?'다. 함민복이 누구인가. '한국판 〈우동 한그릇〉'이라고나 할 시 〈눈물은 왜 짠가〉의 시인이 아니겠는가. 설렁탕 한 그릇을 두고 가난한 모자와 배려심 깊은 식당 주인이 펼치는 감동의 무언극에 코끝이 찡해졌던 이들이 많을 것이다(혹시 그에게 진압봉과 방패를 휘두른 전경들 중에도 있지 않을까). 사십 대도 중반을 넘어선 나이에 결혼도 하지 않고 강화의 버려진 집에서 시만 쓰고 사는 '천상 시인'이 바로 함민복이다.

"시집 한 권에 삼천 원이면/ 든 공에 비해 헐하다 싶다가도/ 국밥이 한 그릇인데/ 내 시집이 국밥 한 그릇만큼/ 사람들 가슴을 따뜻하게 덥혀줄 수 있을까/ 생각하면 아직 멀기만 하네"(〈긍정적인 밥〉)라며 끊임없이 자신을 낮추고 경계하는 사람, "말랑말랑한 흙이 말랑말랑 발을 잡아준다/ 말랑말랑한 흙이 말랑말랑 가는 길을 잡아준다"(〈뻘〉)라며 "말랑말랑한 힘"을 예찬한 이 평화주의자에게 야수적인 폭력이 웬 말이란 말인가.

현재 그는 왼쪽 관자놀이 부분이 심하게 부은 데다 정신도 혼미한 상태이고, 오른쪽 어깨가 결리고 허리 통증도 심해 거동이 불편한 처지라고 한다. 그는 자신에게 폭력을 행사한 전경들을 고발하고자 피 묻은 셔츠와 시청 응급진료막사에서 찍은 사진, 인터넷 한겨레 동영상 등을 피해자 진술서와 함께 제출해 놓았다. 시인으로 하여금 시 대신 피해자 진술서를 쓰게 만드는 사회란 도대체 어떤 사회일까.

'꽃의 시위(flower movement)'란 말이 있다. 무력한 시인을 짐승처럼 짓밟은 저들에게 그가 쓴 시 한 편을 시위 삼아 들려주고 싶다.

> 꽃에게로 다가가면
> 부드러움에
> 찔려
>
> 삐거나 부은 마음
> 금세
>
> 환해지고
> 선해지니

봄엔

아무

꽃침이라도 맞고 볼 일

―〈봄꽃〉 전문

(2008)

'혀' 표절 논란의 진실은

　한동안 잠잠하던 문단의 표절 논란이 또다시 불거졌다. 조경
란 씨의 장편《혀》(문학동네, 2007)가 논란에 휘말렸다. 논란을 제
기한 이는 최근《혀》(글의꿈, 2008)라는 동일한 제목의 단편집을
출간한 신인 작가 주이란 씨. 그는 2007년 〈동아일보〉 신춘문예
에 응모한 자신의 단편 〈혀〉를 당시 예심 심사위원 조씨가 읽었으
며, 장편《혀》는 자신의 단편을 베낀 것이라고 주장하고 나섰다.

　주씨는 소설집《혀》에 붙인 '작가의 말'에서 "(두 작품이) 제목
만 같은 것이 아니라 조경란 소설가의《혀》는 내 작품 〈혀〉와 주
제, 소재, 결말이 비슷"하다며 "내 작품이 세상에 발표되기도 전
에 심사위원이었던 사람이 내 작품의 정수인 '영혼'을 훔쳐다가
먼저 발표한 것"이라고 썼다.

　주씨는 역시 소설집《혀》에 실린 〈촛불 소녀〉라는 제목의 단
편에서도 심사위원에게 아이디어를 도용당한 작가 지망생의 억

울한 처지를 다루고 있다. 그는 비슷한 사례가 문단에 만연하다면서 자신의 문제 제기로써 그런 '관행'에 제동을 걸겠노라는 각오다.

이에 대해 조씨는 한마디로 어이없다는 반응이다. 신춘문예 심사 때 주씨의 〈혀〉를 읽은 기억이 없으며, 자신이 장편《혀》를 구상한 것은 벌써 10여 년 전의 일이라고 반박한다. 그 사실을 입증해 줄 주변 사람도 있다면서, 주씨의 주장은 오해가 아니면 나쁜 의도를 지닌 '홍보전략'이라고 일축했다.

흔히 표절이라면 문장 베끼기를 떠올리게 된다. 그러나 이번 경우는 문장 베끼기가 아니라, 말하자면 모티프와 발상의 도용이 문제다. 그렇다면 두 작품을 표절 관계로 볼 수 있는가. 조씨의 작품이 장편이고 주씨의 작품이 원고지 70장 분량의 단편인 만큼 둘 사이에는 큰 차이가 있다. 조씨의《혀》에는 한 남자와 두 여자가 주요 인물로 등장하는데, 주씨의 작품에는 한 사람의 주인공만 나온다. 조씨의 작품에서는 주인공 '나'가 자신의 애인을 빼앗아 간 여자의 혀를 잘라 요리해서는 옛 애인에게 먹이는 반면, 주씨의 작품에서는 미식가인 주인공이 자신의 혀를 스스로 요리해서 먹는다.

조씨의《혀》에 둘린 띠지에는 '사랑하는, 맛보는, 거짓말하는 혀!'라는 문구가 새겨져 있다. 주씨의 〈혀〉에서도 맛보고, 거짓말하고, 사랑하는 혀의 세 가지 용도를 소제목으로 삼고 있다. 역시 두 작품의 유사성 내지는 표절 관계를 주장할 만한 대목이다. 물론 단순한 우연의 일치일 가능성도 배제할 수는 없다.

문제의 핵심은 조씨가 심사위원으로서 주씨의 작품을 실제로 읽었는가, 그리고 그 당시 응모한 주씨의 작품이 지금 책으로 나온 〈혀〉와 동일한 것인가 하는 점이다. 조씨와 나머지 두 심사위원은 한결같이 〈혀〉를 읽은 기억이 없노라고 했다. 관행상 신문사는 응모작을 보관하지 않는다. '진실'을 밝히기가 쉽지만은 않아 보인다.

지금 적극성을 보이는 쪽은 주씨다. 책을 통해 문제 제기를 하고 법적 절차 역시 밟고 있다. 현재 미국에 머물고 있는 조씨는 상대적으로 소극적이다. 신인 작가가 의도적으로 스캔들을 일으켜 주목을 받고자 하는 게 아닌가 의심하고 있다. 진실은 어느 쪽에 있을까. 두 사람 중 한 사람이 거짓말을 하는 게 아니라면? 무의식적 표절(조씨) 또는 피해의식에 의한 과민반응(주씨)이 다른 가능성으로 남아 있는 셈인가. 어렵다.

(2008)

내가 누구인지
말할 수 있는 자는 누구인가

《내가 누구인지 말할 수 있는 자는 누구인가》(세계사, 1992). 셰익스피어의 희곡《리어왕》 1막 4장 대사를 제목 삼은 이 소설은 문제적 작가 이인화의 출생신고와도 같았다. 1992년 봄 제1회 작가세계 문학상을 받은 이 소설이 공지영과 무라카미 하루키 등의 소설을 표절한 사실은 잘 알려져 있다. 작가 자신이 본명인 류철균으로 표절이 아니라 혼성모방(패스티시)이라는 포스트모더니즘적 기법이라며 '셀프 평론'을 한 일도 마찬가지.

평론가 남진우가 〈현대시학〉 2015년 12월호 권두시론으로 쓴 〈표절의 제국〉이라는 글에 따르면 이인화의 표절은 생각보다 심각하다. 류철균이 문제의 셀프 평론에서 시인한 일본 작가 요시모토 바나나의 소설《키친》(민음사, 1999)의 경우 수십 쪽을 거의 통째로 들어다 앉혔다. 그뿐만 아니라 미국 작가 버나드 맬러머드의 소설 〈월세 입주자〉 역시 심각하게 표절한 사실도 새롭게 드러났다.

이인화는 그러나 이듬해 낸 소설 《영원한 제국》(세계사, 1993)으로 화려하게 재기한다. 이 소설이 왕권중심주의 편에 섰으며 그것이 박정희 옹호로 이어진다는 해석이 틀린 것은 아니지만, 그런 이념으로만 재단하기에는 장점이 적지 않았다. 움베르토 에코의 소설 《장미의 이름》의 표절이라는 주장도 너무 과해 보였다. 〈한겨레〉 1993년 7월 20일 치에 나는 《영원한 제국》에 대해 비교적 우호적인 기사를 썼고, 내처 이인화의 주간 연재물 '문학 속의 그 사람'을 기획 섭외했다.

1994년 2월 16일 치 허준에서부터 시작해 제갈량, 이백, 마오쩌둥, 공자 등으로 나아간 연재는 나름 인기가 높았다. 그러나 4월 20일 치의 9회 연재분 노기 마레스케에서 문제가 터졌다. 메이지 '천황'을 따라 순사한 천황주의자 노기 대장을 유보 없이 칭송한 이 글이 나가자 작가와 신문을 비판하는 독자 전화와 투고가 쇄도했다. 결국 이인화의 연재는 그다음 주 일본의 다조(茶祖)로 일컫는 센노 리큐 편으로 마무리하고, 문학평론가인 임헌영 민족문제연구소장이 바통을 넘겨받았다. 이인화의 본색이 좀더 노골적으로 드러난 것은 1997년에 낸 박정희 전기소설 《인간의 길》(살림, 1997)에서였다. 이 소설을 내고 한 달여 뒤인 그해 5월에 이인화는 〈한겨레〉가 기획한 박정희 찬반 논쟁에 찬성 쪽 글을 기고하기도 했다.

이인화는 2000년 1월 제24회 이상문학상을 받으면서 다시 구설에 올랐다. 이상문학상 심사 대상은 '전년도 1월부터 12월까지 한 해 동안 발표한 작품'으로 되어 있는데, 이인화의 수상작 〈시인의 별〉이 1999년이 아닌 2000년 1월호 〈문학사상〉에 발표된 작품이었기 때문이다. 상을 주관하는 문학사상사 쪽은 1월호 잡지가 그 전해 12월에 발행되므로 문제가 없다고 밝혔지만, 주최측이 이인화에게 상을 주려고 규정을 위반했다는 지적이 끊이지 않았다.

이인화를 다시 만난 것은 그로부터 꽤 오랜만인 2012년 11월이었다. 그사이 온라인 게임에 빠져 있었다는 그가 《지옥설계도》(해냄, 2012)라는 '게임 소설'을 내놓은 것. 기자회견장에서 만난 그는 예의 사람 좋은 웃음으로 반갑게 인사했다. 그 무렵 대통령 선거를 앞두고 신문에서 각각 박근혜와 문재인을 지지하는 문인에게 글을 받아 싣자는 기획안이 나오자 나는 당장 이인화를 떠올리고 그에게 원고 청탁 문자를 보냈다. 그에 대한 답이 그와 마지막으로 나눈 교신이었다. "선배님, 저 박근혜 지지 아닙니다. ㅎㅎ" 그 말은 참말이었을까 거짓이었을까. 최순실 딸 정유라의 학점 특혜 의혹으로 죄수복을 입은 그의 모습을 보자니 그 마지막 문자가 계속 떠오르는 이즈음이다.

(2017)

2017년 가을 창춘에서

　창춘(長春)의 옛 이름은 신경(新京), 만주국의 수도였다. 영화 〈마지막 황제〉(1998)로 잘 알려진 푸이(溥儀)가 일본 관동군 사령부의 감시 아래 꼭두각시 황제 노릇을 했던 그 만주국이다. 창춘 시내의 푸이 황궁은 위만황궁박물원이라는 이름의 역사·문화 유적으로 관광객을 맞고 있다. 중국은 만주국 앞에 거짓 위(僞) 자를 붙여 '위만주국'이라 일컫는데, 푸이의 만주국이 주권 국가로서 구실을 하지 못한 허수아비였다는 뜻이 담겼다. 황궁 정문인 흥운문에 새겨진 두 마리 용 조각은 용다운 위용은 전혀 없이 만화 주인공 같은 표정과 자태가 영락없이 꼭두각시 황제 푸이를 떠오르게 한다.

　숙소인 쑹위안 호텔은 관동군 사령부 건물을 접수한 지린성 인민위원회 옆이었고, 관동군 사령관 관저가 호텔 시설 일부로 쓰이고 있었다. 얼마 전 발간된 소설 《칼과 혀》(권정현 지음, 다산책방, 2017)의 무대가 바로 이곳이었다. 소설에서는 부부 사이인 중국인 요리사와 조선 여인이 각자의 방식으로 일본인인 관동군 사령관을 암살할 기회를 노린다.

이 소설 이전에도 창춘과 한국문학의 관련은 밀접했다. 만주국에서 한국어로 발행되던 신문 〈만선일보〉에는 최남선이 고문으로, 염상섭은 편집국장으로, 그리고 안수길과 박팔양 등이 기자로 활동했으며 백석은 평론을 발표하기도 했다. 유진오는 〈신경〉이라는 단편에서 창춘 특유의 기와를 얹은 다층 건물을 가리켜 "동양이 서양의 영향에서 벗어나서 자기의 것을 창조하려는 노력의 한 나타남"이라 평가하는 한편, "일계(日系)와 만계(滿系)의 중간에 서서 선계(鮮系)의 지위는 복잡미묘한 것"이라는 관찰을 제시한 바 있다. 그런가 하면 〈만선일보〉가 발행되고《칼과 혀》의 이야기가 준비되던 1943년, 이곳에서는 소설가 황석영이 태어났다.

소설《칼과 혀》의 배경으로부터 70여 년 뒤인 2017년 10월 셋째 주 그곳에서는 소설 속 이야기와는 사뭇 결을 달리하는 행사가 펼쳐졌다. 제11차 한·중작가회의. 한국과 중국 문인 40여 명이 한데 모여 작품을 낭독하고 발표와 토론을 벌이는 자리였다. 2007년 중국 상하이에서 열린 제1차 행사를 시작으로 해마다 중국과 한국을 오가며 진행되었다. 양국 문학작품의 번역 출간 등 가시적 성과를 낳은 이 행사는 올해로 일단 마무리되고 내년부터는 취지와 방향은 계승하되 형태와 방식을 달리하는 다른 행사로 나아갈 참이었다.

사드 배치에 이은 '한한령'으로 한국과 중국 사이의 교류와 협력에 된바람이 부는 가운데 매우 예외적으로 성사된 한·중작가회의는 그간 두 나라 문인들이 쌓아온 신뢰와 우의가 얼마나 깊은지를 보여주었다. 게다가 이번 한·중작가회의 기간은 제19차 전국대표대회(당대회) 기간과 겹쳐서 여느 행사들은 거의 중단되거나 연기된 상황이었다. 쑹위안 호텔에서도 공산당 간부들이 강당에 모여 당대회 실황 중계를 단체로 시청하는 모습이 목격되었다.

한·중작가회의는 작품 낭독과 토론 등 공식 일정 이후에는 인근의 역사·문화 유적을 답사하는 것이 관례였고 이번 지린성 행사 뒤에는 지안(集安)의 고구려 고분군을 둘러보고 압록강에서 배에 탄 채 북녘땅을 건너다보는 일정이 예정되어 있었다. 그러나 공식 행사 뒤 중국 쪽은 석연치 않은 이유를 들며 고구려 고분군과 압록강 답사를 '불허'했다. 사드와 북한 핵실험이 한·중작가회의 같은 순수 문학 교류에도 그늘을 드리운 것이었다. 한반도를 둘러싼 환경은 여전히 엄혹하다는 것, 문학이 결코 바깥 상황과 무관할 수 없다는 것을 2017년 가을 창춘에서 새삼 확인했다.

(2017)

《화산도》 완독기

    대하소설 《화산도》(보고사, 2015)를 손에 잡은 것은 지난해 9월. 신설된 이호철통일로문학상의 1회 수상자로 이 소설의 작가 김석범이 선정된 것이 계기였다. 물론 《화산도》 전 12권의 한국어판이 출간된 2015년 10월에 나는 이 중요한 사건을 북섹션 커버로 다루었고, 기사를 쓰기 위해 《화산도》 일부를 발췌해서 읽은 터였다. 그러나 형편상 12권 전부를 꼼꼼히 읽고 기사를 쓸 여유는 없었고, 《화산도》 완독은 나중의 과제로 미뤄둬야 했다.

    반년 남짓에 걸쳐 주말과 휴일 그리고 평일 저녁 시간을 할애해 《화산도》 전 12권을 독파한 소감은 그 시간들이 헛되지 않았다는 뿌듯함이다. 알다시피 한국에서도 주로 지난 1980, 90년대에 적잖은 역사대하소설이 생산되었다. 그 작품들에 견주어 《화산도》의 가장 큰 차이는 이 소설이 사건의 진행보다는 인물의 내면을 주조해내는 데 주력한다는 점이다. 이 소설은 총 12권, 번역판 원고로 2만 2000여 장에 이르는 방대한 분량이지만 실제로 다루는 기간은 4·3 발발 직전인 1948년 2월 말부터 무장대가 사실상 궤멸된 이듬해 6월까지 15개월 정도에 지나지 않는다. 게다가 이 소설은 무장봉기와 학살 등 4·3의 한복판으로 들어가기보다는 외곽을 맴돌며 사태의 원인을 분석하고 경과를 추적하며 그 파장을 곱씹는 쪽에 가깝다.

《화산도》의 이런 특징은 주인공 이방근의 성격과 밀접하게 연결된다. 이방근은 일제 말에 사상범으로 체포되어 옥고를 치렀으나 병보석으로 풀려나면서 전향 의사를 밝힌 이력이 있다. 부잣집 아들인 그는 그 뒤로는 허무주의자이자 방관자를 자처하며 서재의 소파에 파묻혀서는 고래처럼 술을 들이켜고 아무렇게나 성욕을 해소하는 것으로 시간을 죽이는 중이다.

4·3은 그런 이방근을 현실의 한가운데로 끌어낸다. "현장에 마주 서자, 서재의 소파 위에서 만들어진 감각으로는 다룰 수 없는 한낮의 태양이 내리쬐는 기묘한 세계로"(4권)라며 현실에 투신할 것을 다짐한 그는 무장대에 대한 심정적 동조와 금전적 지원은 물론, 당을 배신한 동창 유달현과 친척 형인 경찰 간부 정세용에 대한 인민재판에 가담하고 정세용은 직접 총살하기까지 한다. 그러고는 "인간은 다른 사람을 살해하기 전에 자신을 죽이지 않으면 안 된다"(5권)라는 특유의 '살인-자살' 철학에 따라 결국 자살을 택한다.

"예전의 친일분자는 지금 반공, 그리고 애국분자로 변했어. (…)

4·3 진압도 친일파들의 반공 애국의 표본이 되는 거라구"(9권)라든가 "반민특위의 승리는 제주도의 승리가 된다"(12권)라는 대목에서 보듯 김석범은 남한 단독정부 수립을 위한 5·10 총선에 반대해 들고일어난 4·3 봉기와 친일파 문제가 한 몸인 듯 뗄 수 없는 관계라 파악한다. 이광수를 필두로 한 친일 문인에 대한 비판도 신랄하다. 그렇지만 주인공 이방근과 작가는 무장대의 이념적 형제라 할 북 체제에 대해서는 비판적인 태도를 굽히지 않는다. "전적으로 '북'을 지지할 수 없는, 희망을 걸 수 없다는 기분이 들었다. 사고무용(思考無用)의 독재"(9권)라는 대목에서 그들의 고민을 엿볼 수 있다.

《화산도》마지막 12권 중반부에는 북제주 조천에서 벌어진 토벌대의 주민 학살 사건이 등장한다. 제주 출신 작가 현기영의 중편〈순이 삼촌〉의 소재가 된 바로 그 사건이다. 재일동포 작가 김석범의 대하소설과 제주 작가 현기영의 중편이 이렇게 만난다. 올해는 4·3 사건 70주년이 되는 해여서 제주 안팎에서 여러 행사가 펼쳐진다.《화산도》12권 완독에 도전하는 것으로 '나만의 4·3 70주년'을 기념해 보는 것은 어떨까.

(2018)

김윤식 선생의 편지

歲月如流水(세월여유수)하야······. 세월이 흐르는 물과 같아
서. 김윤식 선생의 편지는 흔히 이렇게 시작하곤 했다. 같은 뜻으
로, "세월이 많이 흘렀소"라 쓰시기도 했다. 편지지는 대개 '서울
대학교 인문대학' 이름과 학교 표지가 찍힌 얇은 습자지 재질이
었고, 때로는 원고지일 때도 있었으며, 이면지에 간단한 인사말
과 용건을 적은 경우도 있었다. 겉봉투로는 서울대 국문과와 농
협 서울대 지점 봉투를 혼용했다.

흐르는 물처럼 야속하게 지나는 시간에 대한 아쉬움과 원망을
당시에는 미처 헤아리지 못했다. 그러나 선생이 이승을 떠난 지
금은 너무도 확연하게 알 수 있다. 세월은 가차 없이 왔다가는 가
버리며, 한번 지나간 순간을 다시는 돌이킬 수 없다는 것을. 선생
이 퇴임 기념 강연에서 많은 시 중에서 하필이면 워즈워스의 시
를 인용하신 마음을.

한때 그토록 휘황했던 빛이

영영 내 눈에서 사라졌을지라도

들판의 빛남, 꽃의 영화로움의 한때를

송두리째 되돌릴 수 없다 해도

우리는 슬퍼 말지니라. 그 뒤에 남아 있는

힘을 찾을 수 있기에

—〈어린 시절을 회상하고 영생불멸을 깨닫는 노래〉 부분

송구스럽게도 '최재봉 형께'라는 호칭을 앞세운 편지들에서 선생은 여러 말씀을 하셨다. 신문에 쓴 원고에 관한 내용이 주를 이루었다. 마산에서 열린 권환문학제를 계기로 글을 보내면서는 "저도 모르게 이용당하다 버림받은 한 인간(=권환)의 비극"과 "참담한 고독"에 주목했노라는 설명을 곁들이셨다. 고희를 한 해 앞둔 2004년에 원고지에 쓴 짧은 편지는 이러했다.

〈한겨레〉에 글을 쓰는 동안, 최형은 어떻게 생각할까, 그 일념이었고 또 그것이 즐거웠소. 고적(孤寂) 위에 내리는 정복(淨福)이었다고나 할까. 남의 글 읽고 이해하려 애쓰다가 오늘에 이르렀소. 내년이면 제가 고희(古稀)를 맞소. 마음 어지럽기는 여전하여 안타깝소. 언젠가 내 글을 한두 편 쓸 수 없을까. 그렇게 벼르다 오늘에 이르렀소.

문학사 연구와 현장비평을 중심으로 200여 권의 책을 낸 그이
지만, '내 글'을 향한 갈증은 내내 떨치지 못했다. 저서《한국근대
문학연구방법입문》(서울대학교출판부, 1999)을 내고 1999년 8월
에 보낸 편지에서도 선생은 '연구자와 표현자의 관계'에 관한 고
민을 털어놓았다.

　　　'연구자와 표현자의 동일성은 가능한가.' 이것이 제가
　　　도달한 화두이지요. 만일 이 문제가 조금이라도 의의 있
　　　다면 그 이상 더 무엇을 바라겠는가. 그렇게 저는 생각하
　　　고 있습니다. '연구자로서 표현자 되기'의 경지, 그것이 제
　　　고민의 일단이지요.

　　찾아보니 선생이 내게 처음 편지를 보낸 것은 1997년 9월이
었다. 아마도《김윤식의 소설 현장비평》(문학사상사, 1997)이라는
평론집을 다룬 기사를 읽고 쓰신 듯한데, 자식뻘 기자를 대하는
겸손이 놀랍고 민망할 정도다.

　　　제가 그동안 이런저런 책도 내었고, 또 평론도 썼으나,
　　　이번 최형의 평가만큼 정확한 경우는 거의 없었습니다.
　　　요컨대 제 현장비평의 '요점'이라고나 할까. 아마도 최형
　　　자신이 현장비평가이기에 가능했던 것이 아니었을까. 그
　　　러고 보니, 최형이야말로 제가 갖고 있는 허술함을 동시

에 꿰뚫고 있지 않을까. 다음 기회엔 최형이 본 그 허점이 지적되어, 제가 좀 더 정신을 차리게 되었으면 합니다.

　2006년 9월에 보낸, 이면지에 짧게 휘갈겨 쓴 편지는 이러하다. 선생은 그 무렵 내가 출연하던 라디오 방송을 종종 듣노라고 하셨다. "방송 잘 듣고 있습니다. 아직도 문학을 사랑합니다." 문학을 향한, 그 놓지 못할 사랑을 데리고 선생은 지금 어디쯤 가고 계실까.

(2018)

문학관을 생각하며
옛날 잡지를

벌써 10년도 훨씬 더 전의 일이겠다. 어느 날 종이 상자에 담긴 우편물이 신문사로 배달되었다. 보낸 이는 낯선 이름이었고 충청도가 주소지였다. 열어 보니, 이런 세상에나, 오래된 잡지 창간호들과 귀한 초간본 책들!

1955년 1월호로 창간되어 지금껏 결호 없이 꾸준히 나오고 있는 〈현대문학〉은 물론, 그 전해인 1954년 4월에 나온 〈문학(과)예술〉, 1955년 7월호로 창간된 〈예술집단〉, 1956년 6월호 〈자유문학〉 등 50년대 잡지가 넷이었다. 여기에다가 〈중앙문학〉(1960년 11월), 〈문학춘추〉(1964년 4월), 〈시문학〉(1965년 4월), 〈문학〉(1966년 5월) 창간호 등 60년대 잡지도 넷. 모두 세로쓰기에 2단 또는 3단 조판으로 지난 시절 정취를 물씬 풍겼다. 하나같이 누렇게 바래고 책등이 약간 훼손된 것도 있긴 했지만 보관 상태는 비교적 양호했다.

목차를 보니, 이건 흡사 문학사를 눈으로 보고 손으로 만지는 느낌이었다. 육당 최남선과 가람 이병기의 시조를 앞세운 〈예술집단〉, 김동리의 단편 〈흥남철수〉가 실린 〈현대문학〉, 최인훈 소설 《서유기》 연재 첫 회분을 실은 〈문학〉, 김윤식과 김현이 나란히 필자로 등장한 〈시문학〉까지. '4·19 순국학도 위령제에 부치는 시'라는 부제를 달고 〈중앙문학〉에 실린 김수영의 〈기도〉가 특히 눈길을 끈다. "시를 쓰는 마음으로/ 꽃을 꺾는 마음으로/ 자는 아이의 고운 숨소리를 듣는 마음으로/ 죽은 옛 연인을 찾는 마음으로/ 잃어버린 길을 다시 찾은 반가운 마음으로/ 우리가 찾은 혁명을 마지막까지 이룩하자"로 시작하는 작품이다. 김수영 50주기와 촛불 정부 2년 차가 같이 저물어가는 이즈음 새삼 마음을 울린다.

오래전 모르는 독자가 보내준 옛 잡지들에 다시 생각이 미친 것은 지난 10월 부지를 정한 국립한국문학관에 고 하동호 교수 유족이 3만 점 넘는 책과 유물을 기증했다는 소식을 접하고서였다. 2016년 2월 문학진흥법 공포로 근거가 마련된 국립문학관은 부지 문제로 우여곡절을 겪었지만, 그 못지않게 중요한 것이 자료를 확보하는 일이다.

등록문화재로 지정되어 1억 원을 호가하는 김소월의 시집 《진달래꽃》 초판본 사례에서 보듯 문학관에 필요한 자료를 수집하자면 만만찮은 돈이 소요된다. 희소성과 투자가치 때문에 쉽사리 자료를 내놓지 않는 소장자들도 적지 않을 것으로 짐작된다.

국내 유일본이라는 채만식의 소설《탁류》와 박태원의 소설집 《소설가 구보씨의 일일》같은 희귀본을 포함한 자료를 흔쾌히 기증한 유족의 용단에 박수를 보내는 까닭이다.

또 다른 작고 국문학자 등의 자료 기증 논의 역시 진행 중인 것으로 알려졌다. 문학관 쪽은 이런 기증과 함께 공모와 경매 구입, 기탁 등 다양한 방식으로 필요한 자료를 확보한다는 방침이다. '기적의 도서관' 설립 운동과 같은 일종의 기부 캠페인도 궁리하고 있다. 헐값에 귀중한 자료를 확보하겠다는 속셈이 아니다. 책과 유물 등 문학사 자료는 시간이 지날수록 훼손되고 망실될 위험이 커지기 때문이다.

충청도의 독자와는 그 뒤 연락이 더 이어지지 못했다. 책장에 고이 모셔놓은 책들을 이따금씩 들춰 보며 감사의 마음을 새길 뿐이다. 60여 년 전 잡지 창간호들을 통해 한 세기 남짓한 현대 문학사의 숨결을 느껴보는 일은 느껍고 벅찬 경험임에 틀림이 없다. 그런데 이런 호사를 혼자서 누리는 게 옳은 일일까. 하 교수 유족의 기증을 보며 새삼 갈등이 생겼다. 우연히 내게 온 이 책들도 공적인 용도로 돌려야 하지 않을까.

(2018)

먼지의 시학

    김훈이 낸 산문집《연필로 쓰기》(문학동네, 2019)의 서문과 후기는 각각 이런 문장으로 마무리된다. '일산에서 미세먼지를 마시며 김훈 쓰다.' '일산에서 초미세먼지를 마시며 김훈 쓰다.' 미세먼지와 초미세먼지라는 낱말 옆에는 'fine dust'와 'ultra-fine dust'라는 영어 단어까지 친절하게 병기해 놓았다. 엄살을 가장한 허세로 웃음을 자아내는 서문은 김훈의 책을 읽는 가외의 재미에 속하거니와, 이번 책에서 그가 하필 미세먼지와 초미세먼지에 주목한 것이 예사롭지 않다.

    그가 말하는 (초)미세먼지란 물론 현실의 먼지, 표준국어대사전에 "가늘고 보드라운 티끌"이라 풀이된 물질을 우선 가리킬 것이다. 봄철 황사로 대표되던 과거의 먼지 공세와 달리 언제부턴가 계절 불문하고 일상을 위협하는 먼지들에 관해 김훈은 호소하는 것. 그런데 그가 마신다는 (초)미세먼지는 단지 우리 눈을 가리고 숨을 막는 유독물질만을 뜻하는 것은 아니다. 탁하고 껄끄러운 먼지의 속성에 세태를 빗댄 '홍진(紅塵)'이라는 말에서 보듯, 혼탁한 세상에서 책을 읽고 글을 써야 하는 서생의 처지를 저 '먼지'들은 상징하는 것이겠다.

> 모래야 나는 얼마큼 적으냐
> 바람아 먼지야 풀아 나는 얼마큼 적으냐
> 정말 얼마큼 적으냐

김수영의 시 〈어느날 고궁을 나오면서〉의 마지막 연에서 먼지는, 모래와 바람과 풀과 함께, 작은 것들의 대표로서 호출된다. 크기가 작고 무게가 가볍다는 점에서 먼지는 하찮고 보잘것없는 존재를 대변한다. 그런데 겉보기에 작고 사소한 것들이 실은 그렇지 않다는 것을 옛사람들은 일찌감치 간파하고 있었다. 《장자》 외편 '추수' 장에는 "천지도 싸라기처럼 작을 수 있고 털끝도 구산(丘山)처럼 클 수도 있다"라며 크기의 상대성을 역설한 구절이 나온다. 영국 시인 윌리엄 블레이크의 시 〈순수의 전조〉 앞머리에서도 《장자》의 메아리가 들리는 듯하다.

> 한 알의 모래에서 세상을 보며
> 한 송이 들꽃에서 천국을 보라
> 그대 손바닥 안에 무한을 쥐고

찰나 속에서 영원을 붙잡아라

　바람에 날려서는 흩어져 버리는 덧없는 속성 때문에 먼지는
종종 필멸의 인간 운명을 상징하기도 한다. 미국 밴드 캔자스의
노래 〈Dust in the Wind〉가 대표적이다. 인간이란 "바람 속의 먼
지/ 우린 모두 바람 속의 먼지/ 바람 속의 먼지/ 모두가 바람 속
의 먼지"라는 가사가 서늘하다. 이런 생각을 반드시 허무주의라
타매할 일은 아닌 것이, 그 연원은 성경 창세기로까지 거슬러 올
라간다. 창세기 3장 19절에 일렀으되, "너는 흙이니 너는 흙으로
돌아갈 것이니라"라 되어 있으니 말이다.

　죽음을 에둘러 표현하는 한국어 '돌아가다'는 심오한 존재론
적 통찰로 빛난다. 그 점은 가령 "지나가 버리다" 정도로 새길
법한, 역시 죽음을 뜻하는 영어 숙어 'pass away'와 비교해 보아
도 뚜렷하다. 흙으로 빚었으니 흙으로 돌아가리라는 성경 말씀
이 우화적 가르침에 가깝다면, '돌아가다'라는 말에는 천체물리
학적 진실이 담겼다고 할 수 있다. 과학자 열세 사람과 나눈 대
화를 기록한 책《우리는 모두 별이 남긴 먼지입니다》(청어람미디
어, 2014)의 제목은 우주론자 마틴 리스가 한 말에서 왔다. 최초
의 빅뱅에서 우주가 비롯되었고, 우주 안의 모든 것은(우리 인간
을 포함하여) 그 빅뱅의 산물이라는 것, 우리 몸을 구성하는 물질
들과 밤하늘에 빛나는 별의 성분이 다르지 않다는 것을 천체물
리학은 알려준다. 정현종의 시 〈나는 별아저씨〉 가운데 '별아저

씨'와 '바람남편'을 자처하는 시인의 허풍에는 엄연한 과학적 근거가 있는 것이다.

그러니 칼 세이건의 우주 대서사시 《코스모스》(사이언스북스, 2004)에서 화성의 풍경을 묘사한 이런 대목을 읽을 때 우리 마음이 움직이는 것은 육친과 고향을 만나는 설렘과 그리움 탓이 아니겠는가.

> 작은 모래 언덕들, 바람에 흩날려 높이 솟아오른 미세 입자들과 이리저리 떠돌아다니는 먼지들로 덮였다 드러나기를 반복하는 바위 덩어리들이 벌판에 점점이 흩어져 있었다.(202~203쪽)

《코스모스》를 번역한 홍승수 전 교수도 4월 15일 우주의 먼지로 돌아갔다. 고인의 명복을 빈다.

(2019)

벌레에 관한 몇 가지 생각

바야흐로 벌레의 계절이다. 숲과 산에서는 줄에 매달린 애벌레들이 길을 막고, 밤이면 방충망에 들러붙은 날것들이 웅웅거리며 들어올 틈을 노린다. 앞선 영화에서 바퀴벌레 식량을 선보였던 감독은 인간을 기생충에 견준 영화로 프랑스에서 상을 받고,《개미》(1993)의 프랑스 작가는 신작을 들고 한국을 찾았다.

《개미》가 인간과 벌레의 공존을 모색했다면 영화 〈기생충〉(2019)은 벌레가 되어서야 비로소 생존할 수 있는 어떤 인간들을 보여준다. 영화 첫 장면에서 기택(송강호)네 반지하방에 출몰하는 꼽등이는 기택과 그 식구들의 거울상과 다름없다. 클라이맥스 직전 장면에서 기택의 딸 기정(박소담)이 박 사장(이선균)네 고급 주택을 '접수'한 자기 가족을 바퀴벌레에 견주는 것을 보라.

벌레로 변한 인간에 관한 이야기로 가장 잘 알려진 것은 카프카의 〈변신〉일 것이다. 어느 날 아침 침대에서 잠을 깨어 자신이 커다란 벌레로 바뀐 것을 알게 된 주인공 그레고르 잠자는 일과 삶과 가족으로부터 소외된 현대인의 처지를 상징한다.

　김영현의 단편 〈벌레〉는 카프카의 〈변신〉을 한국 현실에 접목한 문제작이다. 소설 주인공은 학생운동 시절 구치소에서 자신이 "한 마리의 완전한 그리고 다소 징그러운 벌레로 변해 버린" 경험을 들려준다. 박정희의 체육관 선거에 맞서 옥중 투쟁을 벌이던 그는 방성구(防聲具)와 수갑으로 입과 손이 결박된 채 '먹방'으로 불리는 징벌방에 간힌다. 가려움증은 벽의 모서리에 몸을 비비는 것으로 해결했다지만, 생리 현상은 어쩌지 못해 바지를 입은 채 볼일을 보고 만다. 그 순간 사랑하는 가족과 연인을 떠올린 주인공은 자신이 한 마리 벌레에 지나지 않음을 깨닫는다.

> 입에선 끊임없이 개처럼 질질 흘려대고 있는 침, 질퍽하게 오줌을 싸놓은 옷, 손을 뒤로 묶여 팔이 없는 사람의 꼴을 하고 있는 지금의 형상이 그들을 놀라게 하고 미치게 하고 말 것이었다. 나는 끝없이 작아지고 싶었다. 이를테면 남의 눈에 띄지 않는 먼지와 같은 존재가 되어버리고 싶었다.(《깊은 강은 멀리 흐른다》, 실천문학, 1999, 72쪽)

　영화 〈밀양〉(2007)의 원작인 이청준의 단편 〈벌레 이야기〉는 애도와 용서의 권리조차 절대자에게 양도해야 하는 인간의 벌레 같은 처지를 문제 삼는다. 유괴범에게 어린 아들을 앗긴 엄마는 슬픔과 분노, 복수 의지를 신앙의 힘으로 다독이며 가해자를 용서하고 마음의 평화를 얻고자 하지만, 자신이 용서하기도 전에 하느님께 회개하고 죄 사함을 받았다는 가해자의 뻔뻔함 앞에 무력감과 절망을 맛본다. 이 소설은 1981년에 처음 발표되었고 그 전해에 있었던 중학생 납치 살해사건에서 동기를 얻었다는데, 작가는 광주학살 이후 가해자가 먼저 용서와 화해를 거론하는 데 대한 절망과 분노를 소설에 담았다고 밝힌 바 있다.

백민석의 짧은 장편《해피 아포칼립스!》(아르떼, 2019)는 봉준호 감독의 칸 황금종려상 수상 소식이 전해질 무렵에 나왔는데, 여러모로 영화 〈기생충〉과 함께 논할 만하다. 근미래의 서울을 배경 삼은 이 소설은 최상류층 거주지인 타운하우스 주민들과 낙오자들인 좀비족, 늑대인간족, 뱀파이어족의 충돌을 그린다. 〈기생충〉에서 마주친 박 사장네와 기택네의 계급 대립을 극단화한 구도라 하겠다. "돌연변이를 일으켜서라도 목숨을 부지하려했다"라는 좀비 · 늑대인간 · 뱀파이어족의 생존술은 기택네 가족의 기생 작전을 떠오르게 한다. 한강변 난민촌에 사는 이들이 풍기는 "제 살던 나라의 고유한 악취, 제 인종의 독특한 체취"는 박 사장네가 그토록 혐오하는 "지하철 타는 사람 특유의 냄새"에 대응한다. 여기서도 냄새는 계급 구별과 배제의 척도가 된다.

〈기생충〉과《해피 아포칼립스!》둘 다 극적인 파국으로 마무리된다는 결말도 비슷하다. "인간 가족이 살기에도 지구는 좁아"라고 백민석 소설 속 부자 인간이 말할 때, 그가 생각하는 인간의 범주에 하층민들은 포함되지 않는다. 〈기생충〉을 보고 난 뒤에도 오래도록 남는 찜찜한 느낌의 정체는 무엇일까. 지하철을 타고 출퇴근하며 반지하방이나 옥탑방에 살거나 살았던 자신이 한갓 벌레가 된 듯한 불쾌감과 우울함 때문이 아닐까. 그러나 알고 보면 개미나 벌, 나방은 물론 몸속 기생충조차도 나름의 역할과 기능이 없지 않다. 개미나 벌과도 공존을 모색하는 마당에 같은 인간을 혐오스러운 벌레 취급해서야 되겠는가.

(2019)

박태순의 눈과 발

빈소는 한산했다. 문인들의 모습이 많이 보이지 않았다. 지난해 유명을 달리한 몇몇 문인의 장례에 견주어서도 빈소의 허전함은 두드러져 보였다. 그 허전함은 고인이 '3립(고립·독립·자립)'을 표방하며 사반세기 동안 수안보에 스스로를 유폐시키다시피 한 선택과도 무관하지 않을 것이었다.

박태순(1942~2019)은 요즘 독자들에게는 익숙한 이름이 아닐 것이다. 그도 그럴 것이 그는 1960~70년대에 주로 활동했고, 마지막 소설인 중편 〈밤길의 사람들〉을 발표한 것도 벌써 31년 전의 일이기 때문이다. 궂긴 소식이 금요일 늦은 오후에 전해진 탓도 있었지만, 신문에서도 그의 부음은 소홀하게 다루어졌다. 그렇지만 그는 그렇게 허투루 보내도 좋을 작가가 아니다.

박태순은 서울대 문리대 영문과 신입생으로 4·19혁명을 겪었으며 그때 법대 동급생의 죽음을 목격했다. 그의 4·19 체험은 단편 〈무너진 극장〉을 낳았다. 그는 불문과 동기였던 김현이 주도한 '68문학' 동인에 가담하지만, 독문과 동기 염무웅과 함께 〈창작과비평〉의 참여문학 쪽으로 건너온다. 소설집 《정든 땅 언덕 위》(1973)로 묶인 〈외촌동 사람들〉 연작에서 그는 서울 변두리 거주민들의 애환과 사회 변동을 생동감 넘치게 그렸다. 그 작품은 70년대 농촌을 배경 삼은 이문구의 〈우리 동네〉 연작의 도시 빈민 버전이자, 《난장이가 쏘아올린 작은 공》을 예비한다 할 수도 있었다.

1970년대의 박태순은 활발하게 소설을 쓰는 한편, 자유실천문인협의회(한국작가회의의 전신)를 조직하고 그 조직을 기반으로 문인들의 사회적 발언과 행동을 규합하는 현장 활동에도 매진했다. 그는 당시 수집한 자료 등을 정리해서 보고문 〈자유실천문인협의회와 1970년대 문학운동〉(1985)을 발표했으며 2004년에 그 글을 확장·보완해서 세 권짜리 단행본 《민족문학작가회의 문예운동 30년사》를 펴냈다. 1979년 무크 〈실천문학〉 발행에 편집인으로 참여한 것도 같은 맥락이었다.

그는 또한 르포 작업에도 열의를 보였다. 첫 소설집 《무너진 극장》(1972)에 붙인 '작가 후기'에서 그는 "소설이란 하나의 눈"이라며 "어떠한 일이 있어도 눈을 감지 말고 뜨고 있어야 한다"라는 다짐을 밝힌 바 있다. 뜬 눈으로 현실을 지켜보고 그 결과를 글로 기록하기 위해 소설 장르에만 국한될 필요는 없다고 그는 생각했다. 그는 전태일 분신 직후 평화시장 작업장과 모란공원 묘지 하관식, 쌍문동 집, 서울법대 추도식장 등을 찾아 현장을 기록하고 관련자들의 증언을 청취했다. 전태일 분신 이듬해에 벌어진 광주대단지사건 현장을 찾아 〈르뽀 광주대단지 4박 5일〉이라는 글을 남기기도 했다.

마지막 소설 〈밤길의 사람들〉역시 1987년 6월항쟁 참여 경험의 소산이었다. 그러니까 박태순은 한국 현대사의 두 결정적 국면인 4·19와 6월항쟁을 모두 체험하고 소설로 옮긴 거의 유일한 작가인 셈이다. 〈밤길의 사람들〉에서도 그는 자신과 같은 지식인이 아닌 남녀 노동자의 눈을 빌려 항쟁의 성과와 한계를 냉정하게 직시했다. 1996년 〈한겨레〉의 기획 연재를 위해 기자와 함께 명동성당을 찾은 작가는 중산층과 학생운동권이 거둔 성과에도 불구하고 "노동자들에게는 이제부터 쟁취해야 할 게 무엇인가를 알게 했다는 데 그해 6월의 의미가 있다고 본다"라고 말한 바 있다.

〈밤길의 사람들〉을 끝으로 소설에서 물러난 그가 대신 주력한 것이 국토 답사기였다. 기행문 《국토와 민중》(1983)과 《나의 국토 나의 산하》(한길사, 2008) 등은 그 성과의 일부였다. 9월 1일 오후 빈소에서 열린 소박한 추모식에서 그의 학과 후배이기도 한 김정환 시인은 "4·19 정신을 가장 치열하게 구현한 소설가를 넘어 국토 기행 장르를 창조한 산문정신의 밭"이라고 박태순의 답사 문학을 평가했다.

역시 추모식에 참석한 전태일의 동생 전태삼은 울먹이며 말을 잇지 못했고, 김언호 한길사 대표는 한길역사기행 시절을 회고했다. 소설가 현기영을 비롯해 이경자 한국작가회의 이사장, 김사인 한국문학번역원장, 강형철·현준만·한창훈·오창은·홍기돈·안현미 등 후배 문인들이 고인의 마지막을 지켰다. 그러나 마땅히 얼굴을 비췄어야 할 선후배 문인들이 이런저런 사정으로 자리를 함께하지 못했다. 쓸쓸한 추모식이었다.

(2019)

코로나 시대의 문학

코로나19가 일상을 장악하면서 알베르 카뮈의 소설《페스트》(1947) 판매가 급증했다고 한다. 이 작품은 여러 논자들의 칼럼에서도 즐겨 인용되곤 한다. 1947년에 처음 발표된 이 소설 속 상황이 그만큼 이번 사태와 유사하고 그로부터 우리가 얻을 교훈도 여전하다는 뜻이겠다. 문학의 힘을 새삼 느낀다.

《페스트》는 알제리의 도시 오랑에 페스트(흑사병)가 번지면서 도시가 폐쇄된 가운데 이 질병에 맞서 싸우는 인간 군상의 이모저모를 그린 소설이다. 특히 의사 리외를 비롯한 의료진과 자원봉사자들의 헌신이 감동적이다. 그런데 리외가 의사이면서 동시에 이 소설의 화자라는 사실에는 충분한 주의가 기울여지지 않는 듯하다.

《페스트》는 1940년대의 어느 해 4월 중순부터 이듬해 2월까지 벌어진 상황을 그린다. 소설 도입부는 이 작품을 "연대기"로 표현하며, "연대기의 서술자"가 "어떤 우연으로 인하여 얼마만큼의 진술 내용들을 수집할 수 있는 입장이 되었"기 때문에 "역사가로서의 과업을 수행하게 된 것"이라고 소개한다. 그 서술자의 정체는 소설이 진행되는 내내 감추어져 있다가 말미에 가서야 그것이 의사 리외라는 사실이 공개된다. 《페스트》라는 "연대기"를 쓰게 된 과정과 연유가 곧 소설 《페스트》를 이룬다는 점에서 이 작품은 재귀적 형태를 띤다. 어쨌든 리외가 기록자가 되기로 한 까닭을 설명하는 소설 말미의 문장은 감동적이다.

입 다물고 침묵하는 사람들의 무리에 속하지 않기 위하여, 페스트에 희생된 그 사람들에게 유리한 증언을 하기 위하여, 아니 적어도 그들에게 가해진 불의와 폭력에 대해 추억만이라도 남겨놓기 위하여, 그리고 재앙의 소용돌이 속에서 배운 것만이라도, 즉 인간에게는 경멸해야 할 것보다는 찬양해야 할 것이 더 많다는 사실만이라도 말해두기 위하여, 지금 여기서 끝맺으려고 하는 이야기를 글로 쓸 결심을 했다. (김화영 옮김)

이 문장은 문학의 본질과 역할에 대한 중요한 통찰을 담고 있다. 문학은 발언이며 증언이고 추억이라는 것, 인간의 존엄성과 가치에 대한 찬양이어야 한다는 생각이 그것이다. 《페스트》의 화자인 리외의 이런 생각은 카뮈 자신의 견해라 해도 틀리지 않을 것이다.

리외를 통해 개진되는 카뮈의 목소리는 중국 소설가 옌롄커가 〈한겨레〉에 기고한 글 〈역병의 재난 앞에서 너무나 무력하고 무능한 문학〉으로 이어진다. 이 글에서도 《페스트》를 언급하고 있거니와, 이 글은 코로나19와 같은 심각한 사태 앞에서 문학과 문학인이 제 역할을 하고 있는지에 대한 반성을 담았다.

"전쟁이나 역병의 재난이 닥쳐왔을 때가 작가들이 기꺼이 '전사'가 되거나 '기자'가 되어야 할 때이고 그들의 목소리는 총성보다 더 멀리 울려 퍼질 것"이라고 옌롄커는 쓴다. 그런데 "중국 문학의 문제점은 (…) 작가들이 무엇을 써야 하는지 뻔히 알면서도 절대로 쓰지 않는다는 데에 있다"라고 그는 일갈한다. "문학이 무능하고 무력한데 작가들은 이런 무능과 무력에 대해 사유하지 않을 뿐만 아니라 오히려 자신들의 펜과 목소리, 권력으로 부조리와 죽음과 통곡의 악보를 만들어 찬미의 시를 노래하고 있다"라며, 이것은 "문학을 문학이 아니게 하는 일"이어서 "작가들 스스로 문학의 회자수(사형집행자)가 되고 있다"라고까지 통매한다. 한국문학이라고 해서 이런 지적에서 자유로워 보이지는 않는다.

《페스트》는 2차대전과 나치 독일의 프랑스 점령에 대한 알레고리로 흔히 해석된다. 그러나 말 그대로 전염병 또는 그것이 상징하는 인간의 취약한 실존적 조건을 다룬 소설로 읽어도 무방하다고 생각한다. 코로나19 시대에 우리가 이 소설을 다시 찾는 까닭이 바로 거기에 있을 것이다. 페스트와 코로나19 같은 재앙에 맞서 문학과 문학인이 무엇을 해야 할지에 관한 카뮈와 옌롄커의 말을 가슴에 새기며 이 소설의 마지막 문장을 다시 읽어 본다.

　　페스트균은 결코 죽거나 소멸하지 않으며, 그 균은 수십 년간 가구나 옷가지들 속에서 잠자고 있을 수 있고, (…) 아마 언젠가는 인간들에게 불행과 교훈을 가져다주기 위해서 또다시 저 쥐들을 흔들어 깨워가지고 어느 행복한 도시로 그것들을 몰아넣어 거기서 죽게 할 날이 온다는 것을 알고 있었기 때문이다.

(2020)

소설을 생각한다

소설이 말썽이다. 오토픽션(자전소설)을 표방한 어느 작가는 사적인 문자메시지를 무단으로 소설에 차용해 명예훼손으로 비난을 받고 결국 사과했다. 법무부 장관이 야당 의원의 공세에 '소설 쓰시네'라고 대꾸하자 한국소설가협회는 해명과 사과를 요구하는 성명을 냈고, 소설가들을 포함한 문인들 사이에서도 협회가 '오버한다'는 반발이 나왔다. 누리꾼들은 기발한 패러디로 협회를 조롱했다.

이즈음 소설이 사회 구성원들 사이에 회자되는 양상은 자못 참담하다. 당대의 시대정신을 담보한 문제의식으로, 아니면 장안의 지가를 들썩이게 할 상품성으로 화제에 오르면 좋으련만. 그렇기는커녕 추문과 사건, 비아냥과 비난으로나 소비되는 소설의 우울한 현주소라니. 대체 소설이 무엇이관데 이런 소동과 사건이 벌어지는 것일까. 답을 찾아보고자, 소설을 논한 글들을 다시 읽어본다.

중국의 고전 《한서》〈예문지〉는 소설을 일러 "패관(하급 관리)의 손에서 나온 가담항어 도청도설"이라고 설명한다. 가담항어와 도청도설이란 모두 길거리나 사람들 사이에 떠도는 근거 없는 소문을 뜻하는 말이니, 부질없는 이야기라는 뜻이겠다. 한국 단편소설의 완성자로 일컫는 상허 이태준의 산문집 《무서록》에 실린 〈소설〉이라는 글에서도 상허가 소설가임을 알게 된 친구의 부친은 대뜸 이렇게 나온다. "거, 소설은 뭘허러 짓는가? 자고로 소설이란 건 패관잡기로 돌리던 걸세. 워낙 도청도설류에 불과하거든……"이라고.

형평성 차원에서 소설에 관한 다른 견해에도 귀를 기울여보자. 소설가이자 문학이론가이기도 했던 D. H. 로런스는 역시 〈소설〉이라는 제목의 글에서 소설을 일러 "위대한 발견"이자 "인간의 표현 형식 중 최고의 것"이라고 단언한다. 루카치에게는 소설이 신 없는 시대의 서사시이며, 뤼시앙 골드만에게는 타락한 세계에서 진정한 가치를 찾는 이야기 형식이다.

'작을 소(小)' 자를 쓰는 한자 표기 때문에 소설을 좀스러운 이야기로 오해하는 경우도 있다. 김지하가 판소리투 시집 《대설 남(南)》을 내면서 큰 이야기를 뜻하는 '대설(大說)'을 표방한 것은 명백히 소설을 겨냥한 명명이었다. 그러나 소설은 결코 작은 이야기이기만 한 것은 아니다. 지극히 사소한 이야기에서부터 엄청나게 큰 이야기까지를 두루 포괄하는 장르가 곧 소설이다. 러시아의 문학이론가 미하일 바흐친에 따르면 소설은 "지금도 형성 중인" 장르이며 "유연성 그 자체"라 할 정도로 열려 있는 양식이다. 바흐친의 이런 말이 들어 있는 논문 〈문학 장르로서의 소설〉이 처음 발표된 때가 1941년이기는 하지만, 그 뒤의 80년 세월이 소설의 유연성과 가능성을 소진했다고 보기는 어렵다. 사진을 즐겨 활용하는 제발트의 소설들 또는 시로 된 소설《라인》(조제프 퐁튀스)과 같은 작품은 소설의 여전한 형식적 유연성을 보여주는 사례의 일부일 뿐이다. 갈수록 세를 불려가는 전자책 형태의 소설에서는 영상과 음향을 결합하는 시도도 나오고 있다.

> "말하기를 이야기는 다 거짓말이고 노래는 참말이라 하니께요."

박경리의 대하소설《토지》앞부분에서 봉순네는 어린 서희에게 이렇게 말한다. 허구의 이야기인 소설의 의미를 깎아내리는 말이자, 소설에 비해 시의 우위를 확인하는 발언으로도 들린다. 그러나 같은 작품 중반부에서 월선의 백부인 공 노인은 봉순 어미의 이런 말을 정면으로 부정한다.

> "아니지이, 얘기책 그게 다 참말인 기라. 그러고 보니 우리가 모두 얘기책 속에서 살고 있다 안 할 수 없구먼."

공 노인이 알지는 못했겠지만, 그는 '삶이 예술을 모방한다'는 오스카 와일드의 저 유명한 정의를 자기식으로 변주한 셈이다.

공 노인의 말처럼 우리는 모두 소설의 등장인물들이다. 삶이라는 소설 또는 소설로 표현된 삶 속에서 우리는 무엇을 꿈꾸고 무슨 행동을 하는 것일까. 말을 바꾸자면, 우리는 왜 소설을 쓰고 읽는 것일까. 이 질문에 대해서는 작고한 평론가 김현의 답이 여전히 유효해 보인다.

> 이 세계는 과연 살 만한 세계인가, 우리는 그런 질문을 던지기 위해 소설을 읽는다.(《분석과 해석/보이는 심연과 안 보이는 역사 전망: 김현 문학전집 7》, 문학과지성사, 1992)

소설은 비록 더럽고 비참한 상황을 그리더라도 그 안에는 유토피아를 향한 소망이 오롯이 간직되어 있다. 그래야 한다. 추문과 비아냥 사이에서 길을 잃은 한국 소설에 공 노인과 김현의 말을 들려주고 싶다.

(2020)

먼저 온 미래

〈In the Year 2525〉라는 노래가 있었다. 미국 듀오 제이거 앤드 에번스의 1969년 히트곡이다. "2525년에/ 남자가 아직 살아 있고/ 여자가 살아남을 수 있다면/ 그들은 깨닫게 될 거예요"라고 시작한다. 2525년으로 출발한 노래는 3535년과 4545년, 5555년 등을 거쳐 9595년과 1만 년까지 이어지는 장대한 시간의 흐름을 짚어가며 묵시록적 메시지를 전한다. 기계가 사람의 일을 대신하고, 유리관에서 아들과 딸을 고르는 시기를 지난 뒤, 결국은 신이 내려와 세상을 '리셋'하게 될지도 모른다고 노래는 경고한다.

1969년의 사람들에게 2525년이란 상상하기 쉽지 않은 까마득한 미래였을 것이다. 노래 제목이 된 연도를 2020년으로 바꾸어도 그들에게는 비슷한 느낌이 아니었을까. 조지 오웰이 《1984》라는 SF 소설로 끔찍한 미래 사회를 그린 때가 1949년이었다는 사실을 생각해 보라. '1984'의 다소 평범한 느낌에 비해 '2020'은 그 자체로 '2525'를 닮은 미래적 울림을 준다. 그러니까 우리는 이미 어떤 미래에 와 있는 것이다. 그 미래의 핵심은 무엇이고 또 무엇이어야 할까.

장강명이 〈한겨레〉 신년호에 발표한 소설 〈승인할까요〉에는 노래 〈In the Year 2525〉와 닮은 설정이 나온다. 2020년 1월 1일 주인공 부부는 세상을 20년 전인 2000년으로 되돌릴지 아니면 2020년 지금의 시간을 계속 이어가게 할지 결정해야 하는 기로에 놓여 있다. 사실 주인공 부부는 자신들의 현재 삶에 큰 불만이 없다. 그러나 그들이 속한 세계 전체로 범위를 넓혀 볼 때, 2000년 이후 지금 이 순간까지 세상은 문제투성이라는 사실이 분명해진다. 세계의 많은 구성원들이 고통과 슬픔에 시달리는 상황 앞에서 부부는 "도덕적 책무"를 외면하기 어렵다.

1월 3일 치 〈한겨레〉에 실린 김초엽의 소설 〈소망 채집가〉 역시 2020년 벽두를 배경으로 한다. 이 소설의 주인공은 인간들이 2020년이라는 연도에 투영한 기대와 소망을 인격화한 존재다. 이제 사람들이 기다려왔던 2020년이 되었고 '2020년'의 인격적 구현체인 주인공은 사람들 앞에 나가 자신의(그러니까 2020년의) 실제 모습을 보여주어야 한다. 그러나 그는 사람들 앞에 나서기를 주저하거니와, 까닭은 자신의 모습이 "너무 초라"하다는 것. 장강명의 소설에서 책임이 강조되었다면 김초엽은 기대와 소망에 초점을 맞추지만, 그 결론은 동일하게 음울하고 회의적인 것 같다. 현실이 된 미래, 2020년은 장밋빛 전망과는 거리가 먼 것이다.

다시 노래 〈In the Year 2525〉로 돌아가 보자. 노래 첫머리에서 살아남은 남자와 여자가 깨닫게 될 진실은 무엇일까. "이제 인간의 지배는 끝났"다는 사실, 인간이 없어진 지구에서 "영원의 밤에 걸쳐 멀리 있는 별빛만/ 어제처럼 반짝"이리라는 쓰디쓴 진실이다. 이유는?

> 인간은 이 오랜 지구가 줄 수 있는
> 모든 걸 차지하고
> 아무것도 되돌려주지 않으니까요.

2019년 한국문학의 두드러진 특징으로 SF의 발흥을 드는 이들이 적지 않았다. 장강명과 김초엽은 그 주역들로 꼽힌다. 에스에프(SF)란 본디 과학소설(science fiction)에서 온 말이지만, 과학적 지식에 기반한 사고실험이라는 점에서 '사색적 소설(speculative fiction)'로 풀기도 한다. 사고실험을 반드시 과학소설만의 몫으로 제한할 일은 아닐 것이다. 그렇다면 2020년의 문학에 기대되고 요구되는 사고실험은 어떤 것일까. 노래 〈In the Year 2525〉에 그 답이 있다. 지구가 주는 것을 모두 차지하고는 아무것도 되돌려주지 않는 행태에 대한 반성과 개선 노력이 필요하다.

2020년 현재, 그런 행태의 핵심은 기후위기로 요약할 수 있다.

핵전쟁이나 소행성 충돌로 인한 인간 멸종이 빠른 종말이라면, 기후위기의 누적으로 인한 멸종은 느린 종말이라 하겠다. 그런 만큼 피부에 와닿는 실감이 덜할지는 모르지만, 과학자들은 시간이 얼마 없거나 이미 늦었다고 경고한다. 그런 위기의식에 정치와 사회, 문화예술 등 모든 부문에서 응답해야 한다. 문학이라고 예외일 수는 없다. 더 늦기 전에 2020년의 문학은 기후위기에 적극 대응해야 한다.

(2020)

옛글을 읽으며

새해를 맞는 느낌이 이토록 무겁고 어수선한 적이 또 있었던가 싶다. 백신에 관한 소문은 무성해도 코로나로 인한 불편과 불안은 여전하고, 정치사회적 혼란과 갈등은 해가 바뀌어도 가라앉을 줄을 모른다. 개인적으로는 올해가 갑년이어서 한층 심란하고 뒤숭숭한 마음이 되는 것인지도 모르겠다. 육십갑자 한 바퀴를 돌았음에도 세상사는 여전히 종잡기 어렵고 삶은 조금도 만만해지지 않는다.

갈피를 못 잡고 헤매는 때일수록 근본을 챙기라고 했던가. 인생과 세계의 이치를 설파한 옛사람들의 글에 자연 눈길이 간다. 어지럽고 답답한 연말연시에 마음을 의탁한 것은 중국 고전 입문서들이었다. 특히 두 권을 합쳐 2000쪽이 훌쩍 넘는《고문진보》(황견 엮음, 이장우·우재호·박세욱·장세후 옮김, 을유문화사, 2020)에서 적잖은 위안과 가르침을 얻었다.

《고문진보》는 대학 영문학과 학생들의 필독서인《노턴 앤솔러지》의 중국판이라 할 법하다. 중국의 역대 명시와 명문장을 전집과 후집에 나누어 실은 이 책은 특히 한국과 일본에서 널리 보급되어 한문 문장 교과서처럼 읽혔다. 퇴계 이황에 따르면 당시 공부하는 사람들은 이 책을 500~600번씩 읽고 주요한 문장은 암송하는 것이 기본이었다고 한다.

《고문진보》전집은 학문을 권하는 글(勸學文) 일곱 편으로 시작한다. 송나라의 두 황제(진종·인종)와 사마광·왕안석·백거이·주희 등의 작품이다. 여기서 '학문'이란 학자들이 하는 깊은 연구라기보다는 누구나 책을 통해 배우고 익히는 공부를 가리키는 말로 이해하면 될 법하다. "가난한 자는 책 때문에 부유해지고,/ 부유한 사람은 책 때문에 귀해지며,/ 어리석은 자는 책으로 인해 어질어지고,/ 어진 사람은 책으로 인해 부귀를 얻네"라는 왕안석의 권유는 세속적인 느낌이 짙어 마음이 가지 않는다. 그보다는 주자학의 창시자인 주희의 설득이 한결 솔깃하다. 역시 나이 때문인지도 모르겠다.

> 말하지 말라, 오늘 배우지 않고
> 내일이 있다고,
> 말하지 말라, 올해 배우지 않고
> 내년이 있다고.
> 해와 달은 무심히 흐를 뿐,

세월은 나를 기다리지 않는다
오호라, 늙었구나!
이 누구의 허물인가.

《고문진보》는 시문집임에도 중국의 유구한 역사와 숱한 인물
이 명멸하는 대하소설을 읽는 듯한 느낌을 준다. 개중에는 의례
적인 행사용 시 또는 군주나 관리의 성덕을 장황하게 칭송한 글
도 없지 않지만, 누에 치는 아낙의 눈물을 헤아리고 땀 흘리는 농
민을 연민하는 글들이 균형을 맞춘다.

만리장성을 쌓느라 백성을 도탄에 빠뜨린 것이 진나라 멸망의
원인이었다는 따끔한 비판이 있는가 하면, 유전자에 새겨진 듯
익숙한 풍경과 정서가 마음을 다독이기도 한다. "산이란 산에 새
한 마리 날지 않고,/ 길이란 길엔 사람 자취 끊어졌네./ 외로운
배에 도롱이와 삿갓 쓴 늙은이,/ 홀로 낚시질, 차가운 강에는 눈
만 내리고"(유종원, 〈강에는 눈만 내리고〉 전문)가 그러하다.

무릇 천지라는 것은
만물을 맞이하는 여관이요,
시간이라는 것은
긴 세월을 거쳐 지나가는 나그네이다.
덧없는 인생 꿈과 같으니,
즐긴다 하여도 얼마나 되겠는가?

하늘에서 귀양 온 신선이라는 뜻으로 적선(謫仙)이라 일컬어
진 이백의 〈봄날 밤 도리원 연회에서 지은 시문의 서〉 도입부다.
특유의 도가적 관조와 호방함이 마음을 울린다. 그런데 이에 바
로 이어지는 〈형주 한자사께 올리는 글〉의 결말부는 같은 이의
글이라 믿기 어렵도록 구차하고 비루해 보인다. "부디 미천한 저
를 밀어주셔서/ 크게 한 번 칭찬하고 장식해 주시기 바라오니,/
오직 공의 헤아림에 달려 있을 뿐입니다"라고 자신을 중앙에 추
천해 달라며 높은 자리에 있는 이에게 쓴 글이다. 그렇다고 해서
이것을 이백의 위선이라 치부할 일은 아니리라. 그보다는 인간
의 양면성과 복잡성을 보여주는 하나의 증거로 삼음이 마땅하
겠다.

한가롭게 옛 책을 뒤적이노라니, 마스크에 눌린 호흡기처럼
답답하고 짜증 나는 현실에서 한발 물러서 깊은숨을 쉬는 듯한
느낌이다. 더 늙고 어리석어지기 전에 틈나는 대로 글을 익히고
공구하기를 새해의 바람으로 삼는다. 무언가를 이루기 위해서가
아니라, 그저 즐거움을 위해. 오류선생 도연명처럼.

독서를 좋아하지만
깊은 해석을 구하지는 않고
매번 뜻이 맞는 곳이 있으면

기꺼이 밥 먹는 것을 잊어버리고

—도연명, 〈오류선생전〉 부분

(2021)

인간의 힘을 믿는다는 것

김종철

"우리가 이처럼 문학을 진지하게 생각하던 때가 있었다는 걸, 온몸과 마음을 바쳐 역사적 실천행위로서 진지하게 문학을 했던 때가 있었다는 걸 사람들이 기억했으면 합니다. 특히 젊은 평론가들이 이 책을 읽었으면 싶은데, 과연 그럴지 모르겠어요. 비평의 언어가 살아 있어야 문학 창작이나 다른 예술도 활기를 띨 텐데요."

문학론집《대지의 상상력》(녹색평론사, 2019)을 낸 김종철 전 영남대 교수를 10월 10일 오후 만났다. 격월간 생태 전문지〈녹색평론〉발행인이자 영문학자인 그의 전공이라 할 시인 윌리엄 블레이크와 소설가 찰스 디킨스, 평론가 매슈 아널드와 F. R. 리비스같은 영국 문인들, 프랑스 작가 프란츠 파농과 미국 소설가 리처드 라이트 같은 흑인 작가, 그리고 미나마타 사건을 소설로 쓴 일본 작가 이시무레 미치코 등 외국 작가들을 다룬 책이다.

김 전 교수는《시와 역사적 상상력》(1978)과《시적 인간과 생태적 인간》(1999) 같은 평론집을 낸 평론가이지만, 이제 그는 '전직 평론가'를 자처한다. 그가 문학에 대한 희망을 접고 생태주의 매체 발행과 그에 관련된 활동으로 방향을 선회한 사정은 일본 평론가 가라타니 고진의 책《근대문학의 종언》(도서출판b, 2006)에 소개되는 바람에 새삼 유명세를 타기도 했다. 오랜만에 묶는 문학론집에 한국 시·소설에 관한 평론은 전무하고 외국 작가와 작품에 관한 글들을, 그것도 벌써 오래전에 발표했던 글들을 묶게 된 까닭이다.

"적어도 1980년대까지만 해도 문학은 우리 정신의 보고였습니다. 문학을 통해 감수성을 훈련하고 윤리 교육을 받았으며 사상적으로 무장할 수 있었죠. 이 책에서 다룬 작가들은 전 생애를 걸고 자본주의 문명에 맞서 싸운 사람들입니다. 그런데 지금 이런 작가가 어디에 있습니까? 제가 요즘 문단 사정은 모르지만, 어쩌다 주변에서 권하는 소설을 읽어 보려다가도 실망해서 접은 게 한두 번이 아닙니다. 작가들이 너무 작아진 게 아닌가 싶어요."

블레이크에서 이시무레까지 이 책에서 다룬 작가들은 "'근대'의 어둠에 맞서서 '삶-생명'을 근원적으로 옹호하는 일에 일생을 바친 사람들이었다."('책머리에') "언제나 '억압받고 있는 자들의 해방'이라는 뚜렷한 목표를 겨냥하고 있었"으며 "억압적 부르주아체제에 대하여 가장 근본적인 비판에 도달한 근대 최초의 지식인·사상가였"던 블레이크, "그 자신의 좁은 노동관이나 세부적인 결함에도 불구하고 근원적으로는 노동계급 혹은 민중 전체의 능동적이고 창조적인 에너지를 발견한" 디킨스의 '민중적 상상력', 그리고 미나마타병에 걸린 환자들의 고통스러운 삶을 그리면서도 "생의 근원적인 행복과 풍요에 대한 믿을 수 없을 정도의 생생한 감각"을 놓치지 않은 이시무레 등에게서 그는 대지에 뿌리내린 민중의 건강한 생명력과 그를 지키기 위한 투쟁을 확인한다.

문학의 이런 '위대한 전통'이 망실되게 된 배경으로 그가 꼽는 것이 포스트모더니즘이라는 역사 허무주의, 그리고 그에 이어진 신자유주의 이데올로기다. 포스트모더니즘만이 아니라 그것이 비판과 극복의 대상으로 삼았던 모더니즘 미학 역시 그의 비판을 벗어나지 못한다. "서양의 전위예술 혹은 모더니즘 미학은 공동체의 정치적·윤리적 관심으로부터 예술을 절연시키고 사람과 사람 사이의 의사소통 수단으로서의 예술의 기능을 흔히 배제한다." 그가 보기에 모더니즘적 예술 실험은 "실험을 위한 실험, 해소할 길 없는 괴로운 자의식에 의한 자기몰입을 낳았을 뿐, 그 반항은 체제에 대한 어떠한 근본적인 도전으로 나아갈 수 없었다".

"지금은 문학사조 같은 게 내 관심은 아니지만, 그래도 역시 문학예술의 위대한 전통을 수립한 작가들은 리얼리스트가 아니었나 싶어요. 역사에 적극적인 자세를 지니고, 인간의 힘으로 역사를 바꿀 수 있다고 본 것은 역시 리얼리스트들이었습니다."

　문학론집에 이어 다음 달에는 〈녹색평론〉 등에 발표한 생태 및 민주주의 관련 글을 모아 책을 낼 예정인 그는 "지금은 전면적인 문명의 전환기이자 인류의 존속이 걸린 위기 상황인데 지식인들과 문인들은 이런 문제에 별 관심이 없는 것 같다"라며 안타까워했다.

(2019)

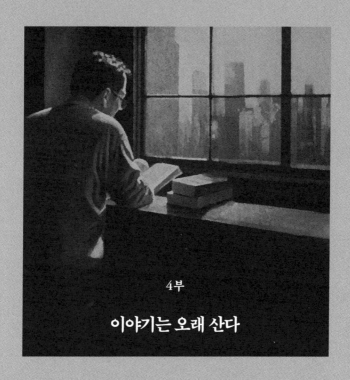

4부

이야기는 오래 산다

박완서 문학의 원점

박완서

《그 많던 싱아는 누가 다 먹었을까》

박완서의 새 장편소설《그 많던 싱아는 누가 다 먹었을까》(웅
진지식하우스, 1992)는 "소설＝허구"라는 등식에 완전히 배치되
는 작품이다. 그가 첫 작품《나목》(1970) 이후 22년 만에 첫 전작
장편으로 최근 발표한《그 많던 싱아는 누가 다 먹었을까》(이하
《그 많던》)는 자전적 성장소설이다. 이 소설은 1931년생인 작가
의 어린 시절에 관한 최초의 기억으로부터 1951년 1·4 후퇴 무
렵까지를 다루고 있다.

대부분의 소설은 어느 정도 자전적인 요소를 포함하는 것이
사실이다. 가령 금세기 초의 미국 작가인 토머스 울프는《그대
다시는 고향에 가지 못하리》라든가《천사여, 고향을 보라》등 자
신의 모든 소설을 출생과 가족관계, 성장, 학교교육, 문학수업,
등단, 연애 등 자신의 얘기만으로 채운 작가로 유명하다. 그러나
그의 소설의 경우 주인공 이름이 토머스 울프가 아닌 유진 갠트

또는 조지 웨버로 바뀐 것을 비롯해 등장인물들의 이름이 수정되었으며 시점도 3인칭으로 바뀌는 등 허구로서 최소한도의 형식 요건을 갖추고 있다.

박완서의 《그 많던》은 1인칭으로 지칭되는 "박완서" 자신은 물론 모든 등장인물의 이름이 실명 그대로이며 "개풍군 청교면 묵송리 박적골"이라는 출생지를 비롯해 지명과 상황 역시 사실 그대로이다. 게다가 "그 후 현저동에 처음으로 집을 산 경위를 〈경제정의〉에 소상하게 소개한 적이 있어 여기 그중 몇 대목을 인용한다"라든가 "나는 그때 화관을 쓴 올케언니에게서 받은 황홀한 인상을 오랫동안 잊지 못하고 있다가 훗날 《미망》을 쓸 때 여주인공 혼례장면에서 우려먹은 바가 있다"라는 등의 구절은 이 작품이 허구가 아니라 사실임을 보여준다.

그렇다면 "소설=허구"라는 기존의 관념을 거부하는 것처럼 보이는 이 작품은 박완서의 소설 독자에게 어떤 의미를 지니는 것일까? 그것은 이 작품이 그의 문학세계를 이해하는 실마리를 제공한다는 점이다.

6·25전쟁이 가져온 가족적 비극과 분단의 아픔에 천착하는 그의 소설들에는 자전적인 요소가 짙게 투영된 것으로 이해돼왔다. 개성 근처 박적골에서 태어난 화자가 육체적·정신적으로 성장해 6·25를 겪으면서 증언으로서의 글쓰기에 대한 예감을 지니기까지의 과정을 그린 《그 많던》은 그의 여러 소설들의 원형 내지는 재료를 보여준다. 화자와 어머니, 오빠를 중심으로 한 가족관계와

이들의 성격, 그리고 6·25가 이들 가족에게 가한 상처가 그것들이다. 이와 함께 "나는 그날 밤 엿들은 이야기를 오랫동안 잊지 못했고 그로부터 몇십 년 뒤 내 소설 중 가장 긴 장편《미망》을 쓰는데 중요한 모티프로 삼았다"처럼 구체적 작품의 구상 배경을 알려 주는 구절까지 있어 독자에게 친절을 베풀고 있다.

뿐만 아니라 이 작품의 말미에 있는 다음과 같은 구절은 저자를 작가의 길로 이끈 구체적인 동기를 말해 주고 있어 흥미롭다.

우리만 여기 남기까지 얼마나 많은 고약한 우연이 엎치고 덮쳤던가. 그래, 나 홀로 보았다면 반드시 그걸 증언할 책무가 있을 것이다. 그거야말로 고약한 우연에 대한 정당한 복수다. 증언할 게 어찌 이 거대한 공허뿐이랴. 벌레의 시간도 증언해야지. 그래야 난 벌레를 벗어날 수가 있다. 그건 앞으로 언젠가 글을 쓸 것 같은 예감이었다.

1970년 마흔의 나이에 뒤늦게 등단한 박완서는《휘청거리는 오후》《살아 있는 날의 시작》《미망》등의 장편소설과 많은 단편을 발표했다. 최근 웅진출판사에서는《그 많던 싱아는 누가 다 먹었을까》와 함께 그의 문학 인생을 중간결산한《박완서 문학앨범》을 펴냈으며, 이 두 책의 출간을 기념해 10월 8일 '박완서 문학 심포지엄'을 성황리에 마쳤다.

(1992)

곡절 깊고 신산스러운 삶의 풍경

김소진
《열린 사회와 그 적들》

젊은 작가 김소진이 첫 창작집《열린 사회와 그 적들》(솔출판사, 1993)을 펴낸다. 이른바 "신세대 작가"들과 같은 연배이면서도 전통적이고 기본기에 충실한 글쓰기를 통해 그가 그려 보이는 것은 분단과 전쟁 등 역사의 발톱에 할퀴이거나 정치·경제적으로 소외된 중·하층민들의 곡절 깊고 신산스러운 삶의 풍경이다.

월남한 부모 슬하에서 성장한 작가로서 그가 일차적으로 관심을 갖는 것은 부모 세대가 감수해야 했던 민족적 비극이다. 작가 스스로 "소설이기에 앞서 애틋했던 아버지께 부치는 제문"이라고 고백한 데뷔작 〈쥐잡기〉는 처자식을 북에 두고 타의로 월남해야 했던 부친의 모습을 통해 힘없이 역사의 폭력에 희생당한 민초의 아픔을 그리고 있다. 월남한 부모 세대의 인물은 〈키작은 쑥부쟁이〉와 〈용두각을 찾아서〉에서도 등장한다. 〈키작은 쑥부쟁이〉의 화자인 '나'는 월남한 뒤 만난 남편에게서도 버림받고 홀몸으로 자식들을 키우는데 그나마 맏딸은 운동권 학생으로 수배 중이어서 있는 곳도 모르는 처지다. 〈용두각을 찾아서〉에서도 화자의 모친이 월남한 뒤 우여곡절 끝에 결혼했으나 남편이 중풍으로 자리보전하게 되자 혼자 힘으로 집안 살림을 꾸리느라 말할 수 없는 고생을 한다.

이처럼 월남한 부모를 모델로 한 듯한 작품들에서 주인공들은 한결같이 경제적으로 고충을 겪거나 가정 내에서, 또는 사회·정치적으로 소외되어 있다. 하지만 고충을 겪고 소외된 이가 작가 자신의 부모뿐이겠는가. 부모에 대한 연민이 그들과 비슷한 처지인 다른 민초들에게 전이되는 것은 당연한 일이다. "타고난 얼금뱅이로 삶을 망치고 세상 밖으로 떠난 사내" 상호와 "어쩔 수 없는 화냥질과 빚에 휘감겨 밤도망을 친 여인" 춘하 부부에게 애정 어린 시선을 보내는 〈춘하 돌아오다〉나 특진을 노린 경찰의 고문에 의해 강도범으로 몰리는 인물을 그린 〈수습 일기〉, 그리고 도로변 노점상 강제철거에 동원된 일 때문에 괴로워하는 말단 공무원을 내세운 〈적리〉 등은 모두 작가의 부모에 대한 연민이 다른 인물들에게로 옮겨진 작품들이다.

작가의 소설 쓰기의 비밀과도 관련되는 이 같은 성격이 가장 두드러지게 부각된 작품이 표제작인 〈열린 사회와 그 적들〉이다. 진압 경찰에 쫓기던 와중에 사망한 김귀정 씨의 주검이 안치된 백병원을 중심으로 출몰하면서 과격한 행태와 거친 언동으로 한동안 전사회적인 지탄의 대상이 되었던 이른바 '밥풀때기'들을 소재로 삼은 이 작품은 부패한 기득권층과 그에 맞서는 세력 양자가 우리 사회의 소외계층을 포용하지 못하는 점에서는 마찬가지라는 사실을 날카롭게 보여준다. 지나가는 차량에 돌을 던지거나 행인들에게 행패를 부리며 "한국은행을 불태우러 가자"라고 선동하는 '밥풀때기'들이 '열린 사회의 적들'이 아니라 반대로 그들의 삶과 사고방식을 이해하지 못하고 그들을 '민주불량배' 심지어는 '끄나풀'로 간주하며 거리를 두려 하는 우리 자신이야말로 '열린 사회의 적들'이 아닌가 하는 뼈아픈 질문을 이 작품은 던지는 것이다.

한편 〈문예중앙〉 올봄호 발표작인 〈처용단장〉은 신라 시대의 처용설화를 새롭게 해석해 오늘날 지식인과 문화예술인의 위상과 역할을 문제 삼는 작품이다. 처용의 정체를 훼절한 가객으로 가정하고, 학생운동에 투신하다가 고시에 합격한 자신을 애써 합리화하는 주인공—화자를 그 처용에 비유함으로써 복합적인 울림을 가져다준다.

대학 3, 4학년 무렵부터 습작을 시작했다는 이 작가의 문장은 그 사실이 믿기지 않을 만큼 무르익어 있다. 가령 데뷔작 중에서 주인공이 돌아가신 부친의 영정에 쓰기 위해 확대한 주민증 사진을 묘사하는 대목은 이 젊은 작가가 우리말을 갈고닦아야 할 작가적 의무에 충실하고자 한다는 사실을 알려준다.

조붓한 공간 속에 갇혀 경성드뭇한 대머리를 인 채 움펑

꺼져 대꾼한 눈자위로 방 안을 내려다보고 있는 아버지는
무엇에 놀랐는지 잔뜩 겁에 질린 표정이었다. 어깨까지 한
껏 곱송그리고 있어 방금 염병을 앓고 난 이 같았다.(12쪽)

　"방위로 복무하던 시절 두 권짜리《새우리말큰사전》을 끼고
살다시피 하며 어휘를 수집하고 영어단어를 외듯이 외웠다. 이
제는 우리 고유의 어휘들에 매우 익숙해져서 일부러 애를 쓰지
않아도 자연스럽게 튀어나올 정도가 됐다." 섣불리 장편에 덤벼
들기 전에 중편 단계를 거치고 싶다며 신중한 태도를 보이는 작
가 김소진은 강원도 철원 태생으로 서울대 영문과를 나왔으며,
1991년 〈경향신문〉 신춘문예에 당선되어 등단했다.

(1993)

대화는 왜 중요한가

———
이윤기
———
《뿌리와 날개》

　이윤기의 소설은 대화의 소설이다. 함축적이고 요령 있는 대화는 그의 소설을 읽는 커다란 재미의 하나다. 그러나 그의 소설이 대화적이라고 할 때, 그것은 등장인물의 대사가 자주 나온다는 뜻만은 아니다. 그것은 바흐친적 의미의 대화론이 그의 소설 구성의 기초원리가 된다는 뜻이다.

　대화란 무엇인가. 그것은 우선 타자의 존재를 전제로 한다. 원론적인 의미에서 독백(monologue)은 대화(dialogue)의 반대 개념이다. 따라서 이윤기의 소설이 대화적이라는 말은 그것이 서로 다른 주체 사이의 견해와 욕망의 차이를 인정한다는 말이다. 그의 새 장편소설 《뿌리와 날개》(현대문학, 1998)의 한 작중인물의 말을 약간 비틀어 인용하자면 "갈등의 틈에서만 소설이 발생한다"라는 것이 그의 소설관이라 할 수 있다.

　앞선 장편 《햇빛과 달빛》(문학동네, 1996)에서 그는 상반되는

성격의 소유자인 사촌 형제를 내세워 갈등과 조화라는 대화의
원리를 소설로 풀어놓은 바 있다. 미국에 입양된 뒤 정체성의 혼
란을 겪고 있는 한국 고아 출신 청년 시논을 주인공으로 삼은
《뿌리와 날개》에서도 대화의 원리는 어김없이 적용된다. 우선
제목부터가 그러하다. 이 소설의 맥락에서 '뿌리'는 정착과 전통
을, '날개'는 이동과 변화를 각각 가리킨다.

　소설은 여러 층위의 대화로 이루어져 있다. 먼저 미국에 교환
교수로 간 '나'가 대리하는 한국과 현지인 미국, 더 넓히자면 동
양과 서양 사이의 대화가 있다. 시논의 뿌리인 한국과 그가 새롭
게 뿌리내린 미국 사이의 대화가 여기에 포개진다. 시논의 경우
는 또한, 원주민과 이주민, 그리고 뿌리와 날개 사이의 대화를 낳
는다. 게다가 처음에 화자는 시논을 동성애자로 착각하고 경계심
을 품는데, 여기서 두 가지 성적 성향 사이의 대화가 가능해진다.

　대화는 왜 중요한가. 화자의 말을 들어보자.

　　　우리는 사람을 알아보기로 작정한 사람들이에요. 사람들
　　　은 서로 다르게 마련이지요. 피부 색깔도 다르고, 하는 말
　　　도 다르고, 섬기는 신도 다르고…… 우리는 우리와 다른
　　　것을 잘 알지 못한다는 걸 인정하고 그걸 좀 알아보기로
　　　작정한 사람들 아닌가요?(107쪽)

여기서 말하는 '우리'란 일차적으로는 화자가 가 있는 미국 대

학의 '비교문화 인류학연구소' 구성원들을 말한다. 그러나 반드시 그렇게 한정할 까닭은 없다. '우리'란 이 소설을 쓰고 읽는 이들, 나아가 인간 모두를 포괄하는 개념이(어야 하)지 않겠는가. 차이와 무지를 인정한 바탕 위에서 대화를 통한 상호이해를 높이자는 것, 이것이 이윤기의 소설관이자 세계관인 것으로 보인다.

대화는 작중인물들 사이에서만 일어나는 것이 아니라, 작품과 독자 사이에서도 일어난다. 처음에 독자가 내렸던 판단이 나중에 가서는 그릇되거나 사실과 다르게 드러나는 것은 대화의 결과이다. 시논이 동성애자가 아니었다는 것, 시논을 입양한 그리스계 미국인 가정이 짐작과는 달리 한국과 한국인들에게 복수를 하고자 그렇게 했다는 것, 전형적인 일본인으로 보였던 시마무라 교수가 실은 귀화한 한국인이었다는 것 등등.

책 앞머리에 붙인 '작가의 말'에서 이윤기는 이 작품이 '고단했던 현대사의 마무리라는 화두'와 관련 있음을 밝히고 있다. 다시 바흐친의 신세를 지자면, 진정한 진보는 과거를 기억함으로써 가능해진다. 그런 의미에서 한 입양 청년을 통해 한국과 미국 사이의 굴절된 현대사를 점검해 본 《뿌리와 날개》는 두 나라 사이의 진전된 관계 수립을 위한 하나의 대화로서 가치를 지닌다고 할 수 있다.

(1998)

소설, 법 혹은 소, 설법

박상륭

《소설법》

    박상륭의 소설집 《소설법(小說法)》(현대문학, 2005)은 소설집으로는 《열명길》(문학과지성사, 1986) 이후 다섯 번째에 해당한다. 소설집이라고는 했지만, 작가가 작가니만치 그것이 여느 소설집들과 판이하게 다름은 물론이다.

    우선, 제목에 '소설'이 들어 있기는 한데, 그 뒤에 따라붙은 '법'이 걸린다. 소설이면 그냥 소설이지 소설법은 또 무언가. 이 책이 무슨 창작 지침서나 평론서라도 된단 말인가.

    게다가 '소설법'은 단순히 '소설, 법'인 것만도 아니어서, 그것은 또한 '소, 설법' 그러니까 작은 설법을 뜻하기도 하는 듯하다. 이와 관련해서는 이 책의 첫 작품인 〈무소유(無所有)〉에 붙인 각주에서 작가 스스로 그것이 통상의 용법에서처럼 '소유하지 않음'에 더해 '무소, 유' 그러니까 '존재하지 않는다'는 뜻으로도 해석된다고 밝힌 것을 참조할 만하다.

게다가 책에는 모두 아홉 편의 '작품'이 실렸는데, 그 배치가 또 묘하다.

크게는 '내편' '외편' '잡편'의 셋으로 나누었고, 내편에 〈무소유〉〈소설법〉〈역증가(逆增加)〉세 편이, 외편에 〈잡상(雜想) 둘〉〈만상(漫想) 둘〉〈위상(爲想) 둘〉〈오상(誤想) 둘〉네 편이, 잡편에 〈깃털이 성긴 늙은 백조(白鳥)/깃털이 성긴 어린 백조(白鳥)〉와 〈A RETURN TO THE HUMANET〉두 편이 각각 포함됐다. 명백히 〈장자〉의 편제를 따른 것이다. 〈장자〉 흉내 내기는 내·외·잡편의 편 가름이 '내편 = 본론, 외편 편 = 각주, 잡편 편 = 각주에 대한 각주'의 성격을 지닌다는 데에까지 나아간다.

어쨌든 작가는 책 전체의 제목으로 '소설법'을 택했거니와, 그것은 말하자면 '소, 설법'과 '소설, 법'의 결합, 그러니까 철학·종교와 문학의 화해를 겨냥했다는 뜻으로 받아들여질 법하다. 책 말미에 해설을 쓴 김윤식은 이를 두고 "박상륭의 각설이타령의 정점이랄까 가장 최신품이자 도달점으로 보이는 장엄 화려한 글 모음"이라 평가하고 있기도 하다.

책에 실린 아홉 편의 글 가운데 그나마 소설적인 이야기를 지닌 것은 역시 '내편'에 실린 세 작품 정도라 할 수 있다. 〈무소유〉는 어부왕 전설을 소재로 삼은 것으로, 성적 불구자가 된 어부왕의 시동(侍童)이 왕의 환후를 고치고자 불사조를 찾아 길을 나선 이야기를 다룬다. 〈소설법〉은 기승전결의 구성을 취하고 있으며, 그 각각은 '잠자는 공주' '개구리왕자' '금당나귀' '아킬레스' 이야기를 풀어나간다. 〈역증가〉에서는 인류 최초의 살인자인 카인을 내세워 윤회와 진화의 상관관계를 탐색한다.

이 세 편의 '본론'과 이들을 설명하는 각주 및 각주에 대한 각주를 두루 새겨 보면, 이 책에서 박상륭이 천착하고 있는 것은 진화의 다섯 번째 단계인 '판켄드리야(오관유정, 伍官有情)'에 오른 인간이 이제 정신적인 차원으로 올라서느냐 다시 축생의 단계로 미끌어 떨어지느냐의 기로에 있다는 문제의식이라 할 수 있을 듯하다.

그러나 보통의 독자에게 작가의 문제의식은 생경한 용어와 이질적인 어투와 더불어 좀처럼 쉽게 다가오지 않는다. 이런 난해함이야말로 박상륭 문학의 두드러진 특징의 하나가 될 텐데,《소설법》의 말미에 붙인 각주에서 그에 대해 변명(?) 삼아 밝혀 놓은 부분이 흥미롭다.

> 일견, 삼거불보다 더 헝클어진 쇼 탓에, 공들 머리 많이 아프게도 됐다. 다른 약방문은 있을 듯하지도 않으니, 헝클어진 게 간추려져 시원해질 때까지, 공들은, 바위에다 머리통 찍어라.(154쪽)

박상륭 소설의 심원한 주제의식을 이해하기 위해 골머리를 앓거나 그야말로 바위에 머리통을 찍으려는 보통의 독자들에게라면 그의 낯설고도 매력적인 문장을 있는 그대로 읽어 나가는 방법을 권하고 싶다.

　작가가 스스로 고안한 어휘와 희한한 종결어미, 빈발하는 쉼
표와 괄호, 그리고 철학과 종교, 신학 쪽의 전문용어와 시정잡배
들의 거친 입말이 뒤섞인 혼란 속에서도 그의 문장들은 전혀 뻑
뻑하거나 삐걱거리지 않고 막히거나 비틀거리지도 않으며, 놀랍
도록 리드미컬하게 읽힌다. 한 대목을 마지막으로 인용하거니
와, 여기서 '패관(稗官)'이란 작가 자신을 가리킴을 일러둔다.

　　헛헛헛, 패관은 유독 혀가 길어 패관질에 나선 잡스런
　　족속이라 하되, 말도 많았댔구나. 패관의, 마른 검불 같은
　　수염엔, 어느 동네 서당 개밥통이라도 핥다 그리 되었을,
　　말의 보리밥풀이 엉겨붙어, 그것만으로도 뒤 끼니는 안
　　굶어도 좋겠다 싶은데, 그런즉, 그 염려일랑 뒤 끼니쯤 미
　　뤄두기로 해야겠는다.(96쪽)

（2005）

말할 수 없고 알 수 없으나

김연수

《나는 유령작가입니다》

상당수의 유럽 쪽 언어에서 '역사(history)'와 '이야기(story)'는 동일한 어원을 지닌다. '역사'가 있었던 일, 그러니까 사실에 관계되는 반면, '이야기'는 있지 않았던 일, 그러니까 허구와 친연성을 보인다는 점이 양자를 가르는 기준이 된다. 이렇게 본다면 사실과 허구란 같은 뿌리에서 나온 두 개의 가지라 할 수 있을지도 모른다. 사실로서의 역사와 허구로서의 이야기를 구분하지 않으려는 포스트모던 역사학의 태도는 그렇다면 표면적인 차이를 넘어 근본적인 동일성을 찾아가고자 하는 근원 회귀적 모티프의 소산이라 할 법하다.

김연수의 세 번째 소설집《나는 유령작가입니다》(창비, 2005)는 역사와 이야기, 사실과 허구 사이의 경계를 지우는 일에 몰두한다. 책에 수록된 아홉 단편이 지극히 다채로운 무대와 주인공과 이야기를 내세우고 있음에도 그것들이 결국은 '하나의' 주제를 향한다는 사실은 자못 놀라워 보이기까지 한다. 어느 작가의 어떤 소설집이건 주제의 일관성을 어느 정도로는 구현하고 있게 마련이지만, 《나는 유령작가입니다》가 보이는 주제의 균질성은 무서우리만치 집요하달까 하품이 날 만큼 단조롭다고나 말해야 할 정도의 것이다.

앞서 말했듯이 이 책의 이야기들은 겉보기에 매우 다종다양하다. 그 다양성은 더구나 한국 소설들이 암암리에 설정해온 시간과 공간의 한계를 훌쩍 뛰어넘는 성질의 것이어서 주목된다. 작가는 춘향과 이도령의 시대(〈남원고사에 관한 세 개의 이야기와 한 개의 주석〉)나 개화기(〈거짓된 마음의 역사〉), 또는 일제강점기(〈연애인 것을 깨닫자마자〉)나 일제 말기에서 한국전쟁까지(〈이렇게 한낮 속에 서 있다〉), 그리고 한국전쟁기(〈뿌넝쉬〉)로 시간을 거슬러 오르는가 하면, 영국 런던(〈그건 새였을까, 네즈미〉)과 중국 하얼빈(〈이등박문을, 쏘지 못하다〉), 그리고 히말라야 낭가파르바트(〈다시 한 달을 가서 설산을 넘으면〉) 등지로 공간을 건너뛰기도 한다. '지금 이곳'을 다룬 작품이라고는 소설집 맨 앞에 놓인 〈쉽게 끝나지 않을 것 같은, 농담〉 정도라 할 수 있는데, 이 작품에서도 박지원의 실학 시대와 김옥균·홍영식의 구한말 무렵이 상당한 비중을 지닌 채 기술됨을 확인할 수 있다.

소재의 다양성이 각각의 소재에 어울리는 문체와 형식으로써 안받침 된다는 사실은 작가의 타고난 역량과 비범한 노력을 짐작하게 하는 대목이다. 작가는 경우에 따라 한시와 월트 휘트먼의 시를 자재로이 구사하는가 하면, 한문과 일본어 텍스트를 적절히 인용하고, 조선 시대와 식민지 시기의 어투와 습속을 여실히 재현하며, 역사 기록과 등반 지식 따위를 풍부하게 동원함으로써 작품의 속살을 찌우는 데 성공한다. 작가는 '후기'에서 짐짓 책 읽기의 부질없음을 한탄하고 있지만, 적어도 이 책《나는 유령작가입니다》의 '팔 할'이 다른 책들에서 왔음을 부인하기는 어려워 보인다.

그런데 이 소설집에서 정작 문제적인 것은 이처럼 다채로운 외양이 사실은 거의 동일한 주제의 변주에 지나지 않는다는 점이다. 역사와 이야기, 사실과 허구 사이의 구별 지우기가 그것이다.

> 몸소 역사를 겪어온 사람들은 한결같이 뿌넝쉬라고 말해도, 역사를 만드는 자들은 거기에다가 논리를 적용해 앞뒤를 대충 짜맞추고는 한 편의 그럴듯한 이야기를 만들어내지.(〈뿌넝쉬〉)

> 주석이란 선택할 수 있는 많은 해석 중에서 가장 많은 사람들이 합당하다고 생각하는 해석을 채택하는 일에 불과하다. 거기에는 그 어떤 진실도, 상상도, 이해도 없다.(〈다시 한 달을 가서 설산을 넘으면〉)

앞의 인용문은 '말할 수 없다'는 뜻을 제목으로 지닌 〈뿌넝쉬

(不能說)〉의 주인공 화자가 들려주는 역사관이고, 뒤엣것은 혜초의 〈왕오천축국전〉에 주석을 달았다는 교수가 생각하는 주석에 관한 정의다.

'말할 수 없'고 '알 수 없'으며, 말이나 글로 표현되는 순간 진실은 휘발되고 만다는 것, 그래서 말과 글 속에는 진실이라고는 한 톨도 들어 있지 않다는 도저한 부정과 허무의 태도야말로 소설집 《나는 유령작가입니다》를 관류하는 핵심에 해당한다. 인용한 두 작품 말고도 거의 모든 소설들에서 이와 비슷한 언급들을 얼마든지 찾을 수 있다. "역사(란) 사소하고 우연하고 모호한 일들의 연속체"(20쪽), "기억을 아무리 '총동원해도' 문장으로 남길 수 없는 일들이 삶에서도 존재한다"(124쪽), "확실한 것은 없었다"(143쪽), "안중근이 이토 히로부미를 저격한 일은 우연 중의 우연이 아닌가"(194쪽), "인생이란 그저 사소한 우연의 연속처럼 보였다"(199쪽), "백주의 작열하는 햇살 속에 나선다고 하더라도 우리는 한 편린의 진실도 건질 수 없는 것"(245쪽) 등등.

작가가 수록 작품의 제목도 아니고 본문 속의 한 구절도 아닌 '나는 유령작가입니다'를 소설집의 제목으로 삼은 데에도 역사와 기록, 말과 글에 대한 이런 부정과 회의가 들어 있어 보인다. '유령작가(ghost writer)'란 본디 대필 작가 또는 거짓 작가를 가리키거니와, 이 소설집의 맥락에서는 그가 쓰는 글을 믿을 수 없는, 신뢰하지 못할 작가를 뜻하는 것으로 읽힌다.

유려하고 안정적인 문장에 얹혀 전달되는 작가의 이런 주장은 썩 매력적이고 솔깃하게 다가온다. 집단적 가치와 공표된 사실에 맞서 죽음으로써 개인의 내밀한 진실을 호소하는 〈이렇게 한낮 속에 서 있다〉의 주인공들을 보면 작가의 태도에 동조하고 싶은 유혹은 한층 커진다. 역사란, 과거와 미래란 다 부질없는 것, 다만 소중한 것은 지금 이 순간 몸으로 느끼는 실감일 뿐. 이러면서 주저앉고 싶어진다. 그러나 사정이 꼭 그렇기만 한 것일까. 가령 안중근이 이토 히로부미를 살해한 것은 안중근 개인 차원에서 보자면 우연이라 할 수 있을지도 모른다. 그러나 당시 한반도와 동북아 정세 속에서 이토의 제거란 역사적 필연이라 할 수 있지 않았을까. 안중근 개인이 우연이었다고 해서 이토의 암살까지도 변덕과 즉흥으로 떨어질 수는 없는 노릇 아니겠는가. 말하자면, 진실이란 우연과 필연 사이, 개인과 집단 사이, 실존과 역사 사이의 상호작용 속에서 빚어지는 도자기와 같은 것이 아니겠는가 말이다. "살아 있는 다른 사람의 체취가 그리워서 잠도 안 온다"라는 작가 후기의 마지막 문장에 기대를 걸어 보고 싶은 것은 그런 맥락에서다.

(2005)

이제 아이는 스스로 이야기하려 한다

김애란

《달려라, 아비》

김애란의 소설집《달려라, 아비》(창비, 2005)는 하나의 징후 혹은 이정표와도 같다. 이 작고 귀여운 책은 바야흐로 1980년대산 작가의 탄생을 보고하고 있음이다. 어느덧 문단의 중심으로 진입한 1970년대산들의 뒤를 이어 80년대산 작가들이 부상하기 시작했으며, 김애란은 그 선두에서 달리고 있는 셈이다.

광주학살이 저질러진 해에 태어난 이 신예 작가는 한국예술종합학교 연극원 극작과를 졸업했다. 2002년 대산문화재단이 주관하는 제1회 대산대학문학상 소설 부문을 수상했고, 수상작인 단편 〈노크하지 않는 집〉이 이듬해 봄호 〈창작과비평〉에 실리면서 정식으로 등단했다. 첫 소설집을 펴낸 직후인 11월 24일 최연소 기록으로 제38회 한국일보문학상을 받음으로써 겹의 기쁨을 맛보았다.

3년 동안 발표한 단편 아홉을 묶은 소설집은 젊은 작가의 풋풋

함과 뜻밖의(?) 노련함을 아울러 보여준다. 등단작과 〈나는 편의점에 간다〉가 2003년에 나온 '초기작'인 셈인데, 이 두 작품에서 작가는 현대적 삶의 획일성과 비인간성을 고발하며 인간적 온기의 회복을 염원한다. 등단작은 화장실을 함께 쓰는 다섯 여자가 서로에게 철저히 타인이자 익명으로 남고자 하지만 실제로는 끔찍할 정도로 닮은꼴의 삶을 영위하는 모습을 폭로한다. "하나의 오차도 없이 징그럽게 똑같은 네 여자(=사실은 화자 자신을 포함해 다섯 여자)의 방"(242쪽)이라는 구절은 〈나는 편의점에 간다〉에서 편의점 아르바이트 청년에 의해 이렇게 변주된다. "손님, 죄송하지만 삼다수나 디스는 어느 분이나 사가시는데요."(51쪽) 청년이 죄송하다고 말하는 것은 주인공 '나'가 늘 같은 종류의 생수와 담배를 사간다는 사실을 근거로 개별성을 주장하려는 데에 청년 자신은 동의할 수가 없다는 뜻이다. '나'가 자신의 고유성을 인정받기 위한 증거로 제시하는 것들이 거꾸로 획일성과 익명성의 우군이 된다는 사실은 쓰라린 역설이다.

표제작을 비롯해 대여섯 편의 작품에 등장하는 '아버지'의 존재야말로 이 소설집의 두드러진 면모라 할 법하다. 김애란의 소설들에서 아버지는 부재하거나 무능력하거나, 그도 아니면 어떤 식으로든 존재감이 희미한 상태로 등장한다. 표제작에서 그는 "아버지가 되기 전날 집을 나가 그 후로 다시는 돌아오지 않았"(14쪽)으며, 〈사랑의 인사〉에서도 "십수 년 전에 사라진 아버지는 도무지 나타나지 않았다"(146쪽). 〈그녀가 잠 못 드는 이유가 있다〉에서 "집을 망하게 한 장본인"(102쪽)인 아버지는 불면증이 있는 딸의 자취방에 기숙하면서 심야의 텔레비전 시청으로 딸의 불면증을 더욱 부채질한다. 그나마 능력 있고 정상에 가까운 〈스카이 콩콩〉의 아비는 어떤가. 전파상을 하는 이 아버지는 대학입시에 실패하고 집을 나간 장남이 돌아오는 꿈을 꾼 날 고장 난 가로등을 고치겠노라며 가로등 기둥에 올랐다가 손이 시리다며 그냥 내려오고 마는 '싱거운' 아버지이다.

〈스카이 콩콩〉의 가출했던 형은 아버지가 가로등을 고치지 않았음에도 아무런 문제 없이 집으로 돌아온다. 아버지의 무능을 주체적으로 극복했달까. 표제작과 〈사랑의 인사〉에서, 제 쪽에서 먼저 사라져 없어진 아비들은 어떠할까. 〈사랑의 인사〉에서 아버지는 관람용 대형 수족관에 잠수복을 입고 들어간 주인공 앞에 불현듯 나타났다가는 거짓말처럼 다시 사라져 버린다. 표제작에서는, 아버지가 돌아오긴 하는데, 그것은 부재의 항구화 및 절대화의 방식으로서의 귀환이다. 미국에 가서 새로운 삶을 꾸렸던 아비가 어이없는 교통사고를 당해 숨졌다는 낯모르는 이복동생의 편지가 아비의 귀환 아닌 귀환을 보고하는 것이다.

그런 점에서 〈누가 해변에서 함부로 불꽃놀이를 하는가〉는 시사적이다. 소설 주인공인 아이는 어느 날 아버지에게 묻는다. "아버지, 나는 어떻게 태어났나요?"(170쪽) 아버지는 어린 아들의 질문에 여러 가지 버전으로 대답하지만, 그것들 중 그 어느 것도 진실로 믿을 만하지는 않다. 복엇국을 먹고 잠들면 죽게 된다는 말에 속아 졸음을 쫓고자 아버지의 이야기를 재촉했던 아이는 끝내 잠에 빠져들면서 아버지의 이야기를 놓치고 만다. 그렇다면 그는 정말로 죽게 되는가. 아니, 죽는 것은 '아버지'이고 아이는 이야기꾼으로 새롭게 태어난다.

> 아버지의 목소리가 들리지 않기 때문에 이제 아이는 스스로 이야기하려 한다.(190쪽)

아버지의 목소리가 사라진 자리에서 아이가 이야기꾼으로 재탄생한다는 설정은 상징적이다. 모호한 대로 '작가 김애란'의 탄생 설화로 읽을 만한 부분이다.

첫 소설집을 손에 든 작가는 "독자들이 '내' 책을 한 장 한 장 손으로 넘겨 가며 읽는 모습을 상상해 본다. 책 읽는 일이 참 에로틱하다는 생각이 든다"라고 말했다. 이렇게도 말했다. "새로운 소설보다는 좋은 소설을 쓰고 싶다. 진정 새로운 건 문학이 아니라 인간이 아닐까. 수천 년간 고민의 대상이 돼왔음에도 여전히 새로운 매혹과 상처를 낳는다는 점에서 말이다."

때로 어색하거나 치기 어린 대목이 없지 않지만, 만만찮은 내공을 엿보게 하는 문장들이 그것을 너끈히 상쇄한다. 예컨대 이런 문장들. "모든 부드러움에는 자신들이 의식하지 못하는 어떤 잔인함이 있다."(40쪽) 또는 "세계의 소란스러움을 등지고 가로등 아래서 홀로 스카이 콩콩을 타는 나의 모습은 고독하고, 또 우아했다. 스카이 콩콩을 타는 나의 운동 안에는 뭐랄까, 어떤 '정신'이 들어 있었다."(65쪽) 특히 〈스카이 콩콩〉에서 주인공 소년이 느끼는 모종의 페이소스는 순수에서 경험으로 넘어가는 무렵의 박민규 소설 주인공들을 떠오르게 한다는 점에서 흥미롭다.

(2005)

저물어 스러지는 것들

김훈

《강산무진》

　　김훈이 첫 소설인 장편《빗살무늬토기의 추억》을 펴낸 것은 1995년이었다. 그는 그 뒤《칼의 노래》(2001)《현의 노래》(2004) 《개》(2005)로 이어지는 장편소설들을 꾸준히 내놓았다. 첫 단편 인 〈화장〉을 발표한 것은 2003년이었으며 이 작품으로 그는 단 박에 이상문학상을 거머쥐었다. 그러나 다음 단편 〈머나먼 속세〉 를 발표한 것은 그로부터 다시 1년 반 만이었다. 2005년에는 네 번째 단편 〈언니의 페경〉으로 황순원문학상을 받았다.

　　김훈의 첫 소설집《강산무진》(문학동네, 2006)에는 문학상 수 상작들을 포함해 모두 여덟 편의 단편이 실렸다. 표제작의 제목 은 조선 후기 화가 이인문의 그림 〈강산무진도(江山無盡圖)〉에서 왔다.

　　'다양성 속의 통일성'이라는 점에서부터 김훈 소설집에 접근 해 보자. 주인공들은 매우 다양한 직업에 종사하고 있다. 크고 작은 기업체의 전·현직 사장이나 간부가 있는가 하면 등대지기, 역사 교수, 강력계 형사, 전업주부, 권투선수에 택시 기사와 스님 까지 등장한다. 같은 기업체라고 해도 화장품회사와 식품회사, 전 자회사처럼 서로 다른 업종으로 갈린다. 작가는 이들 직업의 세계 를 꼼꼼히 취재해서 치밀하게 묘사해 놓고 있다. 이런 점은 "저녁 반 택시 운전사 김장수(47세)"라든가 "등대장 김철(40세, 6급 수로 직)" 식의 표현과 함께 기자 출신인 작가의 배경을 알려줌과 동 시에 소설의 사실성과 구체성을 높이는 데 이바지하는 것이 사 실이다.

인물들의 배경이 이렇게 다양한 직군과 직종으로 갈리는데 도 그들이 사실상 동일인처럼 보인다는 사실이야말로 김훈 소설 의 핵심이라 해야 할지도 모른다. 김훈 소설의 주인공들은 좀처 럼 흥분하거나 감격하지 않으며 슬픔과 분노를 겉으로 드러내지 도 않는다. 그들은 냉정하고 과묵하다. 그들은 감정의 표출을 부 질없는 낭비이거나 소모라고 여기는 듯하다. 배우자의 죽음(《화 장》)이나 자신에 대한 치명적 '선고'(《강산무진》) 앞에서도 요란 을 떠는 법이 없다. 그저 냉철하게 상황을 받아들이고, 죽음 이후 를 대비한다. 반대의 경우도 마찬가지다. 어린 딸이 마침내 오줌 을 가리게 됐다는 낭보에 접해서도 젊은 아버지가 하는 말은 "좀 자라는 모양이군"(《고향의 그림자》)이라는 무뚝뚝한 한마디가 전 부다.

이런 것을 '성숙'이라고 말할 수도 있으리라. 그렇지만 세상사란 뻔하고 마침내 허무한 것이어서 도대체가 안달하고 복달할 일이란 없다는 식의 태도에서 인간적 훈기를 맡기란 쉽지가 않다. 김훈의 소설에서 구체적인 직업 세계가 사실적으로 재현되고 뼈와 살과 피와 체액 같은 육체의 구성 성분이 거의 자연주의적으로 묘사되는데도 그 인물들은 오히려 살아 있지 않은, 추상의 느낌을 주는 것은 그들에게서 인간적 체취가 제거되었기 때문으로 보인다. 《칼의 노래》의 이순신과 《현의 노래》의 우륵은 물론, 단편들의 주인공인 회사 간부와 강력반 형사, 역사 교수 등이 두루 동일한 인물처럼 느껴지는 것도 그 탓이다. 그렇다면 세부 묘사의 구체성과 다양성은 실제로는 작가의 단일한 자아와 성격, 그리고 완고한 신념(=허무주의)을 감추려는 위장막이라 할 수도 있지 않을까.

김훈 소설의 주인공들이 보여주는 또 하나 특징적 면모로 단독자적 세계관을 들 수 있다. 이번 소설집 표제작의 주인공은 그림 〈강산무진도〉 앞에서 그것이 "내가 혼자서 가야 할 가없는 세상과 세간의 풍경" 같다고 생각한다. 〈화장〉의 주인공은 고통스럽게 병과 싸우는 아내를 보며 이렇게 술회한다. "나는 아내의 고통을 알 수 없었다. 나는 다만 아내의 고통을 바라보는 나 자신의 고통만을 확인할 수 있었다." 인용된 문장과 작품만이 아니라 소설집 도처에서 작가는 '알 수 없다' 계열의 표현을 자주 쓰는데, 그것은 겸손의 말이라기보다는 비정한 불가지론의 언어라고 하는 쪽이 옳을 것이다. "다들 견디니까"라는, 〈배웅〉의 주인공의 말을 다소 삐딱하게 비틀자면 김훈 소설의 세계에서, 혼자서 견디지 못하는 자들은 말하자면 반칙을 범하는 셈이라고도 할 수 있겠다.

소설집 《강산무진》은 소멸의 미학에 바쳐진다. 소설집에는 죽음과 질병, 치매와 퇴직, 심지어는 폐경에 이르기까지 저물어 스러지는 것들의 풍경으로 만연하다. 물론 〈화장〉의 주인공이 은밀하게 연정을 품고 있는 부하 직원 추은주의 싱싱한 육체, 또는 어린 딸아이의 깜찍한 성기에 대한 묘사(〈고향의 그림자〉)도 있다. 그러나 추은주의 젊음은 늙어서 죽어 가는 아내의 비루한 육체를 배경으로 부각될 뿐이며, 오줌을 가리게 된 딸아이의 기특한 성장은 치매에 걸려 변을 가리지 못하게 된 어머니의 노망에 대비되어 제시될 따름이다. "항문 괄약근이 열려서, 아내의 똥은 오랫동안 비실비실 흘러나왔다"(〈화장〉)와 같은 문장은 우리가 애써 눈 감고자 하는 인간 육체와 생명의 잔인한 진실을, 종주먹을 디밀듯이 독자에게 들이댄다.

작가가 강조하는 또 다른 진실의 이름은 바로 '돈'이다. 책에는 죽은 아내의 입원비에서부터 퇴직금과 보험 해약금, 택시 요금에다 이혼 위자료와 부의금까지 온갖 출처와 용처의 돈에 관한 언급이 차고 넘칠 정도로 등장한다. 〈강산무진〉이라는 작품은 과장하자면 시한부 판정을 받은 주인공이 퇴직금과 아파트 판돈, 주식 처분금, 반납한 어머니 묘지의 임대 보증금 등속을 살뜰히 챙겨서 아들이 있는 미국으로 떠나는 과정을 그린 소설이라 요약할 수 있다. 〈화장〉의 중간께에서 화자는 "헛것들이 사나운 기세로 세상을 휘저으며 어디론지 몰려가고 있는 느낌이었다. 나는 그 스모키한 헛것들의 대열 맨 앞에 있었다"라고 토로하는데, 물론 작가의 의도는 돈이라는 '헛것'이 지배하는 현실을 역설적으로 고발하려는 데 있을 터다.

김훈의 소설들은 매혹적인 미문과 불편한 세계관 사이에서 독자를 망설이게 한다. 소설 속에서 문장과 세계관은 뗄 수 없이 한 몸으로 버무려져 있는 것이지만, 할 수만 있다면 그 둘을 해체 재구성해서 다른 형태의 소설을 빚어내고 싶다. 할 수만 있다면.

(2006)

아름다운 것들에 대해 아름답게 말하는 일

신형철

《몰락의 에티카》

젊은 평론가의 첫 책이 이토록 뜨거운 관심의 대상이 된 적이 또 있었던가. 아마도 없었을 것이다. 신형철의 비평집《몰락의 에티카》(문학동네, 2008) 얘기다.

관심의 열기에 두께로써 답하겠다는 뜻일까? 책은 무척 두껍다. 724쪽. 원고지로 쳐서 3000장에 육박하는 분량이다. 신형철이 다작의 평론가임을 알 수 있거니와, 그렇다고 해서 그의 첫 평론집에 대한 기대가 그 분량에서 비롯된 것은 결코 아니다. 그의 글들은 무엇보다 유려하게 읽히면서 작품의 뼈대와 속살을 섬세하게 들춰 보여주는 미덕을 지닌다. 작품에 종속되거나 거꾸로 군림하지도 않고, 작품을 살리면서 자신도 사는 상생과 자율의 평론이라 할 법하다. 이런 점들 때문에 그에게는 '김현의 재림'이라는 수식어가 따라다니는데, 그 자신은 "민망하고 낯 뜨거운 노릇"이라며 손사래를 친다.

'몰락의 에티카'라는 제목은 일견 아이러니해 보인다. 몰락과 에티카(윤리)가 한데 묶일 수 있을까 싶은 의구심이 드는 것이다. 그의 말을 들어보자.

> 문학이란 무엇인가. 몰락의 에티카다. 온 세계가 성공을 말할 때 문학은 몰락을 선택한 자들을 내세워 삶을 바꿔야 한다고 세계는 변해야 한다고 말한다.('책머리에')

책 제목은 '21세기 문학 사용법'이라는 부제를 단 프롤로그의 제목에서 가져왔다. 프롤로그를 비롯해 책에 실린 상당수의 글들이 가라타니 고진의 '근대문학 종언론'을 대결의 상대로서 크게 의식하고 쓰였다. "거인으로서의 문학이 죽었다고 해도 상관없다고 생각한다. (…) 가장 '협소한' 영역 안에서 가장 '깊게' 침투해 들어가는 것이 문학이라 하면 어떨까."(17쪽) 그에게 가라타니가 말하는 근대문학이란 '총체성'이라는 거인을 떠오르게 한다. 하지만 문학은 애초부터 거인이 아니라 난쟁이와 '짱돌', 바이러스에 가까운 것일지도 모른다고 그는 생각한다. "다른 총체성이 있고 다른 윤리가 있다고 말하려는 것이다."(18쪽) 말하자면 몰락의 총체성이요 몰락의 윤리다.

김영하·강영숙·박민규의 세 장편을 통해 '소설과 현실'의 관계를 다룬 글에서 그가 생각하는 몰락의 총체성과 몰락의 에티카를 엿볼 수 있다. 그는 우선 소설과 현실의 관계가 "거울이 아

니라 위장(胃腸)"(23쪽)이라고 본다. 소설은 현실을 있는 그대로
비추는 것이 아니라, 현실을 먹어서 소화하는 것이라는 뜻이다.
소설에 소화된 현실의 어떠함을 '현실성'이라 할 때, 그 현실성
은 세 개의 층위로 나뉜다. 세계의 현실성, 문제의 현실성, 해결
의 현실성이다.

　　그가 보기에 김영하의《빛의 제국》(문학동네, 2006)은 현실에
투항한다는 점에서, 박민규의《핑퐁》(창비, 2006)은 현실 너머로
너무도 손쉽게 탈출한다는 점에서 각각 '해결의 현실성'에 미달
한다. "《빛의 제국》의 해결이 '가능한 것' 안으로 흡수되어버린
경우라면《핑퐁》의 해결은 '불가능한 것' 속으로 너무 쉽게 투신
해버린 경우라고 할 수 없을까."(41쪽) 반면, 강영숙의 "《리나》(랜
덤하우스코리아, 2006)는 특유의 미학적 불확정성 덕분에 더욱 풍
요로워질 수 있었거니와, 그 덕분에 세계, 문제, 해결의 층위에서
독자의 기대를 조금씩 배반할 수 있었고, 더불어 우리 시대의 이
데올로기적 좌표를 여하간 재고할 수 있게 만들었다."(34~35쪽)

　　2005~2006년 사이에 문단의 큰 이슈가 되었던 '미래파' 논쟁
에 신형철은 적극 가담했다. 이 책의 제2부에는 그때 쓰인 여덟
편의 글이 실렸다. 그 자신은 '미래파'보다는 '뉴웨이브'라는 용
어를 선호했거니와, 서정적 자아의 분열과 해체가 특징인 뉴웨
이브 시인들에게서 그는 새로운 미학의 탄생을 기대한다. "우리
는 그 미지의 영역에서 새로운 시대의 미학이 탄생할 것이라고
믿는다. 우리의 비평은 그 믿음과 더불어 씌어질 것이다. 그리고

그 새로운 시학(poetica)에서 시학-윤리학(po-ethica)까지를 읽어낼 것이다."(203쪽)

얼핏 요령부득인 것으로 보이는 뉴웨이브 시인들의 시에 대한 분석에서 특히 그러하지만, 신형철의 평론을 읽다 보면 혼란스럽게만 보였던 사태가 가지런하게 정리되는 느낌이 든다. 그것을 독서의 쾌감이라 할 수도 있겠다. 평론가 집단의 '방언'으로 축소·고립되었던 평론이 다시 일반 독자와 만날 수 있는 가능성을 그의 평론은 보여준다. 그 쾌감에는 그가 공들여 축조한 미문들 역시 한몫을 한다.

> 기어이 사랑하며 살아보겠다 하는 마음과 이냥 헤어지고 죽어버리자 하는 마음이 번갈아 밀려왔다 밀려가며 파도를 만드는 것이다. 그 두 마음 중 어느 하나에 의지해 살 수도 있겠으나, 그 두 마음의 오고 감을 남 일처럼 들여다보며 살 수도 있는 것이다.(408쪽)

> 부모와 자식의 싸움은 어찌 보면 감추면서 견디려 하는 존재와 파헤치면서 사랑하려 하는 존재의 질긴 실랑이일 것이다. 그것을 딛고서야 아마도 인간이라는 바다에 이를 것이다.(718쪽)

이런 문장들은 "나에게 비평은 아름다운 것들에 대해 아름답게 말하는 일이다"('책머리에')라는 그의 비평관이 낳은 것들일 테다. 뒤의 인용문은 김소진에 관해 쓴 에필로그에서 따온 것인데, 관념(철학)과 실존(시)을 문학의 전부로 알았던 청년이 김소진을 읽으면서 인간과 삶의 몫 역시 있음을 알게 되었노라는 고백이 흥미롭다. 신형철은 "에필로그에는 일반적인 평론보다 신상 발언을 담은 에세이 비슷한 글을 배치하고 싶었다"라고 말했다.

그는 "첫 평론집은 '수업 시대'를 정리한다는 느낌으로 묶어냈기 때문에 치기 어리거나 이론적으로 충분히 숙성되지 않은 글들도 들어 있을 것"이라며 "두 번째 평론집을 낼 때에는 더 이상 '수업 중'이라는 변명이 통하지 않을 테니, 보편성과 내구성이 있는 글을 쓰고 싶다"라고 밝혔다.

(2008)

서정의 계급성

《사소한 물음들에 답함》

송경동 시인은 문단보다 운동판에서 더 유명하다. 그는 우리
사회의 힘없고 억울한 이들이 벌이는 힘겨운 생존 투쟁의 현장
에 출근 도장을 찍듯 입회해왔다. 그의 두 번째 시집《사소한 물
음들에 답함》(창비, 2010)은 그런 투쟁의 한복판에서 빚어졌다.

> 용산4가 철거민 참사 현장
> 점거해 들어온 빈집 구석에서 시를 쓴다
> 생각해보니 작년엔 가리봉동 기륭전자 앞
> 노상 컨테이너에서 무단으로 살았다
> 구로역 CC카메라탑을 점거하고
> 광장에서 불법 텐트 생활을 하기도 했다
> 국회의사당을 두 번이나 점거해
> 퇴거 불응으로 끌려나오기도 했다

전엔 대추리 빈집을 털어 살기도 했지

　　—〈무허가〉 부분

　이렇듯 법과 체제의 '허가' 너머를 생활과 시작(詩作)의 무대
로 삼다 보니 그에게는 경찰서를 들락거릴 일이 잦았다. 시집 맨
앞에 실린 〈혜화경찰서에서〉는 경찰서에 불려간 시인이 조사를
받는 이야기다. 경찰은 도로교통법 위반으로 잡혀 온 그의 휴대
전화 통화내역을 들이밀며 "알아서 불어라" 한다.

　　무엇을, 나는 불까

　　풍선이나 불었으면 좋겠다
　　풀피리나 불었으면 좋겠다
　　하품이나 늘어지게 불었으면 좋겠다
　　트럼펫이나 아코디언도 좋겠지

　　—〈혜화경찰서에서〉 부분

　경찰의 겁박에 엉뚱한 공상으로 대응하는 시인의 어깃장이 통
쾌하다. 그에게는 도대체가 1년 치 통화기록이니 몇 년 치 전자
우편 내역 정도를 가지고 한 사람을 규정하려는 시도부터가 마
뜩잖다. 그는 적어도 수백만 년에서 수억 년에 걸친 생명과 사랑
의 연대기에 뿌리를 둔 존재이기 때문이다.

내 과거를 캐려면
최소한 저 사막 모래산맥에 새겨진 호모사피엔스의
유전자 정보 정도는 검색해와야지
저 바닷가 퇴적층 몇천 미터는 채증해놓고 얘기해야지
저 새들의 울음
저 서늘한 바람결 정도는 압수해놓고 얘기해야지
그렇게 나를 알고 싶으면 사랑한다고 얘기해야지,

—〈혜화경찰서에서〉 부분

   그런가 하면 시집의 표제작 〈사소한 물음들에 답함〉에서 "어느 조직에 가입되어 있느냐"라고 묻는 이들에게 그는 "가진 것 없는 이들의 무너진 담벼락/ 걷어차인 좌판과 목 잘린 구두,/ 아직 태어나지 못해 아메바처럼 기고 있는/ 비천한 모든 이들의 말 속에 소속되어 있다고" 답한다.

   송경동 시의 본적지가 사막의 모래산맥과 새들의 울음과 바람결이라면, 무너진 담벼락과 걷어차인 좌판은 그 현주소라 할 수 있다. "길바닥의 시"(〈가두의 시〉)를 지향하며 '서정에도 계급성이 있다'(〈서정에도 계급성이 있다〉)고 믿는 이 노동자 출신 시인이 문단의 주류 시에 회의적·비판적이라는 것은 어쩌면 당연한 노릇인지도 모르겠다. 붕어빵 노점을 하다가 용역 깡패들에게 쫓겨난 뒤 길거리 나무에 목을 매 숨진 '붕어빵 아저씨'의 영전에 바친 시는 미학에 치우쳐 현실을 외면하거나 은폐하는 기존의 시들에 대한 그의 비판적 태도를 잘 보여준다.

> 당신의 죽음 앞에서
> 어떤 아름다운 시로 이 세상을 노래해줄까
> 어떤 그럴듯한 비유와 분석으로
> 이 세상의 구체적인 불의를
> 은유적으로 상징적으로
> 구조적으로 덮어줄까
>
> ─〈비시적인 삶들을 위한 편파적인 노래〉부분

　시집에는 추모시가 몇 편 더 들어 있다. 건설일용노동자 하중근(〈안녕〉), 멕시코 칸쿤 세계화 반대 시위에서 자결한 농민 이경해(〈멕시코, 칸쿤에서〉), 한-미 자유무역협정에 반대해 분신한 택시 운전사 허세욱(〈별나라로 가신 택시운전사께〉) 등 그에게는 시로써 기억해야 할 죽음들이 줄을 이었다.

　그중에서도 용산참사 희생자들을 노래한 〈이 냉동고를 열어라〉는 많은 이들의 얼어붙은 양심을 두드려 깨운 바 있다.

> 거기 너와 내가 갇혀 있다
> 너와 나의 사랑이 갇혀 있다
> 제발 이 냉동고를 열어라
> 우리의 참담한 오늘을

우리의 꽉 막힌 내일을

얼어붙은 이 시대를

열어라 이 냉동고를

―〈이 냉동고를 열어라〉 부분

　지난 한 해를 거의 용산에서 보냈던 그는 1월 9일 치러지는 장
례식 노제에서도 조시를 낭독할 예정이다. 그에게 '용산'은 아직
끝나지 않았다.

(2010)

인간은 무엇인가

한강

《소년이 온다》

한강의 소설 《소년이 온다》(창비, 2014)는 원고지로 700장이 조금 넘는 짧은 장편이지만 읽어 내기가 결코 녹록하지는 않다. 까닭은 크게 두 가지. 작가 특유의 시적이고 압축적인 문장이 고도의 집중력을 요구하는 데다 80년 5월 광주라는 소재의 무게가 감당하기 힘든 압박감으로 다가오기 때문이다. 안간힘을 다해 읽기를 마친다고 그것으로 끝나는 것도 아니다. 이 고통스러운 이야기는 일상의 빈틈을 수시로 파고들며, 밤이면 악몽으로 몸을 바꾸어 독자를 찾아온다. 그러니 일상의 균열과 한밤의 악몽을 감당할 자신이 없는 이라면 아예 이 책을 집어 들지 않는 편이 나을지도 모르겠다.

이야기의 한복판에는 열여섯 살 소년 '동호'의 죽음이 있다. 5·18 당시 중학교 3학년이었던 이 아이는 마지막까지 도청에 남았다가 진압군의 총에 스러졌다. 에필로그를 포함해 일곱 장으로 이루어진 소설은 1장에서 동호를 2인칭 '너'로 지칭하는 것을 비롯해 장별로 시점과 화자를 달리하며 소년의 죽음과 그것이 남긴 파장을 다각도로 조망한다. 첫 장은 도청 상무관에서 주검을 수습하는 일을 돕는 동호를 현재형으로 등장시키고, 동호 친구 '정대'의 죽은 넋이 1인칭 '나'로 등장하는 2장에서는 동호의 죽음이 확인되며, 그렇게 장이 바뀔 때마다 시간 또한 길거나 짧게 건너뛰어 에필로그 장은 소설을 쓰는 작가 자신의 지금 이야기를 들려준다.

> 네가 죽은 뒤 장례식을 치르지 못해, 내 삶이 장례식이 되었다.
> 네가 방수 모포에 싸여 청소차에 실려간 뒤에.
> 용서할 수 없는 물줄기가 번쩍이며 분수대에서 뿜어져 나온 뒤에.
> 어디서나 사원의 불빛이 타고 있었다.
> 봄에 피는 꽃들 속에, 눈송이들 속에. 날마다 찾아오는 저녁들 속에. 다 쓴 음료수 병에 네가 꽂은 양초 불꽃들이.
> (102쪽~103쪽)

5·18 당시 여고 3학년으로 동호와 함께 주검 수습하는 일을 했던 은숙은 가까스로 들어간 대학에 적응하지 못하고 그만둔 뒤 출판사 편집자로 일한다. 인용한 부분은 그가 편집했으나 검

열에 걸려 책으로 출간되지는 못한, '광주'를 빗댄 희곡의 무대 공연을 보면서 그가 동호의 죽음을 떠올리는 대목이다.

역시 은숙이 편집했으나 검열에 걸려 빛을 보지 못한 문장 중에는 이런 것도 있다. "인간은 무엇인가. 인간이 무엇이지 않기 위해 우리는 무엇을 해야 하는가."(95쪽) 소설 중간쯤에 등장하는 이 질문이야말로 《소년이 온다》의 핵심을 담고 있다. 이 소설의 의미는 34년 전 광주에서 벌어진 참극을 증언하고 고발하는 데에 그치는 것이 아니라, 그로부터 우리가 무엇을 배워야 하는지를 정면으로 묻는다는 데에 있는 것이다. 2009년 1월 용산에서 벌어진 참극은 그 질문이 여전히 유효함을 새삼 상기시켰다. 용산은 바로 광주였던 것.

> 그러니까 광주는 고립된 것, 힘으로 짓밟힌 것, 훼손된 것, 훼손되지 말아야 했던 것의 다른 이름이었다. 피폭이 아직 끝나지 않았다. 광주가 수없이 되태어나 살해되었다. 덧나고 폭발하며 피투성이로 재건되었다.(207쪽)

성격은 조금 다를지 몰라도 세월호의 침몰 역시 마찬가지로 고통스럽고 절박한 질문 앞에 우리를 세워 놓는다. 그리고 추궁한다. 우리는 짐승인 것이냐고. 인간은 근본적으로 잔인한 존재냐고. 그 고통스러운 질문을, 일상의 균열과 한밤의 악몽을 피하고 싶다면 이 책을 읽지 않아도 좋으리라. 그러나 그렇게 되면 악

몽은 언젠가 잔인한 현실이 되어 우리를 찾아올 것이다. 5·18과
용산과 세월호가 그것을 입증해 주었다.

> 이제 당신이 나를 이끌고 가기를 바랍니다. 당신이 나를
> 밝은 쪽으로, 빛이 비치는 쪽으로, 꽃이 핀 쪽으로 끌고 가
> 기를 바랍니다.(213쪽)

소설 말미에 나오는 이 문장은 작가 자신이 동호의 넋을 향해
건네는 말이다. 그러나 이 말은 또한 동호가 작가에게 하는 말로,
더 나아가 5·18의 넋들이 우리 모두에게 호소하는 말로 새겨들
을 법하다.

(2014)

이제 꿈이 시작되는 건가요?

_____
배수아

《뱀과 물》

성장통을 앓던 어린 시절, 종작없는 꿈을 꾸다 낮잠에서 깨어나 마주한 어스름녘 풍경. 배수아의 소설 독후감을 이렇게 표현하면 어떨까.

배수아의 신작 소설집 《뱀과 물》(문학동네, 2017)에는 주로 어린이가 등장하고, 소설 속 어린이는 물론 어른한테도 잠과 꿈은 현실 못지않게 본질적인 삶의 일부를 이룬다. 수록된 일곱 단편 중 첫 작품 〈눈 속에서 불타기 전 아이는 어떤 꿈을 꾸었나〉는 배수아 자신이 편역한 프란츠 카프카의 책《꿈》(워크룸프레스, 2014)의 역자 후기를 대신해서 쓴 것이다. 한여름 유원지에서 아버지를 잃고, 서커스단에서 사라지는 마술을 한다는 어머니는 한 번도 본 적이 없는 주인공 소녀는 경찰의 도움으로 트럭을 타고 아버지가 있다는 '스키타이족의 무덤'으로 가기로 한다. 살포시 잠이 들었던 자신을, 트럭이 왔다며 흔들어 깨운 경찰 관계자에게 주인공이 하는 말이 의미심장하다. "이제 꿈이 시작되는 건가요?" 배수아 소설을 읽는 일은 이 소녀와 함께 혼몽한 꿈의 세계에 입장하는 것과 같다.

그 꿈의 세계는 모호하지만 매혹적인 이미지들로 이루어졌다. 일곱 살까지는 사내아이 행세를 하고 일곱 살 생일을 기점으로 자신의 정체성을 찾는 여자아이, 북쪽 나라에서 왕 또는 사령관 노릇을 한다는 사라진 아버지, "아이들의 정부(情婦)"이자 "노인들, 그리고 외로운 개들과 쥐의 연인이기도" 한 동네의 '미친년', 도둑이 들어와 깨뜨렸거나 혹은 깨뜨리지 않은 낡은 주물 거울, 삼십수 년 전 여행을 떠나 사라진 할머니의 여행가방을 들고 할머니와 마찬가지로 여행을 다니는 여자…… 꿈과 현실을 넘나들며 거듭 출몰하는 이런 이미지와 모티프들은 마찬가지로 반복되는 문장들과 함께 독특한 서사의 리듬감을 자아낸다.

> "어린 시절이라니, 그런 건 없습니다. 어린 시절은 망상이에요. (…) 우리는 이미 성인인 채로 언제나 바로 조금 전에 태어나 지금 이 순간을 살 뿐이니까요. 그러므로 모든 기억은 망상이에요. 모든 미래도 망상이 될 거예요. 어린아이들은 모두 우리의 망상 속에서 누런 개처럼 돌아다니는 유령입니다."(〈1979〉)

어린 시절. 그것은 막 덤벼들기 직전의 야수와 같았다고

여교사는 생각했다. 모든 비명이 터지기 직전, 입들은 가장 적막했다. (…) 염세적인 사람은 일생에 걸친 일기를 쓴다. 그가 어린 시절에 대해서 쓰고 있는 동안은 어린 시절을 잊는다. 갖지 않는다. 사라진다.(《뱀과 물》)

유년기란 흔히 잃어버린 낙원에 견주어지지만, 배수아가 보는 유년은 그런 것이 아니다. 망상, 유령, 야수. 이런 것이 배수아 소설에서 유년기와 결부되는 이미지들이다. 배수아 소설집에 등장하는 아이들을 행복하다고 말하기는 어려울 것이다. 그렇다고 해서 그들을 불행하다 할 수 있을까. 부모를 잃고, 꿈과 현실의 경계를 혼란스럽게 넘나드는 그들에게서는 오히려 자유와 해방, 열린 가능성이 엿보이기도 한다. 〈도둑 자매〉라는 단편에는 원피스 안에 속옷을 입지 않은 소녀가 한낮의 철봉에 양다리를 걸치고 거꾸로 매달림으로써 맨 하반신이 햇빛 아래 드러나는 장면이 나온다. "벌을 받고 있는 천사"를 연상시킨다는, 표지 사진을 뒤집어놓은 것 같은 이 이미지가 소설집《뱀과 물》의 주제를 담고 있는 것이 아닐까.

11월 14일 오후 서울 종로의 한 카페에서 만난 배수아는 책 표지에 쓴, 벌거벗은 소녀의 흑백 사진이 "소설의 일부"라고 소개했다. 그는 "어린 시절은 아름다우면서 어둡다"라고 했는데, "왔던 세계(전생 또는 탄생 이전)와 지금 이 세계라는 두 세계에 걸쳐 있기 때문"이라는 것이었다. 그의 소설처럼 모호한 대로, 이해할 수도 있을 것 같았다. 어쨌든 "어린 시절이 인간의 정체성과 존재를 크게 좌우하며, 그래서 나에게는 어린 시절이 굉장히 소중한 글쓰기의 자산"이라고 그는 강조했다.

"오랜 시간 동안 내가 원하는 방식의 스토리를 쓰기 위해 나름 애를 썼어요. 그래서 내가 가장 잘할 수 있고 나 자신도 읽고 싶은 글을 쓰려 하죠. 내 소설을 좋아한다는 독자를 만나면 당연히 기쁘지만 동시에 경계하게도 돼요. 그들이 나를 좋아하거나 싫어하는 게 내 글쓰기에 영향을 끼치는 게 싫으니까요."

(2017)

조문하듯 시를 쓴다

이산하

《악의 평범성》

시인 이산하는 약관 스물일곱이던 1987년 제주 4·3의 비극적 진실을 담은 서사시 《한라산》을 발표한 일로 잡혀가 혹독한 고문을 당하고 1년 남짓 옥살이까지 해야 했다. 담당 검사가 황교안 전 국무총리였다. 당시 미국 펜클럽 회장이었던 수전 손택은 이산하를 미국 펜클럽 명예회원으로 위촉하고 이듬해 서울에서 열린 국제 펜대회에 참석차 방한해서도 구치소로 그를 면회하려 했으나 정보 당국에 의해 차단당하기도 했다.

4·3항쟁 70주년을 기념해 2018년에 복간한 《한라산》(노마드 북스)후기에서 이산하는 "《한라산》은 비명이자 통곡 (…) 내 27살 청춘의 암약"이었다며 "《한라산》이후 내 삶은 죽은 자가 산 자를 운구하는 것 같은 삶이었다"라고 썼다. 2월 2일 오후 서울 마포구 출판사 창비 사옥에서 만난 그는 "《한라산》은 내 평생의 멍에였다"라고 잘라 말했다. 그 멍에는 동시에 '명예'이기도 하지 않았

겠느냐는 질문에는 "그 때문에 덕 본 건 하나도 없다"라고 되받았다. "8년 전에는 서북청년단으로 추정되는 자에게 백색 테러를 당해 서른 바늘이나 꿰매고 몇 달간 입원을 해야 했고, 그 때문에 오랫동안 애써 잊고자 했던 고문의 악몽도 되살아났다. 아직도 수시로 우울증 약을 먹는다. 지난 10여 년간 거의 자폐아처럼 살았다"라고 부연설명했다.

　　요즘 '다음 차례는 너'라는 듯 지인들의 부고문자가 쌓인다.
　　내 눈에는 내 잉여목숨의 고지서로 보인다.
　　허공이 초점 없이 나를 내려다본다.
　　40대 중반 서교동 골목길의 교통사고와
　　50대 초반 합정동 골목길의 백색테러로
　　죽음의 문턱까지 갔다가 반품된 후 모든 게 허망해지고
　　오랫동안 애써 부정하고 망각했던 고문의 악몽마저 되살아나
　　날마다 피가 하늘로 올라간다.
　　우울증 알약으로 버티며 내 살점을 베어 멀리 이송하지만
　　그마저 반품되자 벼랑의 꽃처럼 더욱 조급하고 초조해진다.

　　—〈버킷리스트〉 부분

그가 《천둥 같은 그리움으로》 이후 22년 만에 낸 새 시집 《악의 평범성》(창비, 2021)에 실린 작품 〈버킷리스트〉 앞부분이다. 이 독특한 시의 뒷부분은 "수배 4년 동안 나를 '은닉' 혹은 '묵인'해준 119명의 실명"을 가나다순으로 적었다. "고마움을 잊지 않고자"라고 시인은 덧붙였다. 여기에는 나병식·박영근·박종철·전우익·채광석 등 작고한 이들도 여럿 보이는데, 시인 기형도의 이름이 유독 눈길을 끈다. 기형도 이야기는 〈멀리 있는 빛〉이라는 별도의 시로도 시집에 들어 있다. 그가 감옥에 있을 때 박경리의 소설 《토지》 한 질을 넣어 주었으며, 석방 뒤 그가 속한 동인 시운동이 마련한 환영회에서는 김영동의 노래 〈멀리 있는 빛〉을 축가로 불러 주었다는 내용이다. 2일 인터뷰에서 '친구 기형도'에 관해 좀 더 청해 들었다.

"동갑인 기형도와는 대학 신입생 때 친구의 친구로 처음 만나 친해졌다. 짙은 눈썹에 기타도 잘 치고 목소리도 좋아서 노래를 정말 잘했다. 술은 잘 못했지만, 자신도 글을 쓴다는 사실을 수줍어 하면서 알려주더라. 내가 그에게 박상륭 선생의 소설 《죽음의 한 연구》를 권해주기도 했다. 수배 시절에는 당시 〈중앙일보〉 기자이던 그와 비밀 인터뷰를 했는데, 신문에는 나가지 못하고 나중에 내가 구속된 뒤에야 기사로 실렸다."

《악의 평범성》은 20여 년 세월을 두고 쓰인 작품들을 모은 시집이지만, 그 기조는 일관되게 무겁고 어둡다. 알다시피 악의 평범성이란 유대인 학살에 가담한 나치 장교 아이히만을 가리켜

한나 아렌트가 쓴 표현. 홀로코스트와 같은 악의 집행자들이 성격 이상자들이나 반사회적 악인이 아니라 지극히 평범하고 심지어 모범적이기까지 한 시민이라는 사실을 강조한다. 시집에는 이 제목의 연작 세 편과 아우슈비츠 등 유대인 수용소 이야기를 다룬 시들, 6·25 전쟁과 5·18 광주학살, 세월호 참사 등 현대사의 아픔을 천착한 작품들이 실렸다. "요즘 시집은 가볍고 달콤한 시구 같은 제목을 많이 쓰던데, 나는 우리가 그동안 감춰왔던 어둠에 대한 직격탄 같은 묵직한 제목이 필요하겠다고 생각했다"라고 이산하 시인은 설명했다.

"세상은 불치병에 걸렸다. 못 고친다. 인간과 구조 자체가 불치병에 걸렸다. 내가 2014년과 2018년 두 차례에 걸쳐 아우슈비츠를 비롯한 나치 수용소들을 답사했다. 가서 보니, 나치 간부들이 모두 집에 가면 평범한 가장으로서 자식들을 걱정하고 가정의 행복을 중요시했던 착한 사람들이더라. 우리 역시 마찬가지다. 우리는 그저 가끔씩 인간이 될 뿐이다."

5월 광주에서 희생된 주검들 사진과 함께 '에미야, 홍어 좀 밖에 널어라' '육질이 빨간 게 확실하네요' 같은 댓글을 올려 놓거나, "세월호 아이들이 하늘의 별이 된 게 아니라 진도 명물 꽃게 밥이 되어 꽃게가 아주 탱글탱글 알도 꽉 차 있답니다~"라는 글을 꽃게 사진과 함께 올려 놓은 페이스북 글 그리고 그에 동조하는 '좋아요'와 댓글을 보며 시인은 절망한다.

사진을 올리고 글을 쓰고 환호한 사람들은
모두 한 번쯤 내 옷깃을 스쳤을 우리 이웃이다.
(…)
가장 보이지 않는 범인은 내 안의 또 다른 나이다.
　　　　　　　　　　　　　　　　　　　　　　　—〈악의 평범성 1〉 부분

　시인은 "4·3 막바지에 죽을 줄 알면서도 산으로 올라갔던 청
년들처럼, 내가 시를 쓰는 이유도 잘 지기 위해서다. 이길 가능성
은 없다. 조문하듯 시를 쓰는 것이다"라고 말했다.

나를 찍어라.
그럼 난
네 도끼날에
향기를 묻혀주마.
　　　　　　　　　　　　　　　　　　　　　　　　　　—〈나무〉 전문

　노무현 전 대통령 1주기 추모시로 청탁받았지만 너무 짧다는
이유로 채택되지 못했다는 시 〈나무〉는 패배와 죽음에서 건져
올릴 수 있는 최소한의 희망의 근거를 보여준다. 지금 이산하 시
인은 박정희 유신 시절 사법살인으로 악명 높은 인혁당 사건을
다룬 서사시를 쓰는 한편,《한라산》필화 사건 재심을 준비하고
있다. 상처는 정면으로 보지 않으면 낫지 않는다는 정신과 의사

의 조언에 따른 결정이다. 인터뷰를 끝내고 돌아온 날 밤, 시인이 시 같은 문자메시지를 보냈다.

"내가 20년째 사는 반지하 집의 부엌 쪽창을 열면 행인들의 발만 보이고 바닥에 떨어진 꽃만 보인다. 집 앞에 커다란 목련나무가 있어서 그 뿌리를 베개 삼아 베고 잔다. 집에 들어가다가 멀리서 보면 목련나무 꽃이 꼭 조등처럼 보인다. 꽃이 동백꽃처럼 툭툭 떨어지는 소리도 들린다. 봄이면 나는 매일 상주가 된다. 불쑥불쑥 '이륭' 시절로 돌아가고 싶다는 생각도 든다."

본명이 이상백인 그는 《죽음의 한 연구》의 소설가 박상륭을 흠모해 '이륭'이라는 필명으로 활동한 적이 있다. '이산하'의 이름으로 《한라산》을 쓰기 전, 시운동 시절이다.

(2021)

한 실천적 인문학자의 믿음

도정일

《시대로부터, 시대에 맞서서, 시대를 위하여》《만인의 인문학》

《공주는 어디에 있는가》《보이지 않는 가위손》

영문학자 도정일 전 경희대 교수는 '실천적 인문학자'라는 지칭이 어울리는 이다. 그는 2001년 '책읽는사회문화재단'을 설립해 어린이 전용 도서관인 '기적의도서관'을 전국 곳곳에 세우고 학교 도서관들과 지역 도서관들을 지원했으며 영유아를 위한 독서 프로그램 '북스타트' 운동을 이끌었다. 대학에서 퇴임한 뒤인 2011년에는 경희대 후마니타스 칼리지 설립을 주도하고 초대 대학장을 맡아 대학 교양교육의 혁신적 모범을 보여주었다. 1994년 화제의 첫 평론집《시인은 숲으로 가지 못한다》를 냈던 그가 그 뒤로는 문학평론 대신 독서 운동과 교양교육 운동에 전념하는 한편, 논문이 아닌 신문·잡지 칼럼에 주력한 것 역시 문학비평의 좁은 틀에 머무르지 않고 인간과 사회를 향한 더 넓은 차원의 관심과 실천을 이어가기 위해서였을 것이다.

사회적 활동 못지않게 꾸준히 글을 썼음에도 그 글들을 책
으로 묶어 내는 데에는 무심했던 그가 최근 저서 네 권을 한꺼
번에 내놓았다. 문학 에세이 《시대로부터, 시대에 맞서서, 시대
를 위하여》(문학동네, 2021)와 인문 에세이 《만인의 인문학: 삶
의 예술로서의 인문학》(사무사책방, 2021), 《공주는 어디에 있는
가: 행복서사의 붕괴》(사무사책방, 2021), 《보이지 않는 가위손: 공
포의 서사, 선망의 서사》(사무사책방, 2021)가 그것들로, 가깝게
는 2010년대 중후반에서 멀게는 1990년대 초반에 발표한 글
을 갈무리한 것이다. 어느덧 만으로 팔순을 넘긴 이 노학자가 한
창 열정적으로 활동하고 발언했던 지난 시절의 기록이자 증언으
로서 소중한 문집들이다.

　출판사들은 편의상 문학 에세이와 인문 에세이로 책의 성격
을 구분했지만, 문학과 인문학이 별개가 아닌 것과 마찬가지 이
치로 네 권의 책은 무람없이 넘나들고 포개진다. 《공주는 어디
에 있는가》 말미에 실린 문학평론가 서영인과의 대담에서 도정
일은 자신에게 문학평론과 사회운동이 별개 활동이 아니라는 취
지의 말을 하는데, 그에게는 인문학적 통찰이나 사회적 발언 역
시 문학 및 평론과 동떨어진 것이 아님을 짐작할 수 있다.

　도정일 사유 체계의 출발점으로 삼을 만한 열쇳말이 '이야기'
이다. 그에 따르면 인간은 "이야기의 우주" 속에 태어나 살아가
는 동물, "이야기하는 원숭이"다. "인간이 세상에 태어난다는 것
은 이미 특정의 이야기 혹은 이야기들로 짜여진 세계 속으로 초

대되는 일이다." "이야기는 의미 없는 세계에 의미를, 희망이 없는 세계에 희망을, 정의 없는 세계에 정의를 집어넣으려는 인간의 노력을 대표한다." 이야기가 의미와 희망과 정의를 환기시키고 가능하게 하는 것은 그것이 무엇보다 '연결'의 기술이기 때문이다. "이야기는 하늘과 땅을 잇고 인간과 신을, 인간과 인간을, 인간과 다른 모든 존재자들을 연결"한다. '존재의 확장'이다. 이야기의 그런 연결 기능은 타자의 위치에 자신을 놓아 보는 공감 능력을 함양하고, 그 때문에 이야기는 "공존과 상생의 가능성이기도 하다". 문학이 더불어 사는 삶이라는 가치와 불가분리의 관계를 지니는 배경이 여기에 있다.

이야기와 문학이 삶 자체와 뗄 수 없는 관계라면, 삶 역시 문학적 접근의 대상이 될 수 있다. "시학은 문학에 대한 담론이지만, 삶이 마치 한 편의 이야기처럼 이야기의 구조로 짜여지고 진행되는 한 그 삶은 동시에 시학의 대상이다." '삶의 인문학'이다. 도정일이 영화와 그래픽 노블 같은 서사 장르는 물론 버락 오바마의 미국 대통령 당선, 남북 정상회담 같은 비문학적 사건 역시 서사 비평의 대상으로 삼는 것은 이런 생각 때문이다.

《보이지 않는 가위손》 말미에 실린 여건종 숙명여대 교수와의 대담에서 도정일은 첫 비평집 《시인은 숲으로 가지 못한다》에 실린 글들을 쓰던 당시 자신의 문제의식을 이렇게 밝힌다. "작품을 이야기하되 문예비평적 관심영역에만 묶이지 말고, 현대인의 삶의 문제에 연결지어 문학이 현실적인 어떤 적절성 같은 것을 가질 수 있게 해야 하지 않겠는가 (…) 그러지 않으면 비평이라는 형식의 글쓰기가 대중에게 외면당하는 운명을 면하지 못할 것이라고 생각"했다는 것. 다른 책들에서 그는 한국문학의 고질 가운데 하나로 '문제 구성력의 빈곤'을 든다. 한국인들이 겪은 역사적 경험과 고통의 크기와 깊이에 비해 그것을 표현한 문학 생산물이 빈약하다는 것인데, "문제를 의미 있게 구성하는 힘, 다시 말해 '의미 있는 질문'을 작품의 배경에 까는" 능력의 부족을 그는 그 까닭으로 꼽는다. 그가 첫 비평집 이후 현장 비평에 거리를 두고 삶의 시학, 삶의 인문학 쪽으로 나아간 데에는 한국문학에 대한 이런 판단이 작용하지 않았을까 짐작하게 하는 언급이다.

1997년 외환위기와 구제금융 이후 대학 사회에까지 밀어닥친 시장 원리에 대한 비판에도 그는 많은 에너지를 쏟는다. 시장 원리는 그가 소중히 여기는 인문적 가치를 위협하는 가장 큰 적에 해당한다. '시장전체주의'라는 표현은 시장의 압도적이고 폭력적인 지배를 가리켜 도정일이 만들어 쓴 말이다. "시장전체주의는 한 사회의 공적 가치와 규범들을 모든 방위에서 포위·질식시켜 시장 효율과 시장조작 이외의 다른 가능성들을 열어놓으려는 어떤 도덕적 고려의 문맥도 살아남기 어렵게 하고, 사회 유지에 필요한 공공의 제도 및 정책을 옹호할 이성적 담론들을 마비시"킨다고 그는 지적한다. 그런 시장전체주의를 견제할 수단으로서 그는 인문학의 가치를 특히 강조하는데, 후마

니타스 칼리지라는 인문·교양교육 프로그램을 주도한 것이 그와 무관하지 않다.

네 권 책에 묶인 글들은 비록 묵은 것이지만, 책의 서문들은 새로 쓴 것들이다.《시대로부터, 시대에 맞서서, 시대를 위하여》의 서문 한 대목은 이러하다.

> 문학은 당대에 뿌리를 두고서 당대가 넘으려다 넘지 못한 불완전성, 뚫고자 했으나 다 뚫지 못한 한계를 간직하고 있기 때문에 당대와 소통하면서 당대를 넘어선다. 한계는 그저 한계가 아니라 다음 시대의 잠재성으로 남는다. 문학에 대한 나의 믿음은 그곳에 있다.
>
> (2021)

다시 일어설 사랑의 힘

최은영

《밝은 밤》

"살면서 사람이 꺾일 때가 있잖아요? 잘못도 하지 않았는데 외부의 요인으로 꺾이기도 하고, 아니면 자기 마음 안에서 무언가 힘든 부분이 해결이 안 된다거나 하는 경우요. 그때마다 계속 일어나려고 하는 사람들 얘기를 쓰고 싶었어요. 그게 다른 사람을 해치거나 복수하는 것 같은 어두운 방식이 아니고, 누군가의 사랑을 받아서 아니면 어떤 존재를 사랑하는 마음으로 일어나려 하는, 계속 사랑하려는 사람들 얘기를요."

두 소설집《쇼코의 미소》(문학동네, 2016)와《내게 무해한 사람》(문학동네, 2018)으로 호평을 받은 작가 최은영이 첫 장편《밝은 밤》(문학동네, 2021)을 내놓았다. 이혼의 상처에서 벗어나려 서울을 떠나 동해의 소도시 '희령'으로 온 지연의 이야기와, 지연이 할머니한테서 듣는 증조할머니와 할머니 자신의 이야기를 두 축으로 삼고, 할머니의 딸이자 지연의 엄마인 미선의 이야기가 더해져 여성 4대의 서사를 좇는 작품이다. 부계를 기준으로 삼는 어법에서라면 '외(증조)할머니'라 칭할 것을 모계 혈족을 뜻하는 접두사 '외'를 뺀 채 그저 '(증조)할머니'라 일컫는 데에서부터 성차별 질서에 맞서며 그를 거부하는 작품의 기조를 짐작할 수 있다.

지연은 열 살 무렵 희령의 외가에 맡겨져 열흘 정도 할머니와 함께 즐겁게 지낸 기억이 있다. 그러나 어머니와 할머니가 어떤 이유에서인지 절연하다시피 연락을 끊고 지내는 바람에 지연 자신의 결혼식에도 할머니를 초대하지 않았고, 이혼한 뒤 도망치듯 서울을 떠난 지연이 희령의 천문대에 취직하면서 20여 년 만에 우연히(!) 할머니와 재회하게 된다. 다시 만난 할머니와 손녀는 옛 사진과 편지를 매개 삼아 100년을 거슬러 오르는 시간 여행에 나선다.

> 한쪽 눈은 외까풀, 다른 한쪽은 쌍꺼풀이 진 눈매에 숱이 적은 눈썹, 둥근 이마와 짧은 턱, 그리고 작은 귀까지 그녀는 나와 닮아 있었다. 이목구비만이 아니라 앉아 있는 포즈와 표정도 나와 비슷했다.(30쪽)

어느 날 할머니가 꺼내 온 사진첩에는 흰 저고리에 검은 치마를 입은 여자 둘이 미소 짓는 사진이 있는데, 그중 한 여자가 지연 자신을 빼닮았다. "너라고 해도 다들 믿을 것 같아"라고 할머니가 말할 정도. 출신지를 따서 '삼천이'라 불린 그이는 할머니의 엄마 그러니까 지연의 증조할머니이고, 함께 사진 찍은 이는 삼천이의 둘도 없는 벗 '새비'(역시 출신지 이름). 백정의 딸 삼천이가 천주교도 증조할아버지와 부부의 연을 맺게 되고, 역시 천주교도 새비와 평생의 우애를 쌓은 이야기가 실타래처럼 풀려 나온다.

세상에서 가장 무거운 죄가 있다면 그건 여자로 태어나고, 여자로 산다는 것이었다.(57쪽)

양인 출신 천주교도 남편 덕분에 백정이라는 신분적 질곡에서 벗어났음에도 증조할머니 삼천이가 이렇게 한탄할 정도로 여성으로서 겪는 수난과 고통은 지독하다. 처음에 천사 같은 구원자의 모습으로 다가왔던 남편 역시 남들과 다르지 않았다. 아니, 백정 출신 아내를 구하느라 자신의 삶을 희생했다는 "울화와 억울함과 죄책감"으로 아내의 상처를 덧낼 뿐이었다. 그가 아내와 딸을 속이고 이북에 처자가 있는 남자에게 외동딸을 주기로 결정한 데에서 가부장의 횡포는 극에 달한다.

이런 증조할아버지에서부터 외도로 이혼의 빌미를 제공한 지연 남편에 이르기까지 소설 속 남자들은 하나같이 저열하고 이기적이며 폭력적인 모습으로 그려진다. 유일한 예외가 새비 아저씨. "도무지, 어떤 경우에라도 남 위에 올라가서 주인 노릇하고 싶어 하지 않는 사람"이었다고 할머니가 회고한 이 독실한 천주교 신자는, 히로시마에서 원자폭탄이 초래한 참상을 목격하고서는 천주님의 책임을 따지며 종부성사를 거부한 채 죽음을 맞는다.

이북에 있다던 처자가 월남해 남편을 되찾아가고, 더 나아가 제가 낳은 딸조차 그들 호적에 올리는 사태가 닥치자 할머니는 제 아비에게 이렇게 말한다. "아바이, 죽어버려요." 그 말이 씨가 되었던지 아비는 몇 달 뒤 교통사고를 당해 죽지만, 끝내 아내와 딸에게 사과의 말을 하지 않았다. "전남편이 내게 끝내 사과하지 않았을 때, 나도 그에게 죽어버리라고 말했다"라고 지연이 술회할 때, '여자로 태어나 산다는 죄'가 지난 시절의 일만은 아님을 알게 된다.

이렇듯 부정적인 남성상의 맞은편에 여성들의 우애의 풍경들이 있다. 옛 사진 속 주인공인 삼천이와 새비, 그들의 딸들인 지연 할머니 영옥과 희자, 대구 피난 시절 어린 영옥을 예뻐했던 명숙 할머니, 지연 어머니와 명희 언니, 지연과 지우, 여기에다가 지연이 차례로 거두는 유기견 귀리와 유기묘 현미는 상처 입고 꺾인 여성들이 다시 일어설 수 있는 사랑의 힘을 보여준다. 어머니의 집에서 보았던 여성 4대의 사진을 희령 할머니 집 장식장 액자에서 다시 만나는 소설 마지막 장면은 그런 점에서 이 소설의 주제를 담고 있다 할 수 있다.

책 뒤에 붙인 '작가의 말'에서 최은영은 "내게는 지난 이 년이 성인이 된 이후 보낸 가장 어려운 시간이었다. 그 시간의 절반 동안은 글을 쓰지 못했고 나머지 시간 동안 《밝은 밤》을 썼다"라고 밝혔다. 7월 21일 서울 종로구의 한 카페에서 만난 작가는 "소설 속 지연의 경험이 사실 그대로는 아니지만, 지연이 느낀 감정의 명도에는 나 자신의 감정이 투영되어 있는 것 같다"라고 말했다.

그는 또 "중단편과 장편은 마치 시와 소설이 다르듯이 완전히 다른 장르라는 걸 이 소설을 쓰면서 알게 됐다"라며 "단편을 쓸 때에는 절제해야 해서 오히려 힘들었는데, 장편은 힘을 빼고 쓸 수 있어서 좋았다. 독자들도 쉽고 재미있게 읽었으면 한다"라고 말했다. 중단편으로 호평을 받았던 작가가 뜻밖에도 첫 장편의 문턱에 걸려 비틀거리거나 아예 넘어져 일어나지 못하는 일도 드물지 않은 터에, 최은영의 첫 장편은 그가 중단편에 못지않게 장편 역시 잘 쓰는 작가라는 사실을 알게 한다.

(2021)

다른 감각의 존재들

김초엽

《방금 떠나온 세계》

김초엽의 첫 소설집《우리가 빛의 속도로 갈 수 없다면》(허블, 2019)은 하나의 사건이었다. 2017년 제2회 한국과학문학상 대상과 가작을 동시 수상하며 등단한 작가가 2년 만에 낸 이 책은 SF로는 처음으로 '오늘의 작가상'을 수상했고, 지금까지 25만 부가량 팔렸다. 상업성과 문학성을 두루 인정받으며 김초엽은 단박에 한국문학의 중심으로 진입했다.

첫 책의 놀라운 성공은 웬만한 작가에게는 큰 부담으로 작용하게 마련이다. 독자의 기대와 눈높이가 한껏 고조된 상태에서 다음 작품을 내놓기란 상당한 용기와 자신감이 필요한 일일 테다. 첫 책으로부터 다시 2년여 만에 나온 김초엽의 두 번째 소설집《방금 떠나온 세계》(한겨레출판, 2021)는 다른 무엇에 앞서 첫 소설집을 '경쟁 상대'로 삼아야 하는 얄궂은 운명을 떠안은 셈이다. 게다가 그사이에 작가는 첫 장편《지구 끝의 온실》(자이언트북스, 2021)과 논픽션《사이보그가 되다》(사계절, 2021)를 펴낼 정도로 다른 작업에도 시간과 에너지를 쏟아야 했다.

결론을 당겨 말하자면,《방금 떠나온 세계》는《우리가 빛의 속도로 갈 수 없다면》에 결코 뒤지지 않고 오히려 그 책을 넘어서는 성과로 보인다. 5년 차 작가 김초엽은 '소포모어 징크스'를 멋지게 극복하며 자신에 대한 문단과 독자들의 기대가 옳았음을 입증했다.

첫 소설집과 마찬가지로《방금 떠나온 세계》에도 일곱 단편이 실렸다. 첫 책이 매우 다양한 소재와 주제에 걸쳐 있었다면, 이번 책은 비교적 일관된 주제의식을 담았다는 점에서 한층 높은 밀도를 보인다.

이번 작품집을 관류하는 열쇳말은 장애와 의사소통이다. 거의 모든 수록작에 장애를 지닌 인물이 주인공으로 등장한다. 그 자신 청각장애를 지닌 김초엽이 휠체어를 타는 장애인인 김원영 변호사와 함께 올 초에 낸《사이보그가 되다》는 장애와 과학기술 발전의 관계를 파고든 문제작이었다. 김초엽이 그 책을 준비하고 쓰던 무렵은 이번 소설집에 실린 작품들을 쓴 시기와 겹친다. "그 책을 쓰면서 얻은 여러 가지 생각이나 소재들이 자연스럽게 소설로 연결되었다. 다른 감각과 다른 인지 세계를 가진 존재들에 대한 이야기를 써보고 싶다는 생각을 늘 해왔다"라고 김초엽은 10월 19일 서울 마포구 한겨레출판 회의실에서 〈한겨레〉와 한 인터뷰를 통해 말했다.

김초엽의 인터뷰 발언에서 나온 '다른 감각' '다른 인지 세계' 라는 표현에 주목해 보자. 김초엽의 소설들에서 장애는 결핍이나 훼손, 비정상이라기보다는 '다른' 신체 조건 또는 보편성과 대비되는 개별성으로 간주된다. 단편 〈마리의 춤〉의 주인공 마리는 "시지각이상증을 겪는" '모그'인데, 제대로 보지도 못하는 눈으로 굳이 춤을 배워 무대에 서겠다고 고집한다. 동료 모그들과 몸의 감각을 공유할 수 있는 프로그램 플루이드를 개발한 그는 자신들의 소통 방식이 '변화'이자 '진보'일 수도 있다고 주장한다. 그런 변화와 진보를 앞당기기 위해 그가 선택한 방식이 테러라는 사실은 유감이지만, 소설 결말에서 모그가 아닌 화자 '나'는 마리의 플루이드가 "우리가 취할 수도 있었던 어떤 소통의 형태였다고 생각한다".

"사실 장애가 결핍이 아니라 다양성 또는 진보일 수도 있다는 주장은 장애인들이 현실에서 겪는 고통을 가리는 것이 될 수도 있어서 조심스러워요. 제가 쓰는 소설이 에스에프 장르다 보니까, 현실과 거리를 두고 그런 이야기를 좀 더 급진적으로 다룰 수 있는 것 같아요."

김초엽의 이런 염려는 단편 〈로라〉에서 "신체장애를 낭만화하고 있다며 불쾌감을 표"하는 일부 장애인 단체의 태도를 떠오르게 한다. 이 작품에는 신체 감각이 여느 사람들과 다른 이들이 등장한다. 그들은 기존의 신체 일부를 잉여로 여겨 절단하고 싶어 하거나, 반대로 있어야 할 추가 신체 구조가 결여되었다는 느낌에 시달린다. 주인공 로라는 두 팔에 만족하지 못하고 세 번째 팔을 원하는 경우다. 로라의 연인인 진은 로라를 이해하고자 세계 각지에서 로라와 비슷한 증상을 앓는 이들을 만나 인터뷰해서《잘못된 지도》라는 책을 출간한다.

"깨질 듯한 연약함"을 지닌 〈인지 공간〉의 주인공 이브, 그리고 "내적 시계가 망가"지는 바람에 바깥 세계의 시간 흐름에 한없이 뒤처지는 〈캐빈 방정식〉의 주인공 언니 역시 장애의 결핍과 훼손을 보여주는 인물들이다. 그러나 세계의 모든 지식을 구성원들이 공유하게 되어 있는 〈인지 공간〉의 격자 구조물이 사실은 매우 불완전하며 개별적 기억과 진실을 억압하고 배제한다는 사실을 그 격자 구조물에서 소외된 이브만이 알아차린다든가, 〈캐빈 방정식〉의 언니가 안팎으로 어긋나는 시간의 흐름 속에 새로이 생성되는 우주적 시간을 유일하게 경험한다는 사실은 이들의 장애가 지닌 역설적 가능성을 알게 한다.

"우리가 행성의 시간을 나누어 줄게." 단편 〈오래된 협약〉에서 인류가 정착한 외계 행성 벨라타의 지배적 생명체이자 벨라타 행성 자체이기도 한 오브는 인간들에게 이렇게 말하고 기약 없는 잠에 빠져든다. 인간들이 새로운 행성에 정착하고자 오브를 죽이고, 오브는 그런 인간에 맞서 독성 물질을 내뿜고 폭우를 퍼부으며 싸우던 끝이었다. 인간의 시간 관념으로는 짐작하기도 쉽지 않은 긴 수명을 지닌 오브가 "아주 짧은 순간"을 살다 가는 인간들을 배려하여 양보하기로 한 것. "우리에게 주어진 삶의 시간은, 이 행성의 시간을 잠시 빌려 온 것에 불과하다"라고 벨라타 거주민 노아가 말할 때, 거기에서 가이아 이론을 비롯한 생태적 사고를 떠올리지 않기란 어렵다.

"이 작품은 쓸 때부터 인류세를 생각하면서 썼어요. 인류세란 인간이 변형시킨 지구잖아요? 지구에 시간을 빚지고 있는 게 인간이구요. 인간이 지구가 아닌 다른 행성에 가더라도 이 관계는 똑같이 재연될 거라고 봐요. 그렇게 행성과 인간의 관계를 생각하며 쓴 작품이 〈오래된 협약〉입니다."

(2021)

죽음하다의 세계

김혜순

《지구가 죽으면 달은 누굴 돌지?》

"지난해 2월 대학(서울예대)에서 정년퇴직한 뒤 줄곧 몸이 아팠는데, 지난달에는 코로나에도 걸렸어요. 많이 아팠고 많은 생각을 하게 됐죠. 제가 아프고 옆의 사람이 아프고 전 세계 사람들이 다 아프다는 생각을 하니까, 세상이 연결되어 있고 하나로구나 하는 게 한층 실감 났습니다. 2019년 안식년일 때 엄마가 병들었고 병원과 호스피스를 전전하다가 결국 돌아가셨는데, 사실 이 시집에 실린 시들은 거의가 그때 쓴 것들이에요. 써놓고 한동안 보지 않고 버려 두었다가, 이것이 일종의 비탄의 연대 같은 게 될 수도 있겠다는 생각에서 시집으로 묶을 생각을 한 거죠."

김혜순 시인의 열네 번째 시집 《지구가 죽으면 달은 누굴 돌지?》(문학과지성사, 2022)는 모두 3부로 이루어졌는데, 그중 절반에 가까운 제1부의 시 33편은 병들어 죽음을 향해 가는 어머니를 돌보는 과정에서 쓰였다. 어머니 얘기는 2부와 3부에도 수시로 출몰해서, 후배 시인 황인찬은 시인에게 보낸 편지에서 이 시집을 두고 "사라진 어머니와의 협업"이라고 표현했을 정도다. 그 말을 듣는 순간 시인은 다시 울었다고 4월 27일 〈한겨레〉와 한 인터뷰에서 말했다.

> 엄마는 시인들보다 말을 잘한다.
> 우리가 산 것도 아니고 죽은 것도 아니고 다 죽음과 삶 중간에 있는 거라고 한다.
> 이 세상은 거대한 병원이라고 한다.
> 꽃도 호랑이도 사람도 다 아프다고 한다.
> ─〈체세포복제배아〉 부분

> 늙은 엄마들이 자기보다 더 젊은 엄마를
> 엄마 엄마 부르며 죽어가는 이 세계
> ─〈먼동이 튼다〉 부분

어머니의 죽음이 있기 전에 아버지의 죽음이 먼저 있었다. 다시 그전에 세월호의 죽음이 있었고, 구제역 돼지들의 죽음이 있었다. 시인은 《피어라 돼지》(문학과지성사, 2016), 《죽음의 자서전》(문학실험실, 2016), 《날개 환상통》(문학과지성사, 2019) 같은 앞선 시집들을 통해 그런 죽음들을 줄기차게 기록하고 증언해왔다.

"죽음에 대해 많이 쓰면서 알게 된 것 또는 시적인 인식이라 할 법한 게 뭐냐 하면, 죽음은 절대로 단수가 아니라 복수 상태라는 거예요. 제가 걸렸던 오미크론 감염과 비슷합니다. 저도 모르는 새에 모르는 누군가한테서 이 병이 저한테로 온 것이죠. 세월호의 죽음도 돼지들의 죽음도 다 우리의 죽음이라는 생각을 하게 됐어요."

김혜순 시인 득의의 표현으로 '~하다'라는 게 있다. 부정적 현실에 안주하기를 거부하는 능동적이며 적극적인 행동과 사유를 담은 조어법이다. 시하다, 새하다, 여자하다 같은 말들을 통해 시인은 기존 문법과 구문이 담아내지 못하는 독자적인 의미를 채굴할 수 있었다. 이번 시집에도 "아빠가 죽자 엄마는 새한다"(〈미지근한 입안에서〉)와 같은 구절이 등장한다. 시집에 나오는 말은 아니지만, 이 시집의 세계를 '죽음하다'로 요약할 수 있을 정도로 죽음은 시집 전체에 만연해 있다.

"죽음에 대해 너무 많이 생각하고 너무 많은 시를 써서 병이 났나 싶기도 해요. 그래서 이제 죽음은 그만 생각하고 그 단어를 그만 쓸까 싶기도 하고요. 그렇지만 김수영의 시 〈눈〉에 보면 '죽음을 잃어버린 영혼과 육체'라는 표현이 나오잖아요? 그건 곧 젊은 시인들에게 죽음을 좀 알라는 것, 죽음을 잃어버린 사람이 곧 죽음이라는 뜻이라고 봐요. 그러니 죽음에 대해 안 쓸 수는 없겠죠."

새 시집은 제목에서부터 지구의 죽음을 언급하고 있다. "지구 어머니의 큰 얼음이 녹아내리는 고통" "산호는 죽기 전에 병상

의 엄마처럼 백화한다"(《더러운 힘》) 같은 구절들에서는 지구와
어머니를 죽음의 동료로 동일시하는 태도도 눈에 띈다. 표제작
에서는 임박한 종말의 위기감이 생생하게 만져진다.

> 모두가 마지막 종(種)인 생물들이 사는 달에
> 초인종이 울린다.
> 지구인의 비보가 계속 전해진다.
>
> (…)
>
> 지구여, 인류의 멸종을 가동한 상영관이여!
> 살다 간 이들의 원한으로 가득한 행성이여!
> (…)
>
> 계세요?
> 계세요?
> 문상하러 왔어요.
> 연속해서 울리는 초인종 소리에도 우리는 문을 열지 않
> 고 있다.
> 죽은 이들과 소꿉놀이에 빠져서.
> ─⟨지구가 죽으면 달은 누굴 돌지?─사막상담실⟩ 부분

시집 3부에 실린 시들은 특히 사막과 모래의 이미지로써 죽음과 종말을 다각도로 형상화한다.

> 그래서 결국 각자의 사막으로
> 떠나갈 일만 남았는가
> 모래커튼을 내릴 일만 남았는가
>
> —〈눈물의 해변〉 부분

아예 별표(*)를 모래 대신 써서 황량하고 공포스러운 이미지를 시각화한 작품도 있다.

"엄마가 돌아가시고 우울감이 심해서 정신상담을 받으러 갔다가 옆방의 어린이상담실을 보게 되었어요. 큰 모래상자가 놓여 있고 그 옆에 장식장 가득 사람과 우주의 모형, 동물 모형 등 삼라만상이 있어서 상담받는 아이들이 그중 어떤 것들을 골라서 모래상자에 올려놓더군요. 그걸 보니, 저것이 곧 시인의 노릇이구나 하는 생각이 들었어요. 부재라는 사막 모래방에 삼라만상 중 어떤 이미지를 올려놓고 형상화해 나가는 것 말이죠. 사막이란 것이 마치 시인이 시하는 원고지나 백지 같은 존재고, 거기서 시인은 무언가를 수행하는 거라는 생각이 들었어요."

김혜순 시인은 캐나다 그리핀 시문학상과 스웨덴 시카다상 등 외국의 중요한 문학상을 수상하는 등 외국에서도 반응이 뜨겁다. 4월 초 덴마크에서 번역 시집이 나온 데 이어 스웨덴에서도 시집이 나올 참이어서 11월에는 출간 기념 행사차 북유럽으로 갈 예정이다. 외국 독자들의 반응을 묻자 "내 나이나 경력 등에 관해 아무것도 모르는 이들이 내 시를 굉장히 여성주의적이고 저항적인 시로 읽는다는 게 재미있더라"라고 말했다.

(2022)

오래 품어온 사람과 사랑과 회한과

조용호

《사자가 푸른 눈을 뜨는 밤》

모든 죽음은 의문사일는지 모른다. 그가 혹은 그녀가 왜 죽었는지 알려 주는 사망진단서는 단지 현상에 대한 설명 자료일 뿐이다. 왜 하필 그 나이, 그 시각 그곳에서 그렇게 숨을 멈추어야 했는지, 저 수많은 죽음들의 무수한 사연의 배경은 신조차 모두 알 수 없지 않을까. 하물며 죽음의 흔적도 남지 않은 실종이란 겹으로 싸인 의문 덩어리인 셈이다.(115쪽)

조용호의 소설《사자가 푸른 눈을 뜨는 밤》(민음사, 2022)은 의문사와 실종 사이의 좁은 길을 힘겹게 헤치며 나아간다. 소설은 1980년대 초 시국 관련 사건으로 경찰에 붙들려 간 뒤 흔적이 사라진 한 인물의 행방을, 그로부터 거의 40년 뒤에 두 사람이 쫓아 나서는 과정을 그린다. 사람의 반생에 해당할 정도로 긴 세월은 이들의 행보에 여러 장애물과 함정을 마련해 놓는다. 그것들을 뚫고 시간을 거슬러 오르는 두 사람의 추적은 80년대라는 폭력과 죽음의 연대를 향한 역사 순례를 겸한다.

그 시절, 이른바 '야학연합회 사건'이라는 게 있었다. 대학생들이 또래 노동자들에게 배움을 나눠 주던 야학 모임 관련자들을 한데 엮어 거창한 사회주의 혁명 음모를 덮어씌우려던 시도였다. 소설 주인공 '나'와 그의 연인 하원 역시 야학 교사로 수배 대상이 되자 함께 서해의 한적한 바닷가 집으로 몸을 숨긴다. "그때 우리는 세상의 외딴 골목으로 도피하는 중이었다. 바깥 세상에 많은 인연들을 두고 왔지만, 우리는 더 이상 도망갈 곳 없는 절벽 앞에 이승의 초라한 텐트를 친 셈이었다. 우리 말고는 아무것도 아니었고 아무도 없었다."(9쪽)

체포의 손길을 피해 도망쳐 온 것임에도 젊은 연인들은 그 위태로운 도피처를 사랑의 성소(聖所)로 바꾸어 놓는다. 혼자서가 아니라 사랑하는 이와 함께라면, 고립과 단절은 저주라기보다는 축복에 가까웠다. 허름한 외딴집에서 단둘이 보낸 열흘 남짓이 그들 청춘의 절정이었다. 하원을 잃고 오랜 세월이 지난 뒤 그 집을 다시 찾은 '나'가 그 집을 가리켜 "순금 같은 기억의 성소"라 부르는 것을 보라.

순금의 날들은 오래가지 못했다. 생필품을 사러 읍에 나갔던 '나'가 불심검문에 걸려 붙잡히고, 남영동의 저 악명 높은 치안본부 대공분실로 끌려가 혹독한 고문을 당한 데 이어 강제로 군에 입대하게 되면서 하원과는 영영 연락이 끊기고 만다. 제대 뒤 어디에서도 하원의 소식이나 흔적은 만날 수 없었고, 그렇게 하원과 연이 끊어진 세월이 무려 40년 가까이 흘렀다. 차라리 하원의 죽음을 확인할 수 있다면 깨끗이 포기하겠지만, 하원은 어디까지나 '실종' 상태였다.

그사이에도 간간이 하원의 흔적 찾기를 이어왔던 '나'가 본격적으로 추적에 나선 데에는 삼십 대 후반 여성 희연의 존재가 결정적이었다. 시위가 한창이던 광장에서 우연히 마주친 희연은 젊은 하원의 모습을 빼닮았고, 여러 정황상 저 바닷가 사랑의 성소에서 둘 사이에 잉태되었을 가능성이 높아 보인다. '나'는 희연을 두고 "하원의 젊은 아바타 같은 존재"라 표현하고, 소설이 진행되면서 희연 역시 생모를 찾는 마음으로 하원의 행적을 더듬는다.

1인칭 화자 '나'의 시점으로 전개되는 소설 중간중간에는 의문사진상규명위원회의 조사보고서가 삽입되어 입체감을 더한다. 실종된 하원이 혹시 치안 당국에 의해 살해된 것은 아닌지, 신고 접수를 받고 공식적으로 조사를 벌인 결과를 담은 문건이다. 조사 개시 및 방향, 참고인 및 피진정인 조사, 경찰의 사찰 여부, 타살 가능성 등의 항목을 거쳐 진상 규명 불능 사유, 사건에 대한 평가 등의 항목으로 이어지는 이 보고서는 하원의 실종을 건조한 문장에 담은 공식 기록이라 하겠다.

당시 하원을 체포했던 경찰과 야학 학생 순영의 어머니 등 관련자들의 증언은 공식 기록의 빈틈을 메꾸며 '나'와 희연이 사태의 진상에 조금 더 다가갈 수 있도록 돕는다. 하원의 행적을 쫓는 과정에서 두 사람은 그 시절 갑자기 사라졌던 '나'를 기다리며 하원이 남긴 편지 뭉치를 발견하는데, 편지 속 하원의 목소리는 지금 '나'와 희연의 추적을 격려하며 다그치는 것처럼 들린다. "당신, 지금도 우리가 떨어져 있지만 교신하고 있는 것 맞지요? 언제쯤 돌아올 건지 타전해 주세요. 온 가슴을 열고 당신을 기다립니다. 어디까지 왔나요, 당신."(125쪽)

하원과 '나'의 간절한 그리움이 40년 가까운 시차를 두고 마침내 해소될지 여부는 독자가 확인할 몫으로 남겨 두자. 야학연합회 사건은 실제로 있었던 일이고, 작가는 그에 연루되어 남영동 대공분실로 붙들려 가 조사를 받은 바도 있다. 소설 속 야학 동료이자 '나'의 룸메이트였던 수호는 당국의 사건 조작에 항의하는 유인물을 뿌리고 도서관 옥상에서 몸을 던진다. 소설 속 정황과 똑같지는 않아도 이 역시 작가가 겪고 본 일들에 바탕을 두고 있다. '작가의 말' 한 대목이 사무친다.

여기까지 오는 데 오래 걸렸다. 그 시절 시장통 단칸방에서 어린 강학과 학강 들이 서로 가르치고 배우던 풍경으로부터 사십 년, 그 기억이 박제가 되어 남아 있다가 되살아나 세상 밖으로 이야기가 되어 나오려고 꿈틀대던 때로부터는 팔 년이 지났다. 오래 품어온 사람과 사랑과 회한을, 왜 어디서 무엇 때문에 우리는 살고 죽는지 풀 길 없는 영원한 의문을, 여기 꺼내 놓는다.(188쪽)

소설 주인공 '나'는 다른 직업을 가진 채 소설 쓰기를 병행하는 인물로 그려지는데, 기자 일을 하면서 소설을 아울러 쓰는 작가 자신을 떠오르게 한다. 그가 죽은 수호에게 변명 삼아 건네는 말에서 소설 쓰기에 대한 작가의 태도를 짐작하게 된다.

네가 떠나고 난 뒤 어쭙잖게 밥벌이를 하면서 소설가의 꿈을 꾸어 왔다. 쓸쓸한 오지의 넋두리 같은 글이지만 그래도 내가 이 척박한 세상을 견디는 힘이었으니 비웃지는 말거라. (167쪽)

(2022)

윤회하는 사랑

진은영

《나는 오래된 거리처럼 너를 사랑하고》

나는 오래된 거리처럼 너를 사랑하고
별들은 벌들처럼 웅성거리고

여름에는 작은 은색 드럼을 치는 것처럼
네 손바닥을 두드리는 비를 줄게
과거에게 그랬듯 미래에게도 아첨하지 않을게

─〈청혼〉 부분

이렇게 시작하는 진은영의 시 〈청혼〉은 2014년에 발표되었으
나 그 뒤로 오래도록 시집에 묶이지는 않은 터였다. 그럼에도 이
시는 온라인에서 널리 회자되며 큰 사랑을 받아왔다. 진은영이
《훔쳐가는 노래》(창비, 2012) 이후 10년 만에 펴낸 시집 첫머리에
이 작품을 배치하고 그 도입부로 시집 제목을 삼은 것은 독자들

의 그런 사랑에 비추어 당연한 일인지도 모르겠다. 《나는 오래된 거리처럼 너를 사랑하고》(문학과지성사, 2022)는 출간되자마자 시 부문 베스트셀러 1위에 오르며 독자들의 사랑을 다시 확인시켰다. 제목에서부터 '사랑'을 내세운 데에서 보다시피 이것은 무엇보다 사랑의 시집이다. 시집 뒤표지에 실린 산문에서 시인은 자신이 "사랑의 윤회를 믿는 것 같다"라고 썼는데, 시집 안에는 다채로운 사랑의 노래가 가득하다.

잠든 연인의 등 위로 민달팽이들을 풀어놓는 사랑, 맨발로 어디든 갈 수 있을 것 같은 사랑…….사랑은 신비하고 온갖 가능성으로 반짝거린다. "나는 돌멩이의 일종이었는데 네가 건드리자 가장 연한 싹이 돋아났어"(〈사랑의 전문가〉)에서 보듯, 사랑은 불가능한 일을 가능하게 하는 마법과도 같다. 시인이 뒤표지 글에서 쓴 '윤회'란 말은 마법의 다른 표현이라 할 수도 있을 것이다. 사랑의 윤회를 가장 노골적이고 적극적으로 노래한 시 〈올랜도〉에서 화자인 올랜도는 자신이 사포였고 유디트였으며 햄릿의 요릭이었고 《모비딕》의 이스마엘이었다는 '비밀'을 들려준다. 그리고 시의 마지막 두 연에서 그의 진짜 비밀이 드러난다.

> 올랜도, 나 올랜도는 모든 사람을 상실한 후에 태어났다
> 내게 남겨진 것이라고는 나 자신의 현존
> 모든 상실을 보기 위한 두 눈과
> 본 것을 말해야 할 작고 흰 입술을 가지고서

올랜도, 우리가 모든 슬픔보다 더 오래 살아남았다

　　ー〈올랜도〉 부분

　사포와 유디트와 요릭과 이스마엘을 거치며 올랜도는 다시 태어났는데, 그것은 "모든 상실을 보기 위한" 것이며 "본 것을 말해야 할" 의무 때문이었다. 상실을 목격하고 그에 관해 발언하는 일을 사랑이라 한다면 그것은 시인을 비롯해 예술가들이 하는 일과 다르지 않다 하겠다. 사랑의 윤회에 관한 믿음이란 그러니까 시에 관한 믿음이라 할 수도 있는 것.

　　아빠 미안
　　2킬로그램 조금 넘게, 너무 조그맣게 태어나서 미안
　　스무 살도 못 되게, 너무 조금 곁에 머물러서 미안

　　엄마 미안
　　밤에 학원 갈 때 휴대폰 충전 안 해놓고 걱정시켜 미안
　　이번에 배에서 돌아올 때도 일주일이나 연락 못 해서 미안

　　ー〈그날 이후〉 부분

　이렇게 시작하는 시 〈그날 이후〉는 2014년 10월 15일 단원고 학생 예은이의 열일곱 번째 생일에 맞추어 쓴 '생일시'다. 예은이

는 그해 4월 세월호에 타고 수학여행을 떠났다가 돌아오지 못했다. 이듬해 다른 생일시들과 함께 《엄마. 나야.》(난다, 2015)라는 책으로 묶여 나온 이 작품 역시 많은 이들에게 읽혔다. 죽은 아이의 목소리로 된 이 시에서 예은이는 먼저 아빠와 엄마에게 미안하다는 말부터 건넨다. 자신의 억울한 죽음에 대한 원망과 분노에 앞서 아빠 엄마의 슬픔을 헤아리는 아이의 마음이 너무도 예뻐서 아프다. 이어서 예은이는 "여기에도 아빠의 넓은 등처럼 나를 업어주는 뭉게구름이 있"다며 아빠 엄마를 안심시키고, 남은 친구들에게는 "우리 가족의 눈물을 닦아"주라고 당부한다. 죽은 아이의 말은 고마움의 표현으로 마무리된다.

〈천칭자리 위에서 스무 살이 된 예은에게〉는 '그날'로부터 3년 뒤, 이제 스무 살이 된 예은이에게 쓰는 편지 형식을 취한 시다. 예은이와 친구들의 희생 이후에도 "그때나 지금이나 우리는 똑같다/ 바뀐 그림 하나 없이// 어린 소녀에서 어린 청년으로/ 아이에서 농민으로/ 바다에서 지하도로, 혹은 공장으로". 구의역 김 군과 백남기 농민 등의 잇따른 죽음 앞에 시인은 자괴감을 떨치지 못한다. 시인은 다른 시들에서도 "꿈이 죽은 도시에서 사는 일은 괴롭다/ 누군가 살해된 방에서 사는 일처럼"(〈방을 위한 엘레지〉)이라거나 "이놈의 세계는 매일매일 자살하는 것 같다/ 아무리 말려도 말을 듣지 않는 것 같다"(〈빨간 네잎클로버 들판〉)라며 깊은 절망을 표한다. 시인은 사랑의 윤회를 포기한 것인가.

괴롭고 절망스럽다고 포기한다면 그것은 사랑이 아니고 시가 아닐 테다. 사랑은, 그리고 시는 죽음과 상실을 껴안고 그것들과 함께 가는 것. 〈청혼〉에 이어 시집에 두 번째로 실린, 제목부터 의미심장한 시 〈그러니까 시는〉을 보라.

> 그러니까 시는
> 시여 네가 좋다
> 너와 함께 있으면
> 나는 나를 안을 수 있으니까
>
> (…)
>
> 그러니까 시는
> 돌들의 동그란 무릎,
> 죽어가는 사람 옆에 고요히 모여 앉은
>
> ─〈그러니까시는〉 부분

시인은 결코 사랑을 포기하지 않는다.

(2022)

나를 통해 세상을 불타오르게 하라

———
정유정

국내 최고 전통의 문예지 〈현대문학〉은 매년 1월호에 문인주소록을 권말부록으로 제공한다. 올해도 총 3591명의 문인들 이름과 활동 장르가 주소 및 연락처와 함께 실렸다. 그런데 그 주소록 어디에도 소설가 정유정의 이름은 보이지 않는다.《7년의 밤》(은행나무, 2011)으로 2011년을 자신의 해로 만든 정유정에 대한 문단의 '대접'을 현대문학 주소록은 단적으로 보여준다.

말하자면 정유정은 '문단 바깥'에서 출현해 문단에 일대 충격을 가한 작가라 할 수 있다. 그는 신춘문예나 문예지 추천 같은 정통 등단 과정을 밟지 않고 독자와 직접 만나는 길을 택했다. 그의 공식 등단은 2007년 제1회 세계청소년문학상과 2009년 제5회 세계문학상 수상이었지만, 그 전에 그는 이미 세 권의 소설책을 펴낸 작가였다. 그는 여느 작가처럼 단편을 써서 평론가들의 상찬을 듣고 유력 문학상을 받거나 그 후보에 오르는 길을 걷지 않았다. 그는 단편이 아닌 장편으로 승부를 걸었고, 평론가들의 도움 없이 독자와 직접 만났으며, 그럼으로써 결과적으로 평론가들로 하여금 그에게 손을 내밀게 만들었다. 문학 계간지 〈자음과 모음〉 겨울호가 정유정 특집을 마련하고 이 잡지 편집위원들인 평론가 복도훈과 정여울의 대담과 작가론을 실은 것은 상징적이었다.

《7년의 밤》은 여러 신문과 서점이 뽑은 '2011년 올해의 책'에 당당히 이름을 올렸다. 출판인 모임 '책을 만드는 사람들'은 이 책을 대상 수상작으로 골랐다. 순문학과 장르문학의 경계를 허물고 독자들을 한국 소설 쪽으로 끌어왔다는 점이 높은 평가를 받았다. 3월에 나온 이 책은 지금까지 21만 부 정도 팔렸다.

"작년은 정말 얼떨떨했어요. 이래도 되나 싶을 정도였죠. 행운이 계속 오면 오히려 불안해지는 심리 있잖아요? 이러다가 나중에 패대기치는 것 아냐, 하는 마음……. 사실 전 대중문학이니 순문학이니 경계 무너뜨리기니 하는 식의 생각은 하지 않아요. 제게 중요한 건 하고 싶은 이야기를 얼마나 그럴싸하게 하느냐 하는 거예요."

1월 5일 오후 만난 작가는 여전히 상기된 표정이었다. 그에게는 지나간 2011년이 아직 머물러 있는 듯했다. 충분히 이해할 만한 일이었다. 《7년의 밤》이 불러일으킨 반응이 너무도 폭발적이어서 그는 한동안 전화와 인터넷도 끊고 잠적해야 했을 정도였다.

"11월에 신안의 한 섬에 들어가서 다음 소설 초고를 썼어요. 섬에서 3분의 1쯤 쓰고, 나와서 나머지를 썼죠."

그러니까 그는 벌써 다음 소설 초고를 끝냈다는 것이었다. '꿈의 날'이라는 가제를 붙인 다음 작품이 인수공통전염병을 소재로 삼은 것이라는 사실은 어느 정도 알려져 있다.

"서울과 경계를 마주한 소도시가 무대예요. 개와 사람이 같이 걸리고 양쪽을 왔다 갔다 전염되는 병이 창궐하죠. 결국 도시가 폐쇄돼요. 그 상황에서 병의 확산을 막기 위해 개들에 대한 학살이 시작되죠. 개를 죽이는 임무를 맡은 119 구조대원과 유기견 보호소를 운영하는 젊은 수의사, 그리고 우연히 도시에 갇힌 젊은 여기자 세 사람이 주인공입니다. 봉쇄된 도시에서 인간과 개가 사투를 벌이고, 구조대원이 가족을 잃은 채 광기에 휩싸여 가는가 하면, 젊은 남녀 사이에는 연정이 싹트는 등 복합적인 이야기가 전개될 겁니다."

작가는 두 개의 가치 사이의 부딪침에 역점을 두고 싶노라고 밝혔다. '인간만 중요하냐, 아니면 인간도 중요하냐' 하는 갈등이 그것이라고. 대략적인 이야기만 들어도 흥미가 솟구치는 이 소설을 읽기 위해서는 그러나 내년까지 기다려야 할 것 같다.

"저는 일단 이야기의 얼개가 잡히면 아무리 길어도 석 달 안에 초고를 끝냅니다. 일단 초고를 마친 다음 1년에 걸쳐 말이 되게 다듬고 필요한 세부 사항을 취재해서 또 고치고 하면서 초고를 완전히 벗겨 냅니다. 그러다 보니까 대체로 2년 터울로 신작을 발표하게 되네요. 이 소설도 빨라야 2013년 봄에나 책으로 나올 것 같아요."

초고를 완전한 원고로 바꾸는 과정에서 그는 하나의 장면을 그릴 때에도 세 가지 정도의 다른 버전을 써 놓고는 그중 가장 나은 것을 고르는 방식을 택한다. 세계문학상 수상작《내 심장을 쏴라》(은행나무, 2009)의 마지막 장면은 ①승민이 병원에 불을 지른다 ②산사태가 나서 상황이 정리된다 ③글라이더를 이용해 탈출한다 세 가지 결말을 써 놓고 고민하다가 마지막 것을 택했고,《7년의 밤》에서 현수가 세령을 차로 치는 장면도 그렇게 썼다. 작가로서 모든 것을 이룬 듯한 정유정의 바람은 무엇일까?

"'정유정, 하면 이야기꾼'으로 불리고 싶어요. 문단의 평가에는 그다지 연연해하지 않습니다. 저는《화씨451》(황금가지, 2009)의 작가 레이 브래드버리가 한 말 '나를 통해 세상을 타오르게 하라'를 10년째 책상에 붙여 놓고 있어요. 제 소설을 통해 독자들에게 불을 지르고 싶습니다. 다만, 상업주의니 영화를 염두에 둔 소설이니 하는 말들에는 마음이 상합니다. 저는 소설이 모든 이야기 예술의 샘이자 대지 같은 장르라고 생각해요. 제가 소설가인 걸 너무도 자랑스럽게 생각합니다."

(2012)

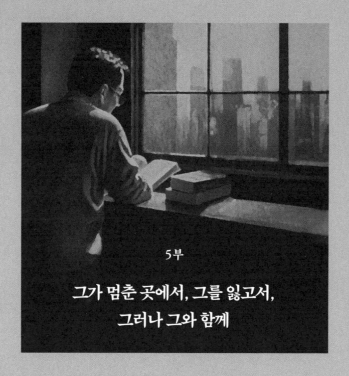

5부

그가 멈춘 곳에서, 그를 잃고서,
그러나 그와 함께

김소진

1963 ~ 1997

　김소진은 사실주의 소설의 전통 위에서 1990년대를 버팅긴 작가였다.

　작가로서 그가 활동한 90년대는 확실히 사실주의에 우호적이지는 않았다. 90년대 한국문학은, 국내외의 상황 변화를 펑계로, 공동체의 현실을 떠나 개별적 자아와 가벼운 상상력의 영역으로 무한질주를 감행하고 있었다. 한국문학의 위대한 전통을 이루는 사실주의는 물 간 생선 취급을 받았으며, 무책임과 방종이 자유와 해방의 탈을 쓰고 횡행했다.

　91년 〈경향신문〉 신춘문예에 단편 〈쥐잡기〉가 당선돼 등단한 김소진은 처음부터 90년대 문학의 주류적 흐름과는 구분되는 면모를 보였다. 그의 등단작은 내용에서는 한국전쟁이라는 흘러간 유행가를 흥얼거리고 있었으며, 형식에서는 케케묵은 토속어와 촌스러운 순우리말로 뒤발을 하고 있는 꼴이었다.

그러나 90년대의 날씬한 감각으로는 아예 독해부터가 힘겨운 그 내용과 형식이야말로 한 무게 있는 작가의 탄생을 알리는 신호탄이었음을 눈 밝은 이들은 알아차렸다. 참을 수 없는 존재의 가벼움에 허덕이던 90년대 한국문학은 타임머신을 타고 온 듯한 젊은 작가의 출현에 긴장했다. 황석영·이문구·윤흥길 등의 쟁쟁한 작가들로 대표되는 70년대 사실주의 소설의 전통이 이 젊은 작가에게서 되살아날 것인지.

김소진은 자신을 향하는 문단의 기대에, 그에 걸맞은 작품을 생산하는 것으로 부응했다. 우선, 그의 소설들은 현실이라는 문학의 태반을 결코 떠나지 않았다. 등단작에서부터 미완으로 끝난 장편《동물원》에 이르기까지 그의 소설들은 한결같이 공동체의 현실에 군건히 발을 딛고 있었다. 그 현실은 작가의 아버지가 거제도 포로수용소에서 좌와 우, 남과 북을 저울질하고 있던 전쟁 무렵, 경제적으로 무능한 그 아버지 슬하에서 산업화의 뒤안길을 걸어온 60~70년대, 그리고 혁명의 80년대와 환멸의 90년대로 다양하게 나타났다. 대체로 보아 김소진은 한국전쟁과 아버지 이야기에서 시작해 60~70년대를 거쳐 80년대와 90년대로 소설적 관심을 옮겨 왔다. 그것은 그의 재능이 좀 더 가까운 현실을 상대로 발휘되기를 바란 독자와 문단의 격려와 요구에 따른 것이기도 했다.

그의 소설들의 배경이 되는 시간대의 차이에도 불구하고 사실주의 정신이라는 핵심만은 변함이 없었다. 사실주의 정신이란,

달리 말하자면, 당대 민중의 삶의 실상에 관계하려는 태도라 할 수 있다. 힘없는 백성들의 시시콜콜한 삶의 속내를 때론 구수하게, 때론 코끝 찡하게 풀어놓는 김소진의 소설들은 느슨한 세태소설의 울타리에 갇히지 않고 사실주의의 과녁을 올곧게 겨냥하고 있었다.

형식적으로 보아도 김소진의 소설들은 사실주의적 모범을 훌륭하게 구현했다. 그의 전매특허와도 같은 풍부한 토속어, 단단한 서사구조, 그리고 겨레의 정서에 밀착된 능청과 해학은 한국문학의 소중한 자산으로 편입됐다.

그러나 김소진 문학은 어디까지나 생성 중이었다.

《열린 사회와 그 적들》《고아떤 뺑덕어멈》《자전거 도둑》등 세 권의 단편집, 장편《장석조네 사람들》과《양파》, 콩트집《바람 부는 쪽으로 가라》, 장편동화《열한 살의 푸른 바다》로 갈무리된, 그리고 반쪽짜리 장편《동물원》을 남겨둔 그의 문학은 미완의 상태에서 급정거했다. 작가로서 그가 성취한 바는 앞으로 성취할 바에 턱없이 미치지 못하는 것이었다. 점입가경, 그의 이야기는 바야흐로 흥미진진한 본론으로 접어들 참이었다. 그는 독자와 더불어 90년대를 넘어 21세기로 나아가야 했다.

그가 멈춘 곳에서, 그를 잃고서, 그러나 그와 함께, 세기말의 한국 소설은 새롭게 시작할 것이다.

(1997)

박경리

1926~2008

박경리는 1926년 10월 28일 경남 통영에서 태어났다. 봉건적인 아버지와 무기력한 어머니 사이에서 고통스러워했던 그는 책에서 도피처를 찾았다. 어떤 산문에서 그는 "나는 슬프고 괴로웠기 때문에 문학을 했으며 훌륭한 작가가 되느니보다 차라리 인간으로서 행복하고 싶다"라고 쓴 바 있다. 그가 인간으로서 겪은 슬픔과 괴로움이 오히려 박경리 문학의 웅혼한 바탕이 된 셈이다.

아버지에 대한 반항심으로 사춘기를 버틴 그는 해방되던 해 진주여고를 졸업하고 이듬해 바로 결혼한다. 하지만 6·25 전쟁 와중에 행방불명된 남편이 서대문형무소에서 죽음을 맞고 곧이어 세 살짜리 아들마저 세상을 뜨면서, 그의 곁에는 딸 하나만 남게 된다. '젊은 과부'로서 세상에 맞서 어린 딸을 건사하던 그는 1955년 김동리의 주선으로 〈현대문학〉을 통해 등단하면서 작가로서 새로운 삶을 시작했다.

1957년 그에게 제3회 '현대문학 신인상'을 안긴 단편 〈불신시대〉는 유엔군의 폭격으로 남편을 잃고 전쟁 뒤에는 타락과 폭력이 난무하는 세태 속에 외아들마저 잃는 전쟁 과부의 체험을 그렸다. 치료약의 함량을 속이는 병원, 내세를 미끼로 돈을 갈취하는 종교인, 알량한 돈을 떼어먹는 친척 등 기만과 이기주의, 배금주의가 판치는 전후의 혼란상과 그에 대한 분노는 절에 맡겼던 아들의 위패를 불사르는 행위로 절정에 이른다. 소설 끄트머리에서 작가는 "내게는 아직 생명이 남아 있었지. 항거할 수 있는 생명이"라고 썼는데, 이 부분은 나중에《토지》를 통해 활짝 개화할 '박경리표 생명주의'의 시발이라 할 수 있다.

'생명사상'이라면 흔히 그의 사위 김지하 시인의 발안으로 여겨지지만, 박경리 역시 인간과 자연과 우주가 다 함께 어우러지는 생명관을 기회 있을 때마다 피력했다. 〈작가는 왜 쓰는가〉라는 산문에서 그는 이렇게 썼다.

> 자연의 파괴는 우리 모든 생명체의 파괴이며 자연의 황폐는 우리 모든 생명체의 황폐이며 자연의 해체는 우리 모든 생명체의 해체입니다. 그리고 자연의 종말은 우리 모든 생명체의 종말입니다. 우리의 육신과 영신은 모두 자연의 것이며 자연의 육신과 영신 역시 우리의 것입니다.

그가 〈한겨레〉와 한 2002년 신년 인터뷰에서 청계천 복원 필요성을 역설함으로써 청계천 복원 사업을 촉발시킨 것도, 그 뒤 2004년 3월 다시 〈한겨레〉와 만나 청계천이 생태축을 되살리는 제대로 된 방식으로 복원되지 않고 인공 호수 같은 형식으로 '복원'되는 데 대해 개탄한 것 역시 이런 생명주의의 적극적인 발현이었다.

1969년 〈현대문학〉에 연재를 시작해 1994년 8월 15일 전체 5부로 마무리된 대하소설 《토지》는 박경리 문학의 정점이자 한국 현대문학의 우뚝한 봉우리이다. 《토지》는 만석꾼 대지주 최참판 댁의 마지막 당주인 최치수와 그의 고명딸 서희를 주인공으로 내세워 토지의 상실과 회복을 둘러싼 대하 드라마를 전개한다. 치수의 어머니 윤씨 부인이 동학 접주 김개주에게 겁탈당해 낳은 자식 김환이 의붓형수인 별당 아씨와 밤도망을 놓는 사건은 장강처럼 흘러갈 소설의 초입에 물살 급한 여울목을 마련해 놓는다. 상피 붙은 남녀를 쫓는 긴박한 추격전이 벌어지는 한편에서는 치수를 유혹해 그의 만석지기 농토를 차지하고자 하는 하녀 귀녀의 음모, 치수가 비명횡사한 뒤 최 참판 댁 재산과 토지를 노리는 그의 재종형 조준구의 행보, 마을 남정네 용이와 무당딸 월선이의 비련, 장차 서희의 남편이 될 길상이에 대한 하녀 봉순이의 회한 넘치는 연정 등 인간사의 오욕칠정이 피었다 진다.

《토지》는 윤씨 부인에서 서희로 이어지는 모계 중심 가족사를 인상 깊게 그린 것으로 평가받는가 하면, 지주와 빈농 사이의 계급적 모순과 갈등이 전근대적 인정과 충효 이데올로기로 희석된다는 문제를 노정하기도 한다. 그러나 서희와 조준구를 비롯한 중심인물들은 물론, 단역에 지나지 않는 소소한 인물들까지 생생하게 살아 숨 쉬는 인물로 그려진다는 점은 그 누구도 토를 달 수 없는《토지》의 위대성이다.

《토지》완간 이후 오래 침묵하던 작가는 2003년 〈현대문학〉에 스스로 '마지막 작품'이 될 것이라고 말한 장편《나비야 청산 가자》를 연재하기 시작했다. 그러나 건강 악화로 연재는 세 차례 만에 원고지 440여 장 분량으로 중단되었다. 이 미완성 소설과 산문들을 묶어 지난해 작품집《가설을 위한 망상》(나남, 2007)을 내놓은 그는 〈현대문학〉 2008년 4월호에 〈까치 설〉〈어머니〉〈옛날의 그 집〉 등 신작시 3편을 발표했다. 이 작품들이 결국 그가 생전에 발표한 마지막 작품이 되었다.

> 달빛이 스며드는 차가운 밤에는
> 이 세상의 끝의 끝으로 온 것 같이
> 무섭기도 했지만
> 책상 하나 원고지, 펜 하나가
> 나를 지탱해주었고
> 사마천을 생각하며 살았다
>
> 그 세월, 옛날의 그 집
> 그랬지 그랬었지

대문 밖에서는

늘

짐승들이 으르렁거렸다

늑대도 있었고 여우도 있었고

까치독사 하이에나도 있었지

모진 세월 가고

아아 편안하다 늙어서 이리 편안한 것을

버리고 갈 것만 남아서 참 홀가분하다

—〈옛날의 그 집〉 부분

(2008)

이청준

1939~2008

8월 31일 작고한 이청준은 1965년 등단 이래 40여 년을 한결같은 보폭과 열정으로 소설 쓰기의 외길을 걸어온 장인적 작가였다.

지난 2003년 완간된 '이청준 문학전집' 전24종 25권에다 그 뒤 추가된 장편 및 창작집 다섯 권을 합해 무려 30권의 소설이 그의 이름으로 한국문학사에 등재되었다. 한때 문단에서 유행했던 대하소설을 쓰지 않았고 긴 장편이라고 해도 두 권짜리인 점을 감안하면 놀라운 생산력이라 할 만하다.

물론 이청준 문학세계의 놀라움이 양에만 있는 것은 아니다. 등단 이후 한눈팔거나 게으름 피우지 않고 그는 끊임없이 새로운 이야기와 주제를 탐색했다. 그의 대표작인 장편《당신들의 천국》에서 추구했던 유토피아의 가능성 및 자유와 사랑의 변증법을 비롯해, 정치적 질곡과 해방, 한으로 대표되는 전통 정서, 예술적 장인의 세계, 그리고 분단의 역사와 신화적 상상력 등을 그는 두루 문학적 도전의 대상으로 삼았다. 그의 친구이자 문학적 반려와도 같았던 평론가 김현은 이처럼 다채로운 그의 문학세계를 '부정의 세계를 부정하려는 부정성을 간직하고 있는 부정의 세계'라는 까다로운 말로 요약한 바 있다. 강인한 부정의 정신이 이청준 소설의 핵심을 이룬다는 뜻이겠다.

이청준 소설의 밑바탕에 깔려 있는 것은 유년기와 성장기의 가난 체험에서 비롯된 부끄러움과 복수심이라 할 수 있다. 소설 〈지배와 해방〉의 한 작중인물의 입을 빌려 작가는 이렇게 말한다. "문학 욕망은 애초 우리가 살고 있는 현실질서와의 싸움에서 패배한 자가 그 패배의 상처로부터 자신을 구해내기 위한 위로와 그를 패배시킨 현실을 자기 이념의 질서로 거꾸로 지배해 나가려는 강한 복수심에서 비롯된다." 극심한 가난이 초래한 한과 눈물겨운 모성의 풍경은 대표 단편 〈눈길〉에 아름답게 그려져 있다. 영화 〈서편제〉(1993)의 원작 소설 역시 남도 소리를 한의 승화라는 관점에서 형상화했다.

창작집 《소문의 벽》 후기에서 밝힌 대로 그의 문학 작업은 "애초에는 자기구제의 한 몸짓으로서 출발되었"음이 분명하다. 그러나 그렇게 해서 쓰인 소설이 작가 개인 차원의 위안과 구원에 그치지 않고 더 넓은 의미와 가치를 확보한다는 데에 문학적 화학작용의 신비가 있다. 이청준 소설이 보편적 맥락을 획득하는 데에는 4·19 세대로서의 세대 감각이 큰 구실을 한 것으로 보인다. 그는 4·19에 이어 곧바로 겪은 5·16의 체험을 두고 "삶에서 어떤 정신세계가 열렸다가 갑자기 닫혀 버린 것"이라고 표현했다. 유신체제와 새마을운동에 대한 알레고리로도 읽을 수 있는 《당신들의 천국》을 비롯해 중편 〈잔인한 도시〉와 같은 1970년대 작품에서 집중적으로 다루어진 정치적 억압과 자유를 향한 몸부림 사이의 길항은 4·19 세대로서 그의 정체성과 무관하지 않다.

광주에서 중등학교를 다닌 그에게 80년 5월 광주학살은 또 다른 문학적 도전의 대상으로 다가왔다. 중편 〈비화밀교〉를 가리켜 "광주 사태를 염두에 두고 쓴 소설"이라고 술회한 바도 있지만, 이창동 감독의 영화 〈밀양〉으로 재탄생한 단편 〈벌레 이야기〉 역시 광주학살에 대한 알레고리로 읽힐 소지가 다분하다. 그런가 하면 단편 〈흰철쭉〉과 중편 〈가해자의 얼굴〉, 그리고 장편 《흰옷》 등에서 그는 민족의 근원적 한이라 할 분단과 통일의 문제를 다뤘다. 중편 〈이어도〉와 단편 〈해변 아리랑〉 및 〈선학동 나그네〉 등에서 보이는 신화적 상상력 역시 이청준 소설의 뚜렷한 한 축을 형성한다.

그의 생전 마지막 저서가 된 지난해 11월의 소설집 《그곳을 다시 잊어야 했다》(열림원, 2007)에는 〈씌어지지 않은 인물들의 종주먹질〉이라는 '에세이 소설'이 들어 있거니와, 소설로 씌어지길 기다리며 그의 내부에서 작가를 향해 종주먹질을 해 대던 숱한 인물들을 채 거두지 못하고 작가 이청준은 멀고 먼 길을 떠났다.

(2008)

박완서

1931~2011

1월 22일 영면한 작가 박완서의 문학은 '기억을 통한 복수' 의
지에서부터 출발했다. 전쟁 중 좌우 세력 사이에 끼인 오빠의 비
참한 죽음을 겪은 작가는 그 고통스러운 경험을 '언젠가는 글로
쓰리라는 증언의 욕구'로 힘든 세월을 버텼다. 작가로서의 삶을
회고한 어느 산문에서 그는 이렇게 썼다.

남들은 잘도 잊고, 잘도 용서하고 언제 그랬더냐 싶게
상처도 감쪽같이 아물리고 잘만 사는데, 유독 억울하게
당한 것 어리석게 속은 걸 잊지 못하고 어떡하든 진상을
규명해 보려는 집요하고 고약한 나의 성미가 훗날 글을
쓰게 했고 나의 문학정신의 뼈대가 되지 않았나 싶다.

증언의 욕구와 기억을 통한 복수 의지는 등단작 《나목》에서

부터 뚜렷했다. 아직 전방에서는 총성이 멎지 않았던 1950년 겨울 서울을 무대로 삼은 이 소설에서 스무 살 여주인공은 폭격으로 어이없게 죽은 오빠들과 그 때문에 삶의 생기를 놓아 버린 어머니로 인해 황폐해진 자신의 청춘을 상대로 버거운 싸움을 이어 간다.

《나목》으로 시작된 그의 '기억 투쟁'은 〈부처님 근처〉 〈카메라와 워커〉 〈세상에서 가장 무거운 틀니〉 〈엄마의 말뚝〉 같은 단편들로 이어진다. 오빠를 삼켜 버리고 집안을 무너뜨린 전쟁에 대한 분노와 복수 의지는 이 소설들을 관류하는 일관된 태도라 할 수 있다. 1990년대에 발표한 두 장편 《그 많던 싱아는 누가 다 먹었을까》와 《그 산이 정말 거기 있었을까》에서도 전쟁에 할퀴인 비통한 가족사를 다시 곱씹을 정도로 작가에게 전쟁 체험은 절대적이었다.

초기 단편들에서 오빠의 죽음을 초래한 전쟁과의 싸움을 '일단락'한 작가는 70~80년대에는 장편 《휘청거리는 오후》와 〈주말농장〉 〈저렇게 많이!〉 〈어느 시시한 사내 이야기〉 등의 단편에서 중산층의 허위의식과 속물근성을 도마 위에 올려 놓았다.

이와 함께 장편 《살아 있는 날의 시작》과 《서 있는 여자》 《그대 아직도 꿈꾸고 있는가》, 그리고 〈지렁이 울음소리〉 〈그 가을의 사흘 동안〉 〈꿈꾸는 인큐베이터〉 등의 단편을 통해 그는 한국 페미니즘 문학을 선도한 작가로 자리 잡았다. 여성 문제에 대한 의식은 그가 이십 대 초에 결혼해서 마흔 살에 등단하기까지 평범한 전업주부로서 겪은 체험에서 빚어져 나왔다.

당대 대다수가 누리는 일상적 삶을 사실적으로 그리는 가운데 그 안에 깃든 상처 또는 거짓을 까발려 보이는 것이 박완서 소설의 방법론이다. 그의 작가적 시선이 가닿는 곳은 얼핏 사소하고 당연하게만 보이는 일상의 세목들이다. 당연히 그의 소설은 이른바 세태소설의 외양을 띠는데, 그러나 그 안에는 우리네 삶의 무겁고도 근본적인 문제들이 넉넉히 녹아 들어가 있는 것이다. 물 흐르듯 거침없으며 한껏 웃음을 자아내기까지 하는 유머러스한 문체로 치장한 그의 글을 속절없이 따라가노라면 독자는 어느새 세태의 비속성과 허무한 욕망을 향해 따끔하게 일침을 놓고자 하는 작가의 의도를 알아차리고는 새삼 통쾌하면서도 뜨끔한 복합감정에 사로잡히게 된다. 익숙한 소재에 친절한 메시지, 그리고 자연스러우면서도 읽는 맛을 돋우는 문장은 그의 소설이 많은 독자들에게 사랑받은 비결이었다.

'경험하지 않은 것은 쓰지 않는다'는 식의 체험주의적 태도는 박완서 문학을 관류하는 커다란 특징이었다. 그의 유일한 역사소설이라 할《미망》은 조선 말부터 전쟁기까지를 배경 삼았는데, 이 작품에서도 작가는 자신이 직접 체험하지 않은 이야기는 어머니의 증언을 듣는 식으로 사실성과 구체성을 확보했다.

뛰어난 이야기꾼이었던 어머니한테 어려서부터 들은 숱한 이야기들, 그리고 그 이야기를 들으면서 직접 확인한 '이야기의 힘'은 박완서 문학을 뒷받침하는 또 다른 축이었다. 작가는 '소설은 이야기다'라는 소박한 신념 아래 '뛰어난 이야기꾼이고 싶다'는 바람을 밝히기도 했는데, 그의 소설의 대중적 인기가 어디에서 연유하는지를 여기에서도 확인할 수 있다.

남들보다 늦게 등단한 것을 벌충이라도 하듯 쉼 없이 글쓰기를 해온 작가는 육십 대 이후로는 자신과 비슷한 또래 남녀 주인공들을 등장시켜 노년의 문제를 본격적으로 다루었다. 소설집 《너무도 쓸쓸한 당신》과 《친절한 복희씨》 등이 그 산물이다.

2000년대 이후에도 장편 《아주 오래된 농담》과 《그 남자네 집》, 산문집 《호미》 《두부》 등을 펴내며 '영원한 현역'으로 활동하던 그는 지난해 가을 산문집 《못 가본 길이 더 아름답다》를 생전의 마지막 책으로 출간했다. 이 책 서문에서 "또 책을 낼 수 있게 되어 기쁘다" "아직도 글을 쓸 수 있는 기력이 있어서 행복하다"라는 소회를 밝혔던 그는 생전에 가 보지 못한 아름다운 길을 찾아 영영 떠났다.

생전에 고인과 가까웠던 평론가 김윤식(서울대 명예교수)은 "박완서는 역사로부터 입은 고통을 자기 고백을 통해 표현해 낸 작가"라면서 "자신과 관련되는 이야기만을 작품으로 쓰며, 그 작품들에서 자기를 통째로 드러냈다는 데에 박완서 문학의 개성과 힘이 있다"라고 평가했다.

(2011)

최인호

1945~2013

9월 25일 별세한 소설가 최인호는 1960~70년대 한국 모더니즘 문학의 기수로 평가받는다. 고교 2학년이던 1963년 단편 〈벽구멍으로〉가 〈한국일보〉 신춘문예에 가작 입선한 그는 군 복무 중이던 1967년 단편 〈견습환자〉로 〈조선일보〉 신춘문예에 당선하면서 정식으로 문단에 나왔다.

〈타인의 방〉〈처세술 개론〉〈술꾼〉 등 등단 직후 그가 쏟아낸 단편들은 참신한 문장과 날카로운 세계 인식으로 호평을 받았다. 급격한 산업화와 도시화 속에서 현대인이 겪는 고독과 소외, 비인간화 같은 부작용들이 그의 붓끝에서 인상적인 표현을 얻었다. 1960년대 벽두 '감수성의 혁명'이라는 상찬을 들었던 김승옥의 뒤를 최인호가 이을 것이라는 기대가 팽배했다.

그러나 최인호는 문단의 기대와는 '다른' 방식으로 김승옥을 계승했다. 세는 나이로 약관 스물여덟이던 1972년 〈조선일보〉

에 소설《별들의 고향》을 연재한 것이 분기점이었다. 호스티스로 불린 유흥가 여성 경아를 주인공 삼은 이 소설은 상·하권 합쳐 100만 부가 넘게 팔림은 물론 작가 자신의 각색을 거쳐 영화로도 만들어져 역시 큰 인기를 끌었다. 1970년대를 풍미한 '청년 문화'의 기수로 일약 발돋움한 그는 그 뒤로도《내 마음의 풍차》《바보들의 행진》《도시의 사냥꾼》《적도의 꽃》《겨울 나그네》같은 감각적인 '청춘물'을 부지런히 신문에 연재하면서 대중의 인기를 끌었지만, 그에게 큰 기대를 걸었던 문단 쪽에는 아쉬움을 남겼다.

'문학' 대신 '대중'을 택한 셈이었는데, 1994년 판《별들의 고향》에 붙인 장문의 '작가의 말'에서 그는 자신이 대중문학으로 방향을 틀게 된 배경을 솔직하게 설명해 놓고 있다. 당시 참여적 사실주의 문학 진영의 지지를 받았던 황석영에 대한 '대항마'로 최인호를 염두에 두었던 문학과지성사 등 자유주의 문학 진영이 최인호에게 대중이냐 문학이냐 택일하라는 요구를 했고 자신은 그에 반발이라도 하듯 제 갈 길을 갔다는 것이었다. 그 뒤 그는 자신의 소설을 원작 삼은 영화들의 시나리오를 쓰고〈걷지 말고 뛰어라〉라는 영화로 직접 감독 데뷔까지 하는 등 영화 작업에 부지런히 매달렸다. 소설을 아주 버린 것은 아니었지만, 재능의 상당량을 영화 쪽에 쏟았다는 점에서 그는 선배 작가 김승옥의 뒤를 이은 셈이다.

장년기에 접어든 1980~90년대에 그는 역사와 종교 쪽으로

눈을 돌려《잃어버린 왕국》《왕도의 비밀》《길 없는 길》등의 소
설을 역시 신문 연재를 거쳐 단행본으로 내놓았으며 이 작품들
은 청년기의 현대물들 못지않은 베스트셀러가 되었다.

한편 최인호는 월간 교양지 〈샘터〉 1975년 9월호부터 2009년
10월호까지 자신의 가족과 주변 사람들 이야기를 일기나 에세이
처럼 쓴 소설 〈가족〉을 연재했다. 2008년 발병한 침샘암 때문에
부득이 연재를 중단하게 된 그는 2009년 10월호 〈샘터〉에 실은
〈가족〉 마지막 402회 '참말로 다시 일어나고 싶다'에서 "갈 수만
있다면 가난이 릴케의 시처럼 위대한 장미꽃이 되는 불쌍한 가
난뱅이의 젊은 시절로 돌아가고 싶다. (…) 그리고 참말로 다시
일·어·나·고·싶·다"라는 바람을 밝히기도 했다.

암 투병으로 힘든 상황에서도 그는 2011년 5월 회심의 장편
《낯익은 타인들의 도시》를 내놓으며 '재기'를 선언했다. 제목에
서부터 초기 대표 단편 〈타인의 방〉을 연상시키는 이 작품은 '대
중 작가' 최인호가 자신의 출발점이었던 본격문학으로 돌아가고
자 하는 의지를 상징적으로 그린 것처럼 읽혔다. 둘로 분열되었
던 주인공 케이(K)가 실존의 고투를 겪으며 하나로 재통합되는
장면에서는 아닌 게 아니라 '두 최인호'의 통합을 향한 의지가
보이기도 했다.

그렇게 우여곡절이 깊었던 자신의 지난 문학을 재통합하고자
몸부림쳤던 작가 최인호는 등단 50주년의 해에 숨을 거두었다.

(2013)

최인훈

1934~2018

"정치사적인 측면에서 보자면 1960년은 학생들의 해이었지만, 소설사적인 측면에서 보자면 그것은《광장》의 해이었다고 할 수 있다."

작고한 평론가 김현의 말처럼 최인훈의《광장》은 1960년 4·19 혁명의 문학적 적자(嫡子)였다. 주인공 이명준이 밀실과 광장으로 상징되는 남과 북의 정치 현실을 차례로 겪으면서 양쪽 모두에 환멸을 느끼고 제3국으로 가는 망명길에 바다에 투신해 죽는다는 이 소설을 통해 작가는 한반도의 분단 현실을 고발하는 한편 자본주의와 공산주의라는 양대 이념을 상대로 한 사상적 고투를 보여주었다.

아시아적 전제의 의자를 타고 앉아서 민중에겐 서구적 자유의 풍문만 들려줄 뿐 그 자유를 '사는 것'을 허락치 않았던 구정권 하에서라면 이런 소재가 아무리 구미에 당기더라도 감히 다루지 못하리라는 걸 생각하면 저 빛나는 4월이 가져온 새 공화국에 사는 작가의 보람을 느낍니다.

서문에서 작가가 밝힌 대로《광장》의 이념적 '모험'은 4·19가 열어젖힌 자유와 해방의 분위기에 힘입은 바 컸다. 그러나 이 소설이 60년 가까이에 이르도록 현재적 의의를 잃지 않고 꾸준히 새로운 독자들에게 읽히는 까닭은 1960년 첫 발표 당시 작가를 괴롭혔던 남북 분단과 대결 구도가 여전하다는 민족의 현실과 무관하지 않을 것이다. 작가가 첫 발표와 단행본 출간(1961년) 이후 적어도 일곱 번 이상의 크고 작은 개작을 한 것은《광장》이 지닌 문학사적·시대적 의미를 자각하고 있었다는 방증이다.

《광장》이후 최인훈은《회색인》《서유기》《소설가 구보씨의 일일》〈총독의 소리〉같은 소설과 희곡집《옛날 옛적에 훠어이 훠이》, 산문집《유토피아의 꿈》《문학과 이데올로기》등을 꾸준히 발표했다. 구보 박태원의 단편을 패러디한 연작소설《소설가 구보씨의 일일》이 문학사에 관한 그의 예민한 감각의 소산이라면, 희곡집과 산문집은 장르를 넘나드는 실험정신과 문명사적 문제의식을 보여주었다.

1970년 신문에 연재한 장편《태풍》, 그리고 1984년에 발표한 짧은 단편〈달과 소년병〉이후 오랜 침묵을 지키던 그는 1994년 두 권짜리 두툼한 장편《화두》를 전작으로 내놓으며 극적으로

'컴백'했다. 작가 자신을 연상시키는 '나'의 고백체로 된 이 소설은 해방 뒤 북한에서 다녔던 중·고교 시절, 전쟁 중 남으로 피난 와서 대학에 들어가고 군에 복무하다가 소설가로 등단한 과정, 세계 문명의 중심지인 미국에 머물며 변방의 지식인으로서 느끼는 왜소한 자의식, 소련의 허무한 몰락을 바라보는 반성적 지식인의 사유, 그리고 무엇보다 오랜 침묵을 깨고 다시 소설을 쓰기까지의 고뇌와 모색을 담은 작가의 육체적·정신적 편력기라 할 만하다. 책을 내고 마련한 기자간담회에서 "훗날의 한국문학사에 작가 최인훈이 젊어서는 《광장》을, 나이 들어서는 《화두》를 썼다고 요약된대도 그다지 불만이 없겠다"라고 말할 정도로 이 작품에 대한 그의 애정과 자부심은 《광장》에 못지않았다.

《화두》에서 절정에 이른바, 최인훈 문학의 가장 큰 특징은 도저한 사유와 지성의 깊이라 할 수 있다. 《광장》에서 《화두》에 이르는 소설들에서 최인훈은 조국의 분단 현실과 그 배경을 이루는 이념 대립, 그리고 그런 현실과 이념 지형 속 지식인의 역할 등에 관한 지적 탐구를 게을리하지 않았다.

《화두》이후 다시 오랜 침묵에 들었던 그는 2003년 〈황해문화〉에 단편 〈바다의 편지〉를 발표하며 건재를 과시했다. 이 단편은 백골이 된 채 바닷속에 누운, 《광장》의 주인공 이명준으로 짐작되는 인물의 독백을 통해 민족사와 인류사의 기억과 전망을 한데 버무린 실험적인 작품이다. 이것이 결국 작가가 생전에 발표한 마지막 작품이 되었는데, 2008년 기자들과 만난 그는 "단행본 한 권 분량이 될 만한 미발표 단편 원고를 가지고 있다"라고 말한 바 있다. "말을 가지고 어디까지 갈 수 있는지를 한번 시도해 본, 매우 전위적인 작품들"이라는 작가의 말은 이 미발표 소설들에 대한 궁금증을 자아낸다.

2012년 2월 〈한겨레〉와 한 인터뷰에서 최인훈은 "역사를 끌어안으면서 동시에 예술은 예술로서 쉽사리 변하지 않는 시원성(始原性)을 어떻게 하면 획득할 수 있나 하는 게 데뷔 이래의 화두였다"라며 "결국 평생 한 가지 노래를 불렀구나 하는 생각이 든다"라고 말했다. 그는 또 "2차 한국전쟁은 절대로 없어야 한다"라며 "어떤 유행이나 서양식 철학보다 앞서는 한국의 소박한 토착 철학이 바로 이것이다. 그 결론이 먼저 있고, 그걸 어떻게 명제화하느냐는 학자나 예술가가 할 일"이라고 강조했다. 《광장》에서 〈바다의 편지〉에 이르는 소설을 통해 그가 하고자 했던 말이 여기에 집약되어 있는 셈이다.

(2018)

황현산

1945~2018

문학평론가 황현산 고려대 명예교수가 8월 8일 오전 4시 20분 지병으로 별세했다. 향년 73.

고인은 전남 목포에서 태어나 고려대 불문학과를 졸업하고 동 대학원에서 기욤 아폴리네르 연구로 박사학위를 받았다. 경남대 와 강원대를 거쳐 1993년부터 모교에서 가르쳤으며 2010년 8월 정년퇴직했다. 별도의 등단 과정 없이 1980년대 말부터 평론을 발표해 《말과 시간의 깊이》(2002)와 《잘 표현된 불행》(2012) 두 평론집을 펴냈다. 그가 평론보다 더 공을 들인 것은 프랑스 상징 주의와 초현실주의 시와 이론서 번역이었다. 아폴리네르의 《알 코올》, 드니 디드로의 《라모의 조카》, 스테판 말라르메의 《시집》, 앙드레 브르통의 《초현실주의 선언》, 보들레르의 《파리의 우울》, 로트레아몽의 《말도로르의 노래》 등은 물론 생텍쥐페리의 《어린 왕자》도 그의 번역 목록에 들어 있다.

2000년대 중반, '미래파'라는 이름으로 불린 난해하고 도발적인 젊은 시인들을 둘러싼 논란이 벌어졌을 때 황현산은 시인들의 새로운 시도를 적극 옹호하고 해명하는 쪽에 섰다. 이렇듯 새로운 시도에 호의적인 문학적 태도와 깊이 있는 작품 분석, 특유의 평이하면서도 유려한 문장은 젊은 문인들 사이에 일종의 팬덤을 형성하기도 했다. 문단의 범위를 넘어 그의 이름을 독자 대중 사이에 널리 알린 것은 2013년에 낸 첫 산문집《밤이 선생이다》였다. 〈한겨레〉에 쓴 칼럼 등을 모은 이 책으로 그는 일약 '인기 작가'의 반열에 올랐고, 책은 6만 부 남짓 팔렸다. 숨지기 얼마 전인 지난 6월에 낸 두 번째 산문집《황현산의 사소한 부탁》역시 독자들의 큰 사랑을 받고 있다.

황현산의 비평은 독보적인 미문과 정교한 분석 능력, 문학과 세계를 아우르는 깊은 통찰력을 자랑한다. 미래파에 대한 옹호와 상징주의 및 초현실주의 번역에서 보듯 그는 미학적 전위를 지지하고 응원한다. "현실을 뛰어넘는 또 하나의 세계를 상상해냄으로써 현실의 억압으로부터 정신을 해방하려 한다"라는, 초현실주의에 대한 그의 평가는 초현실주의와 상징주의는 물론 모든 미학적 실험과 전위의 의미와 필요성을 강조하는 말로 이해할 수 있을 것이다. 이즈음 상당수 비평가들이 외국 학자들의 까다로운 이론이나 개념을 앞세워 일반 독자를 소외시키는 평론을 남발하는 것과 달리, 황현산의 비평은 평이한 용어와 유려한 문체로 명쾌하면서도 아름다운 글쓰기의 전범을 보여준다. 그 자신은 평론이나 칼럼보다 번역을 자신의 본업이라 여긴다고 말했지만, 그의 비평과 산문이 문단 안팎에서 거의 전폭적인 지지와 사랑을 받은 까닭이 이런 그의 글쓰기의 특징에 있다 하겠다.

"낮이 논리와 이성, 합리성의 시간이라면 밤은 직관과 성찰과 명상의 세계, 의견을 종합하거나 이미 있던 의견을 한 단계 끌어올리기 좋은 시간이다"라고 《밤이 선생이다》를 낸 뒤 〈한겨레〉와 한 인터뷰에서 한 이 말은 밤이라는 시간대에 대한 설명이자 문학과 예술의 본질에 대한 그의 생각을 담은 것으로 이해된다. 그는 세월호 참사와 관련한 문인 시국선언과 문재인 대통령 후보 지지 선언 등에 참여하는 등 정치적 발언과 행동에 소극적이지 않았지만, 문학과 정치의 관계는 어디까지나 간접적이고 근본적이어야 한다는 신념을 견지했다. "실제 현실에서는 구체적으로 정치적이어야 하지만, 작품은 본질적으로 정치적이어야 한다고 생각한다. '본질적으로 정치적'이라 함은 인간 존재의 가장 밑바닥에서부터, 작지만 오래 영향을 주어서 인간 자체를 바꿔놓는 것을 말한다. 문학의 역할이 바로 그런 것이다"라는, 〈한겨레〉 인터뷰 발언에서 그 점을 확인할 수 있다.

생전에 낸 마지막 책이 된 《황현산의 사소한 부탁》에서 이례적으로 자신의 이름을 책 제목에 담은 것과 관련해 그는 지난 6월 말 〈한겨레〉와 통화에서 "책 제목에 이름을 넣는 것이 약간 부담이 되긴 했지만, 세상에 대해 사소하게 말을 거는 방법이라는 생각에서, 그리고 그 사소함이 실제로는 사소한 것이 아니라는 무게감을 싣는다는 뜻에서 편집자의 제안에 동의했다"라고 말했다.

고인은 지난해 12월 한국문화예술위원회의 위원장을 맡아 문화 행정가로 변신을 꾀했지만, 2015년 수술을 받았던 담도암이 악화해 올 2월 사직했다. 그는 대산문학상과 한국작가회의 아름다운작가상, 팔봉비평상 등을 수상했다.

(2018)

허수경

1964~2018

독일에 살던 허수경 시인이 10월 3일 저녁(한국 시각) 암 투병 끝에 별세했다. 향년 54.

허수경 시인은 1964년 경남 진주에서 태어나 경상대 국문과를 졸업했으며 1987년 〈실천문학〉에 시를 발표하며 등단했다. 등단 이듬해 낸 첫 시집 《슬픔만한 거름이 어디 있으랴》(실천문학)는 충격 그 자체였다.

> 산가시내 되어 독 오른 뱀을 잡고
> 백정집 칼잡이 되어 개를 잡아
> 청솔가지 분질러 진국으로만 고아다가 후 후 불며 먹이고 싶었네 저 미친 듯 타오르는 눈빛을 재워 선한 물같이 맛깔 데인 잎차같이 눕히고 싶었네 끝내 일어서게 하고 싶었네

그 사내 내가 스물 갓 넘어 만났던 사내

　　　—〈폐병쟁이 내 사내〉부분

　나이답지 않게 무르익다 못해 물러터질 듯 농염하고 청승맞은
세계는 전통 서정에 실천적 역사의식을 덧입힘으로써 독자적인
미학을 구축했다. 이 시집 속의 여성 주체는 발문을 쓴 송기원이
표현한바 "선술집 주모"처럼 뭇 사내들의 아픔과 슬픔을 너른 품
으로 감싸 안고 다독여서는 다시금 세상과 맞서 싸울 힘을 불어
넣어 준다.

　1992년에 낸 두 번째 시집《혼자 가는 먼 집》(문학과지성사)은
첫 시집의 세계를 이어받으면서도 좀 더 도회적이고 현대적인 변
용을 보인다. 표제작에서 "금방 울 것 같은 사내의 아름다움 그
아름다움에 기대 마음의 무덤에 나 벌초하러 진설 음식도 없이
맨 술 한 병 차고 병자처럼" 같은 구절이 첫 시집의 연장이라면,
"킥킥 당신 이쁜 당신…, 당신이라는 말 참 좋지요, 내가 아니라
서 끝내 버릴 수 없는, 무를 수도 없는 참혹…, 그러나 킥킥 당신"
에서 웃음으로 울음을 대신하는 의성어 '킥킥'은 한국 시사(詩
史)에 인상적으로 등재되었다.

　이십 대에 내놓은 두 시집으로 일약 한국 시의 중심으로 진입
한 허수경 시인은 그러나《혼자 가는 먼 집》을 낸 직후 돌연 독
일 유학길에 올랐다. 시인치고도 유난히 한국어의 어감과 가락
에 예민했던 그가 모국어를 찾아 곧 돌아오리라는 예상과 달리

그는 독일에서 고고학을 전공해 학위를 받았으며 내처 현지인과 결혼해 그곳에 눌러앉았다. 공부하고 낯선 환경에 적응하느라 시는 잊은 듯했다.

대신 동화와 소설, 산문 등으로 한국어와 글쓰기의 갈증을 풀던 그는 2001년 세 번째 시집《내 영혼은 오래되었으나》(문학과지성사)를 펴내며 새로운 단계로 나아간다. 오랜 외국 생활 그리고 자신의 전공인 고고학적 사유가 결합해 유목적이며 문명사적인 시세계를 펼쳐 보인 것이다. 특히 2000년대 이후 세계적으로 극심해진 전쟁과 테러, 그에 따른 이산과 난민 사태에 대한 문제의식은 이어진 시집《청동의 시간 감자의 시간》(문학과지성사, 2005),《빌어먹을, 차가운 심장》(문학동네, 2011),《누구도 기억하지 않는 역에서》(문학과지성사, 2016)를 거치며 심화 발전되어 한국 시가 국제적 감각과 맥락을 확보하는 데 크게 기여했다.

> 아이들 자라는 시간 청동으로 된 시간
> 차가운 시간 속 뜨겁게 자라는 군인들
>
> 아이들이 앉아 있는 땅속에서 감자는
> 아직 감자의 시간을 사네
> ─〈물 좀 가져다주어요〉 부분
>
> 빙하기의 역에서

무언가, 언젠가, 있었던 자리의 얼음 위에서
우리는 오래 즐거운 시간을 보냈다, 아이처럼
아이의 시간 속에서만 살고 싶은 것처럼 어린 낙과처럼
그리고 눈보라 속에서 믿을 수 없는 악수를 나누었다
　　—〈빙하기의 역〉 부분

　　허수경이 독일에 간 지 얼마 안 되었을 무렵, 하루는 서울의 한 문학 동료가 그에게 전화를 걸어 이렇게 말한다. "어이, 여기 '탑골'(탑골공원 근처 문인들의 단골 술집)이야. 한잔하러 나오지." 전화를 건 동료인즉 멀리 떨어져 있는 친구가 보고 싶다는 뜻을 담아 악의 없는 농담을 건넨 것이었지만, 그 말을 듣는 순간 허수경은 "마음이 무너지는 듯했다"라고 썼다. 2003년에 낸 산문집 《길모퉁이의 중국식당》(2018년 8월 《그대는 할말을 어디에 두고 왔는가》라는 개정판으로 재출간)에 나오는 얘기다. 탑골도 없어진 지 오래고, 허수경은 독일보다 더 먼 곳으로 떠나버린 지금, 이제 누가 그런 농담을 사이에 두고 웃고 또 울 것인가. 허수경이 갔다. 먼 집으로. 혼자서.

(2018)

김지하

1941~2022

　〈타는 목마름으로〉〈오적〉의 김지하 시인이 5월 8일 별세했다. 향년 81. 김 시인은 최근 1년여 동안 투병 생활을 한 끝에 이날 오후 강원도 원주 자택에서 숨을 거두었다고 토지문화재단 관계자가 전했다.

　김지하 시인은 한국 현대사의 질곡과 폭력에 온몸으로 부딪친 투사이자 전통 사상의 현대적 재해석을 통해 선구적 생명사상을 설파한 사상가이기도 했다. 반독재 투쟁을 벌이다가 7년을 옥에서 보낸 그는 그러나 1991년 민주화 투쟁 과정에서 이어진 학생·청년들의 분신자살을 질타하는 칼럼을 〈조선일보〉에 실었으며, 2012년 대통령선거에서는 자신을 탄압했던 독재자 박정희의 딸인 박근혜 당시 새누리당 후보 지지를 선언함으로써 '변절' 논란에 휩싸이기도 했다.

　본명이 김영일인 고인은 1941년 전남 목포에서 태어나 1954년 강원도 원주로 이주해 원주중학교를 졸업했으며, 서울의 중동고를 거쳐 1959년 서울대 미학과에 입학했다. 1964년 대일굴욕외교 반대 투쟁의 일환으로 서울 문리대에서 열린 '민족적 민주주의 장례식'의 조사를 쓰는 등 활동을 벌이다가 체포되어 4개월간 투옥된다. 1966년 대학을 졸업한 그는 1969년 조태일이 주재하던 시 전문지 〈시인〉에 김지하라는 필명으로 〈서울길〉 외 4편의 시를 발표하며 공식 등단했다.

등단 이듬해인 1970년 5월호 〈사상계〉에 권력형 부정과 부패상을 판소리 가락에 얹어 통렬히 비판한 담시 〈오적(五賊)〉을 발표하고 야당인 신민당 기관지 〈민주전선〉이 이 작품을 전재하자, 박정희 정권은 이 시가 "북괴의 선전활동에 동조"한 것이라며 반공법 위반으로 김지하를 잡아 가두고 〈사상계〉 발행인과 편집인, 〈민주전선〉 편집인 등 역시 구속했다. 이 사건이 국회에서 문제가 되자 그는 옥살이 한 달 만에 보석으로 풀려나지만, 이를 계기로 그의 이름은 일약 세계에 알려지게 된다.

일찍이 고교 시절에 시를 쓰기 시작했고 공식 등단 전인 1963년 〈목포문학〉에 처음으로 시를 발표했던 김지하는 등단 이듬해인 1970년 말에 선연한 핏빛 서정으로 아우성치는 첫 시집 《황토》를 출간한다. 1974년 민청학련 사건이 일어나고 그와 관련해 수배되었던 그는 그해 4월에 체포되어 비상보통군법회의로부터 내란선동죄 등의 죄목으로 사형을 선고받았다가 무기징역으로 감형된다. 사형 구형 당시부터 일본을 중심으로 김지하를 구명하기 위한 활동이 펼쳐지고 사르트르와 보부아르, 노엄 촘스키 같은 지식인들이 그의 석방을 요구하는 호소문에 서명하는 등 국제적 움직임이 활발해지자 1975년 2월 15일, 형집행정지 처분으로 약 10개월 만에 출옥한다. "종신형을 받았는데 벌써 나오다니 세월이 미쳤든지 내가 미쳤든지, 아니면 둘 다 미쳤든지 뭔가 이상하다"라는 것이 김지하의 출옥 소감이었다.

출옥한 지 불과 열흘 뒤인 2월 25~27일 3회에 걸쳐 그가 〈동아일보〉에 기고한 글 〈고행―1974〉에서 인혁당 사건이 조작되었음을 폭로하자 당국은 다시 그를 체포했고 기왕의 무기징역에 더해 징역 7년에 자격정지 7년을 선고한다. 그로부터, 전두환 정권이 들어선 뒤인 1980년 12월 형집행정지로 석방되기까지 그는 감옥에서 보냈으며 이때 생명사상에 눈을 뜬다. 그가 옥 안에 있는 동안 아시아·아프리카 작가회의는 제3세계의 노벨상이라 불리는 로터스상 특별상을 김지하에게 주기로 결정했다.

1982년 《황토》에 이은 두 번째 시집 《타는 목마름으로》와 《대설 남》 제1권이 출간되었지만 곧 판매금지되었다. 《대설 남》에서 선보이기 시작한 생명사상은 이후 이야기 모음 《밥》과 산문집 《남녘땅 뱃노래》 등으로 이어졌다. 1986년에는 생명사상과 민족 서정을 결합한 시집 《애린》 첫째 권과 둘째 권을 잇따라 내놓았고, 1988년에는 수운 최제우의 삶과 죽음을 다룬 장시 《이 가문 날에 비구름》을 펴냈다. 1990년대 이후에도 시집과 산문집을 부지런히 펴냈는데, 시집 《중심의 괴로움》(1994)과 《화개》

(2002), 문학적 회고록 《흰 그늘의 길》(2003) 등이 대표적이다.

1991년 명지대생 강경대가 전경의 곤봉에 맞아 죽은 뒤 그에 항의해 학생·청년들의 분신과 투신자살이 이어지자 김지하 시인은 〈조선일보〉에 '죽음의 굿판을 걷어치워라'라는 장문의 칼럼을 실어 투쟁 열기에 찬물을 끼얹었다. 이 일로 그는 자신의 고향과도 같은 민주화 운동 진영과 척을 지게 되었고, 그의 구명 운동이 계기가 되어 결성되었던 민족문학작가회의(현 한국작가회의·작가회의)에서도 제명되는 곡절을 겪는다. 그 이후 율려와 후천개벽 같은 민족사상을 설파하는 산문집을 꾸준히 내던 그는 2001년에 박정희 기념관 반대 1인 시위에 나서고 작가회의의 후배 문인들과 화해의 자리도 마련하는 등 회복을 위한 노력도 보였으나, 2012년 대통령선거를 앞두고 박근혜 지지를 선언하면서 돌아올 수 없는 강을 건넜다. 그는 선거 결과가 나온 뒤에도 민주화 운동권을 싸잡아서 매도하고 문학 및 민주화 투쟁 동료들의 실명을 거론하며 막말에 가까운 비난을 퍼부음으로써 자신의 '변절'을 완성하다시피 하게 된다.

독재자 박정희의 철권통치에 맨몸으로 맞서면서 1960~70년대를 박정희와 김지하의 이인 대결 시대로 만들었던 투사 시인 김지하. 그러나 독재자의 무능하고 부패한 딸에 대한 옹호와 지지로 어처구니없이 훼손된 말년의 잘못을 바로잡을 기회도 없이 그는 불귀의 객이 되고 말았다.

(2022)

최일남

1932~2022

언론인이자 소설가로 활동한 최일남 전 한국작가회의 이사장이 5월 28일 오전 0시 57분에 별세했다. 향년 91.

고인은 1932년 전북 전주에서 태어나 서울대 국문학과를 졸업했다. 대학 2학년이던 1953년 잡지 〈문예〉에 단편소설 〈쑥 이야기〉가 추천된 데 이어 1956년 〈현대문학〉에 단편 〈파양〉이 추천되면서 문단에 나왔다. 〈쑥 이야기〉는 "밥꼴을 못 보고 아침저녁을 거의 쑥죽으로만 살"아야 했던 가난한 농촌 현실을 사실적으로 그린 작품이다. 작가는 이 작품을 가리켜 "가난을 순한 어조로 묘사한 단편"이라고 어느 인터뷰에서 표현했다.

최일남은 1959년 〈민국일보〉 문화부장이 되면서 언론계에 발을 들여놓는다. 1961년에는 〈경향신문〉 문화부장을 거쳐 1963년 〈동아일보〉로 적을 옮겨 문화부장과 신동아부장, 조사부장, 부국장 등을 역임했지만 1980년 신군부의 언론 탄압 때 해직된다. 해직된 뒤에도 〈신동아〉에 장문의 인터뷰 기사를 연재하며 인터뷰 집《그 말 정말입니까》를 펴내기도 한 그는 1984년 〈동아일보〉 논설위원으로 복직했다. 1980년대 중반 그의 시사 칼럼은 김중배 칼럼과 함께 독자들의 분노를 대변하고 희망의 길을 일러주었다. 그는 1988년 〈한겨레신문〉이 창간될 때 논설위원으로 합류해서 논설고문을 역임했다. 창간 초기 〈한겨레신문〉 1면에는 '한겨레 논단'이라는 기명 칼럼이 실려 독자들의 인기를 끌었는데, 최일남과 리영희·변형윤·조영래 등이 번갈아 가며 글을 썼다. 나중에는 강만길·박완서·백낙청·한승헌 등이 필자로 합류했다.

언론인으로 일하면서도 소설을 꾸준히 발표한 그는 1975년 소설집《서울 사람들》을 펴낸 것을 필두로 소설집《춘자의 사계》《홰치는 소리》《누님의 겨울》 등과《거룩한 응답》《흔들리는 배》《하얀 손》 등의 장편을 내놓는다. 최일남의 1960~70년대 소설들은 소시민들의 속물성을 풍자적·해학적으로 묘사하는 데에서 특장점을 보였다. 1975년작인 단편 〈서울 사람들〉은 농촌 태생으로 어느덧 서울 사람이 된 삼십 대 후반 남자들이 옛 시골 정취를 맛보겠노라며 강원도의 어느 시골로 무작정 여행을 떠나는 이야기다. 이들은 고생 끝에 이장 집에서 하루를 묵으며 고향 이야기로 밤을 새우는데, 이튿날이 되자 찬 맥주와 커피, 텔레비전을 그리워하며 일정을 앞당겨 서울로 돌아온다. 1986년에 이상문학상을 받은 〈흐르는 북〉은 젊은 시절 북에 미쳐 떠돌았던 민

노인과 시위를 하다가 경찰에 잡혀가는 대학생 손자 성규를 통해 1980년대의 엄혹한 현실과 세대 간 화해를 다룬 역작이다.

최일남의 붓끝은 1990년대를 지나 2000년대에 들어서서도 무뎌지지 않았다. 그는 장편《덧없어라 그 들녘》과 소설집《만년필과 파피루스》《아주 느린 시간》《석류》에 이어 팔십 대 중반 나이이던 2017년에도 소설집《국화 밑에서》를 내며 노익장을 과시했다. 노년기의 최일남 소설들은 비슷한 연배였던 박완서의 그 무렵 소설들과 마찬가지로 노년 주인공들의 일상과 사유를 핍진하게 담았다. 그럼에도 그 자신은 노인과 '노년 문학'에 대해 비판적 거리를 두고자 했다.《국화 밑에서》에 실린 단편〈밤에 줍는 이야기꽃〉에 나오는 이런 대목은 언론인이자 작가로서 최일남의 비판 정신이 남을 향할 뿐만 아니라 자신과 자기 세대에게도 마찬가지로 날카롭게 작동한다는 사실을 보여준다.

　　노년에 들면 마음이 너그럽고 사리 분별에도 밝다고들 하던데 믿을 것이 못 된다. 도리어 갈팡질팡 줏대 없이 구는 수가 많다. 남을 신뢰하지 못하는 만큼 자신의 언행에 미리 핑계를 대고 알리바이성 변명을 준비하기 일쑤다.

독자들을 웃고 울렸던 해학과 풍자 역시 여전했다. "네가 필자면 나도 저자인 세상" "노회는 소년의 클릭 한 방만 못하고, 경륜은 글로벌 스탠더드에 치여 별무소용이다" 같은 구절들에서는 경험과 연륜에서 오는 지혜, 세태의 핵심을 짚는 날카로운 안목, 그리고 무엇보다 따뜻한 애정으로 비판의 대상을 감싸는 휴머니즘의 태도가 돋보였다. 이 책을 내고 〈한겨레〉와 만난 그는 "나이 먹을수록 상상력이 절감되고, 그보다는 경험 쪽에 자신이 생긴다"라며 "체험의 무게랄까 두께, 넓이, 이런 것을 무시하면 안 된다"라고 강조하기도 했다.

한편 최일남은 2008년 2월 진보 문인 단체인 한국작가회의 이사장을 맡아 2년간 재임했는데, 그가 퇴임하던 2010년 2월 총회장의 풍경이 두고두고 회자되었다. 이명박 정부 시절이던 당시 한국문화예술위원회는 한국작가회의에 '불법·폭력 시위'에 가담하지 않겠다는 확인서를 제출해야 예정된 지원금을 줄 수 있다는 공문을 보내왔고 작가회의 회원들은 확인서를 제출할지를 놓고 토론을 벌이던 중이었다. 지원금 3400만 원은 작가회의 기관지 발행과 외국 작가 초청 행사 등에 쓰일 예정이었는데, 단상에 선 최일남 이사장이 단호한 어조로 말했다.

"한 1년 잡지 안 내고 외국 작가 초청 안 하면 되지 않아요? 일을 하지 않는 것도 저항이 될 수 있습니다. 잘못된 문화정책에 대해 무언가를 보여주는 것이 작가회의의 역할이에요. 좀 크게 봅시다."

조직 수장이자 최고 원로에 해당하는 선배 문인의 한마디에 회원들은 '옳습니다' '맞아요'라는 외침으로 호응했고, 작가회의는 지원금 수령을 거부하고 '저항의 글쓰기 운동'을 전개하기로

결의했다. 그해 초 그는 〈한겨레〉 새해 특별 기고에서도 이명박 정부의 행태를 비판하며 백범 김구의 문화론에서 배울 것을 촉구했다. 그 글의 많은 대목들은 그로부터 12년 뒤인 지금을 두고 쓴 것처럼 읽힌다.

> 어느 분야를 막론하고 수틀리면 색깔론을 펴 탈이다. (…) 좀처럼 정부 비판 기사를 찾기 힘든 메이저 언론에서 힘을 얻는가. 자신에 넘치는 만큼 반대편 사람을 무시하고 시삐 본다.

독자적 문체를 지닌 작가이자 날카로운 필봉을 휘두르는 칼럼니스트로 두 사람 몫을 너끈히 해낸 고인은 월탄문학상, 한국소설문학상, 한국창작문학상, 한무숙문학상, 김동리문학상, 인촌상, 위암장지연상 등과 은관문화훈장을 받았으며 대한민국예술원 회원으로 활동했다.

(2022)

조세희

1942~2022

《난장이가 쏘아올린 작은 공》의 조세희 작가가 12월 25일 저녁 7시께 강동경희대학교병원에서 별세했다. 향년 80.

고인의 아들인 조중협 도서출판 '이성과힘' 대표는 〈한겨레〉에 "가족이 모두 임종을 하긴 했지만 지난 4월 코로나로 의식을 잃어 마지막 대화를 제대로 나누지 못했다"라며 비통해했다.

조세희는 '난장이'로 상징되는 한국 사회 약자들의 아픔에 공감하고 그들의 처지를 개선하기 위해 글을 쓰고 행동을 펼친 작가였다. 그의 대표작인 연작소설 《난장이가 쏘아올린 작은 공》은 1978년 출간 뒤 반세기 가까운 세월 동안 꾸준히 읽히면서 바람직한 사회를 향한 꿈과 실천에 영감과 동력을 제공해왔다.

조세희는 1942년 경기도 가평에서 태어나 서라벌예대 문창과와 경희대 국문과를 졸업했다. 대학을 졸업하던 1965년 〈경향신문〉 신춘문예에 단편 〈돛대 없는 장선(葬船)〉이 당선해 등단했으나 그 뒤 10년 동안 소설을 쓰지 않고 잡지 기자 등의 일로 소일했다. 1975년 '난장이' 연작의 첫 작품인 〈칼날〉을 발표하며 소설로 돌아온 그는 〈뫼비우스의 띠〉 〈은강노동가족의 생계비〉 〈잘못은 신에게도 있다〉 등 연작 12편을 묶어 1978년 《난장이가 쏘아 올린 작은 공》을 출간했다.

'난쏘공'이라는 약칭으로 불린 이 책은 서울특별시 낙원구 행복동 무허가 주택에 사는 난쟁이 가족과 주변 인물들을 통해 도시 빈민의 삶과 계급 갈등을 다루었다. 표지에 화가 백영수의 동화풍 그림을 실은 이 책은 말랑말랑해 보이는 외관과는 달리 한국 사회를 근저에서부터 뒤흔들고 폭파시킬 엄청난 파괴력을 내장하고 있었다. 엄혹하고 암울했던 유신 체제의 끝자락에 세상에 나와 당시 여러 체제 비판적인 책들이 피하지 못한 금서의 운명을 용케도 피해 가며 숱한 독자들의 눈물과 분노를 끌어냈다. 대학가에서는 분단 문제를 다룬 최인훈의 소설 《광장》과 함께 신입생들의 필독서로 자리 잡았으며, 2000년대에는 대학수학능력시험에도 출제되는 등 청소년 독자들에게도 널리 읽혔다.

천국에 사는 사람들은 지옥을 생각할 필요가 없다. 그러나 우리 다섯 식구는 지옥에 살면서 천국을 생각했다. 단 하루라도 천국을 생각해보지 않은 날이 없다. 하루하루의 생활이 지겨웠기 때문이다. 우리의 생활은 전쟁과 같았다. 우리는 그 전쟁에서 날마다 지기만 했다.(《난장이가 쏘아올린

작은 공〉〉

　아버지가 꿈꾼 세상은 모두에게 할 일을 주고, 일한 대
가로 먹고 입고, 누구나 다 자식을 공부시키며 이웃을 사
랑하는 세계였다. 그 세계의 지배 계층은 호화로운 생활을
하지 않을 것이라고 아버지는 말했었다. 인간이 갖는 고통
에 대해 그들도 알 권리가 있기 때문이라는 것이었다.(〈잘못
은 신에게도 있다〉)

　《난쏘공》의 유명한 대목들은 비인간적이며 모순에 가득 찬 현
실을 아름답다고까지 할 법한 문장에 담아 전달함으로써 역설적
긴장과 미학을 빚어냈다. 스타카토 같은 단문의 연쇄로 숨 가쁘
게 이어지는 문체적 특징은 수많은 작가 지망생들의 필사 욕구
를 자극했다. 소설 주인공인 난쟁이 아버지가 생전에 강조했던
'사랑의 강요'라는 세계관은 문학의 범위를 넘어 사회 변혁 방법
론을 둘러싼 토론을 촉발하기도 했다.
　1978년 6월 문학과지성사에서 초판이 나온 《난쏘공》은 1996년
에 100쇄를 넘겼으며 2000년 이성과힘으로 출판사를 옮겨 속간
되어 2005년 12월에 200쇄를 돌파했다. 2007년 9월에는 발행 부
수 100만을 넘어섰으며, 2017년에는 문학작품으로는 처음으로
300쇄를 찍었다. 대중의 기호에 영합한 상업 출판물이 100만 부
니 300쇄니를 넘어서는 경우는 드물지 않지만, 《난쏘공》처럼 진

지하고 심각한 문학작품이 100만 부 넘게 팔리고 300쇄를 훌쩍 넘겨 계속 판을 찍는 것은 거의 선례가 없는 일이다.

《난쏘공》에 이어 조세희는 소설집 《시간여행》(1983)과 사진 산문집 《침묵의 뿌리》(1985)를 펴냈다. 1990년 무렵 장편소설 《하얀 저고리》를 잡지에 연재했으나 연재를 마친 뒤에도 끝내 책으로 내지는 않았다. 동학농민전쟁에서 1980년 5·18광주항 쟁까지 이어지는 한국 현대사를 통사적으로 다룬 이 소설은 《난 쏘공》과는 다른 소재와 형식을 통해 《난쏘공》에 이어지는 문제 의식을 담은 또 하나의 역작으로 평가받을 만하다. 조세희는 생 전의 어느 인터뷰에서 "원고지로 3000장 이상은 쓰지 말자고 스스로에게 약속했다"라고 말한 바 있다. 《난쏘공》이 원고지로 1200장 정도 분량이니, 그보다 분량이 좀 더 긴 《하얀 저고리》를 염두에 둔 발언이었을 것으로 짐작된다. 그럼에도 《하얀 저고리》 를 출간하지 않은 일과 관련해 생전의 그는 "내 소설의 일차적 독 자들인 동시대 사람들의 정체를 알 수가 없다"라고 고통스럽게 토로한 바 있다. 동시대 사람들과 시대 상황에 대한 불만과 항의 의 표시로 문학적 '침묵'을 택한 것이라고 이해할 만한 발언이다.

소설을 내지 않는 대신 그는 1997년 사회 비평지 〈당대비평〉 편집인을 맡아 매체를 통한 사회적 발언을 시도했지만 오래가지 는 못했다. 그는 다른 한편으로는 카메라를 들고 노동자와 농민 등의 집회 현장을 찾아다니며 방대한 분량의 사진을 찍기도 했 으나, 말년에는 건강이 허락하지 않아 그마저도 여의치 않았다.

2000년 신판《난쏘공》'작가의 말'에서 그는 이렇게 썼다. "혁명이 필요할 때 우리는 혁명을 겪지 못했다. 그래서 우리는 자라지 못하고 있다."《난쏘공》의 주인공 일가만이 아니라 소설 바깥의 한국인들 모두가 자라지 못한 난쟁이라는 인식이다.

"내가 '난장이'를 쓸 당시엔 30년 뒤에도 읽힐 거라곤 상상 못했지. 앞으로 또 얼마나 오래 읽힐지, 나로선 알 수 없어. 다만 확실한 건 세상이 지금 상태로 가면 깜깜하다는 거, 그래서 미래 아이들이 여전히 이 책을 읽으며 눈물지을지도 모른다는 거, 내 걱정은 그거야."《난쏘공》 발간 30주년이었던 2008년에 〈한겨레〉와 만난 조세희는 이렇게 말했다.《난쏘공》의 성공이 작가이자 시민인 그 자신에게는 불행이요 슬픔일 수 있다는 아픈 고백이었다.

(2022)

부록

북에서 만난 작가들

2005년 7월 20일부터 25일까지 평양과 백두산, 묘향산 등지에서는 '6·15 남북공동선언 실천을 위한 민족작가대회(남북작가대회)'가 열렸다. 남쪽 작가 100여 명이 인천공항에서 전세기를 타고 평양으로 날아가 북쪽 작가들과 문학 토론을 벌이고 술잔을 기울이며 어울린, 분단 이래 초유의 행사였다. 1980년대 이후 몇몇 북한 문학작품이 이런저런 경로로 남쪽에 소개되긴 했지만 북쪽 작가들을 직접 만나는 기회는 이 대회가 사실상 처음이었다. '북에서 만난 작가들' 시리즈는 대회를 취재하고 돌아와서 신문에 쓴 연재물이다. 북쪽 체제 특성상 본격적인 인터뷰는 불가능했지만, 가까이에서 접한 북쪽 작가들의 인상과 약간의 발언, 그리고 그들의 작품을 소개하는 형식을 취했다. 다섯 차례에 걸쳐 여섯 문인을 다루었다. 북한 문학은 한국문학과 같은 뿌리를 지니고 있고 같은 언어로 이루어지지만, 분단 이후 별도의 진행 과정을 거쳐왔기에 한국문학과 같으면서도 다른 정체성을 지닌다. 너른 의미에서 '한민족 문학'이라는 개념으로 남과 북의 문학을 한데 아우르려는 시도도 있다. '북에서 만난 작가들' 시리즈도 그런 흐름의 일환으로 이해되기를 바란다. 이 대회가 열리기 전, 2004년 12월 13일 금강산에서는 북쪽 작가 홍석중이 소설《황진이》로 남쪽 출판사 창비가 주관하는 제19회 만해문학상을 수상했다. 나는 기자로서는 유일하게 현장을 동행 취재한 김에 홍석중의 인터뷰 기사를 쓸 수 있었다. 남한 언론이 처음으로 북한 작가를 인터뷰한 기사였다. 홍석중은 이듬해 열린 남북작가대회에서 다시 만났고 '북에서 만난 작가들' 시리즈 첫 회로도 다루게 되었다. 만해문학상 시상식은 어떤 의미에서는 남북작가대회의 소규모 예행연습과도 같았다. 수상자 인터뷰를 시리즈 앞에 배치한 것은 그런 맥락에서다.

벽초 홍명희의 손자,
남한 문학상을 받다

"말년에 할아버지 벽초 선생께서 황진이를 소설로 쓰지 못한 것을 매우 아쉬워하셨다. 내가 일찍이 문학에 뜻을 두었으면 할아버지가 가지고 계신 구상에 대해서도 들었을 텐데, 그러지 못해 안타깝다. 워낙 사십이 다 돼서 늦깎이로 문학을 시작하다 보니 할아버지는 내가 작가가 되는 걸 못 보고 돌아가셨고, 아버지(국어학자 홍기문)는 내가 작가 되는 걸 반대하셨다."

12월 13일 오전 금강산 구룡연 초입의 식당 목란관에서 제19회 만해문학상을 받은 북한 작가 홍석중은 조부인《임꺽정》의 작가 벽초 홍명희에 대한 회고로 말문을 열었다. 그는 만해문학상 수상에 즈음해 남쪽 언론으로는 처음으로〈한겨레〉와 단독 인터뷰에 응했다.

"상허 이태준의《황진이》는 읽어 보았는데, 상허의 다른 작품에 비해서는 예술성이 못한 것 같았다. 분단 이후 남쪽 작가들이 쓴 황진이 소설에 대해서는 좀 외설적이라는 얘기를 들었다. 나는 본래 외설을 잘 모르는 작가인데, 이번 소설에서는 나도 늙음을 핑계 대고 외설을 한번 구사해 봤다."(웃음)

홍석중은 대학 졸업 이후 10년 가까이 연극에 매달렸던 자신이 문학을 시작하게 된 것도, 소설《황진이》를 쓰게 된 것도 모두 작고한 김정일 국방위원장의 '지도' 덕분이었다고 밝혀 눈길을 끌었다.

"장군님(김정일 국방위원장)은 문학을 사랑하셨다. 작가들과 만나 토론하고 잘못된 것은 비판도 해주셨다. 장군님이 나를 작가로 만들어 준 데 대해 긍지를 가진다. 이 상도 내 몫이 아니고 장군님 몫이라고 생각한다."

홍석중은 소학교 시절 할아버지가 쓴 소설《임꺽정》의 애독자였다며 "그러나 할아버지는 작가연하지 않았을 뿐만 아니라,《임꺽정》을 소설이라 하면 화를 내실 정도였다"라고 소개했다.

"할아버지는 왜놈들이 조선말과 조선 정조를 탄압하니까 그것을 살려서 널리 알리려고《임꺽정》을 쓴 거였지 소설을 쓰려던 건 아니었다고 말씀하셨다. 그래서 해방 뒤, 미완으로 끝난《임꺽정》을 마저 완성시키시라는 주문에 대해서도 '슈베르트의 미완성교향곡처럼 미완으로 놔두는 게 좋다'며 끝내 완성시키기를 거부하셨다. 나는 미완으로 끝난 뒷부분이 너무도 궁금해서 앞으로 어떻게 되는 것이냐고 자주 여쭤보았는데, 할아버지는 좀체 말씀을 안 해주셨다. 그나마 조금씩 조금씩 알려 주신 것을 토대로 내가 직접 '임꺽정 완결편'을 쓴 것이다."

그는 또 벽초가 《임꺽정》을 연재하다가 일본 경찰에 붙잡혀 유치장에 갇혔을 때, "일본놈 경무국장이 《임꺽정》의 애독자여서 유치장 안에서 쓰도록 허락한 데다, 할아버지 자신도 가족들 생계를 위해 고료가 필요했기 때문에 유치장에서도 연재를 계속하셨다"라는 비화를 '특종'이라며 들려주기도 했다.

홍석중은 이어 만해문학상 수상작인 자신의 소설 《황진이》에 대해 설명했다.

"상허 선생의 소설에 대해서는 황진이가 기생이 되는 동기가 불만이었다. 내 소설의 남자 주인공인 '놈이'는 처음에는 그렇게 비중이 큰 인물이 되리라고 생각 못했는데, 진이가 기생이 된 뒤에 갑자기 커졌다. 나도 어쩔 수 없이, 놈이는 놈이대로 진이는 진이대로 달려가더라."

그는 남쪽에서 따로 출간된 《황진이》(대훈닷컴, 2004)에 대해서는 "작가인 내가 출판권을 허락해준 적이 없다"라며 강하게 이의를 제기했다. 그는 "언젠가 시간이 됐다 싶으면 할아버지와 아버지, 삼촌의 삼부자 얘기를 쓰고 싶다"라고 밝혔다. 그는 "할아버지와 아버지는 각기 자기 분야에서 일가를 이룬 반면, 위당 정인보 선생의 사위이기도 했던 삼촌은 도서관 사서로 그치고 더 큰 일은 못하셨지만, 삼부자의 토론에서는 항상 삼촌이 이겼다고 들었다"라고 소개했다.

(2004)

통일 문학의 첫 줄 쓰겠다

소설가 홍석중 2

지난 7월 20~25일 평양과 백두산, 묘향산 등지에서 열린 '6·15 공동선언 실천을 위한 민족작가대회'(이하 남북작가대회) 는 남과 북 사이의 문학적 분단을 넘어서는 첫걸음이었다. 남쪽 작가가 북쪽 잡지에 작품을 발표하고, 북쪽 작가의 작품을 남쪽 독자들이 읽는 식의 '문학적 통일'이 눈앞에 성큼 다가왔다. 남북 작가대회에서 만난 북쪽 문인들을 차례로 소개한다. (편집자 주)

홍석중을 만난 것은 두 번째였다. 지난해 말 금강산에서 열린 만해문학상 시상식이 첫 번째 자리였다. 그 역시 남쪽 기자를 만나기는 처음이었을 텐데도, 홍석중은 별다른 주저와 거리낌 없이 말을 이어갔다. 좌중을 휘어잡으며 자주 웃게 만드는 말솜씨는 흡사 남쪽 작가 황석영을 떠오르게도 했다.

평양 도착 첫날인 20일 저녁 인민문화궁전 연회장에 들어서는 그에게 다가가 인사를 건넸다. 그는 금강산에서 만났던 기자의 얼굴을 금방 기억해 내고는 환하게 웃으며 다짜고짜 끌어안았다. 첫 번째 평양행의 긴장을 씻게 만드는 따뜻한 환대였다. 대회 기간 내내 그는 흡사 막냇동생을 대하듯 기자의 이름을 친근하게 불렀다. 23일 새벽 백두산에서 열린 '통일문학의 해돋이' 행사가 끝난 뒤에는 기자를 따로 불러 기념사진을 찍고 느닷없이 뺨에 뽀뽀를 하기까지 했다. 그만큼 거침이 없었다.

대회 기간 내내 그는 남쪽 문인들 사이에 '스타'였다. 백두산에서는 천지를 배경으로 그와 기념사진을 찍으려는 남쪽 작가들이 줄을 이을 정도였다. 그의 소설 《황진이》가 남쪽에서 출간되어 호평 속에 읽혔다는 사실이 그와 무관하지 않을 터였다.(그는 이번 대회 기간에도 《황진이》의 남쪽 출간이 자신의 동의를 얻지 못한 불법이라고 목소리를 높였다.) 또 그가 《임꺽정》의 작가인 벽초 홍명희의 손자이자 국어학자 홍기문의 아들이라는 '배경' 역시 남쪽 작가들의 관심을 샀을 것이었다.

홍석중은 1941년 9월 서울에서 태어나 48년 조부인 벽초를 따라 월북했다. 69년 김일성종합대학 어문학부를 졸업한 그는 70년 첫 단편소설 〈붉은 꽃송이〉를 발표했다. 그러나 삼십 대의 10년가량은 문학이 아닌 연극에 빠졌다가 79년부터 조선작가동맹 중앙위원회에 소속돼 창작 활동을 시작했다.

작가로서 그의 이름을 널리 알린 작품은 남쪽에서도 출간된 적이 있는 장편 역사소설 《높새바람》이었다. 1506년 중종반정에서 1510년 삼포왜란까지 이어지는 시기를 배경 삼은 이 소설은 그가 과연 벽초의 손자임을 알게 해주었다. 지배계급이 아닌 민중의 관점에서 역사를 바라보며, 겨레의 언어와 정서와 습속을 여실히 재현했다는 점에서 그러했다. 심지어는 소설의 시대적 배경 역시 《임꺽정》보다 불과 수십여 년 앞선 무렵이었다.(이런 유사성 때문에 북에서는 《높새바람》이 처음 발표되었을 때 벽초의 유작이 아닌가 하는 소문이 돌았다고 한다.)

홍석중은 미완으로 끝난 벽초의 《임꺽정》 뒷부분을 마무리하여 《청석골 대장 임꺽정》이라는 이름으로 내놓기도 했는데, 이역시 지난 80년대 말에 남쪽에서 출간된 바 있다. 《높새바람》에서부터 《황진이》에 이르기까지 그가 주로 역사소설을 써왔다는 사실은 주목할 만하다. 역사소설은 분단이라는 정치적 요인에 구애받지 않고 남북 민중 모두의 공통 기억과 정서에 호소할 수 있다는 장점을 지닌다. 그런 점에서 그는 남쪽 독자들이 북쪽 문학에 접근하는 데 발판으로 삼을 만하다.

《높새바람》의 '맺음말'에서 그는 "역사의 물면 위에 뚜렷하게 솟아오른 역사적 사건들을 정확하게 이해하자면 물면 위에 솟아오르지 못한 이면사들과 작은 사건들, 잊혀지고 파묻힌 이름들에 대하여 각별한 주의를 돌려야 하는 것"이며 "진정한 역사는 민중들의 마음속에 깃들어 대를 거쳐 마음으로 전해지는 것"이라 밝혔다. 이런 관점과 태도는 남쪽 작가들의 역사소설관과 크게 다르지 않다.

그런 점에서 그가 이번 남북작가대회에서 황석영과 '공동작업' 의지를 밝힌 것은 큰 관심과 기대를 모은다. 남과 북을 대표하는 두 소설가가 힘을 합쳐 이뤄낼 성과는 통일문학의 신새벽을 여는 쾌거가 될 것이다.

(2005)

남에 두고 온 어머니,
시로 녹여낸 사모곡

시인 오영재

"자리가 비어 있구나/ 고은 신경림 백락청 현기영 김진경/ 그리고 간절히 우리를 청해 놓고/ 오지 못하는 사람들/(…)/ 지금 쯤 어느 저지선을 헤치느라/ 온몸이 찢기어 피를 흘리고 있느냐 (…)" 서울 마포구 아현동 민족문학작가회의 사무실에는 북의 시인 오영재의 시 〈전해다오〉가 액자에 담겨 보관돼 있다. 1989년 3월 민족문학작가회의와 북의 조선작가동맹이 남북 작가회담을 열기로 했다가 무산된 뒤 북쪽 회담 대표로 판문점에서 기다리던 그가 즉석에서 쓴 시로 알려져 있다. 이 시는 이렇게 끝을 맺는다.

> 전해다오
> 오늘은 우리 돌아서 가지만
> 마음만은 여기 판문점

이 회담장의 책상 위에 얹어 놓고

간다고

정의와 량심의 필봉을 높이 들고

통일의 길을 함께 갈

그 날을 기어이 함께 찾자고

바람아 구름아 전해다오.

—〈전해다오〉 부분

평양과 백두산 등지에서 열린 '6·15 공동선언 실천을 위한 민족작가대회'는 16년 전 무산된 남북 작가회담의 발전적 계승이었다. 그런 점에서 16년 전 〈전해다오〉라는 안타까운 시를 써야만 했던 오영재 시인의 감회는 남다를 수밖에 없었을 것이다. 게다가 오 시인은 남쪽 출신으로 부모와 형제를 남겨둔 채 월북한 '이산가족'이기도 하다.

1935년 전남 장성에서 태어난 그는 전쟁이 터지자 열여섯 살 어린 나이로 인민의용군에 입대했다. 일선 병사로서 전선을 누비며 동족상잔의 참상을 목격한 그는 다름 아닌 전쟁터에서 시를 쓰기 시작했다.

제대하고서 조선작가동맹 산하 작가학원을 1960년에 졸업한 그는 문학예술출판사 기자 활동을 거쳐 본격적인 시인의 길로 접어들었다. 60년대의 그의 시는 〈조국이 사랑하는 처녀〉(1961)와 〈여기에 광부들의 일터가 있다〉(1965)와 같은 서정시들에서 보듯 전후 복구 건설시기 노동자·농민의 건강하고 아름다운 면모를 예찬하는 특징을 보인다. "조국의 아름다운 보화를/ 지상으로 끌어 올리며/ 마치 나무를 자래우는 뿌리와도 같이/ 보이지 않는 땅 속에서/ 근면하게 꽃을 피우며 열매를 익히는 사람들"(〈여기에 광부들의 일터가 있다〉)와 같은 시가 그것이다.

이후 그는 《철의 서사시》(1981)《대동강》(1985)《인민의 아들》(1992)과 같은 서사시집을 내고 김일성상 계관시인 칭호와 노력영웅 칭호를 받는 등 북쪽 시단을 대표하는 시인으로 자리 잡았다.

오영재 시인은 2000년 8·15에 즈음한 이산가족 상봉단의 일원으로 서울에 와 형제들을 만났다. 당시 그는 북에서 어머니를 그리며 썼던 시를 남쪽 언론에 공개했는데, 어머니의 생존 소식을 접하고서 쓴 것과 끝내 어머니가 돌아가셨다는 소식을 확인한 뒤 쓴 시들이 섞여 있어서 독자들의 눈물샘을 자극했다.

> 늙지 마시라
> 더 늙지 마시라, 어머니여
> 세월아, 가지 말라
> 통일 되어
> 우리 만나는 그날까지라도
> —〈늙지 마시라〉 부분

> 차라리 몰랐더라면,

차라리 아들이 죽은 줄로 생각해 버리셨다면,

속고통 그리 크시었으랴…

그리워 밤마다 뜬눈으로 새우시어서

꿈마다 대전에서 평양까지 오가시느라 몸이 지쳐서…

그래서 더 일찍 가시었습니까.

아, 이제는 이 세상에 계시지 않는

어머니 나의 엄마!

그래서 나는 더 서럽습니다.

곽앵순 엄마!

ㅡ〈슬픔〉 부분

    23일 새벽 백두산 천지 위에서 오영재 시인은 남쪽 이기형 시인과 만나 두 사람만의 감회를 나누었다. 함경남도 함주 출신으로 월남한 이기형 시인은 오 시인을 보자마자 손을 부여잡고 울먹이며 말했다. "어머니를 북에 두고 내려온 나와 어머니를 남에 두고 올라온 선생은 같은 처지요. 같은 불효자야." 오영재 시인은 다만 눈물로 답할 따름이었다.

(2005)

경쾌한 문체로 남녀사랑 '금기' 깨다

소설가 남대현

24일 저녁 평양 인민문화궁전 연회장. '6·15 공동선언 실천을
위한 민족작가대회' 참가자들을 위한 폐막 연회가 끝나고 작가
들이 산회할 무렵, 남과 북의 두 소설가가 감격적인 해후를 했다.
주인공은 《칼의 노래》의 작가 김훈과 북의 작가 남대현. 두 사람
은 우연히 서울 돈암국민학교 동창인 것을 확인하고 천막 교사
에서 공부했던 공통의 기억을 끄집어내며 놀라움 속에 반가움을
나누었다.

남쪽에서도 출간된 북의 '베스트셀러' 소설 《청춘송가》의 작가
남대현은 1947년 경북 안동에서 태어나 서울 돈암국민학교를
졸업하고 아버지가 있는 일본으로 건너갔다가 열일곱 살 나이에
북송선을 탄 특이한 경력의 소유자다. 그는 1973년 단편 〈지학
선생〉을 발표하며 문단에 나왔으나, 작가로서 이름을 높인 것은
1980년 조선노동당 제6차 대회 기념 '전국문학예술작품 현상모

집'에서 광주민주화운동을 다룬 단편 〈광주의 새벽〉이 2등 당선하면서였다.

1987년에 발표한 장편 《청춘송가》는 북쪽 소설로서는 드물게 청춘 남녀의 사랑을 정면으로 다룬 작품으로 남과 북 모두에서 화제가 되었다. 주인공인 대학생 출신 제철소 강철직장 기사 리진호가 중유를 대신할 대체연료를 개발하기까지의 악전고투를 연인인 현옥과의 사랑의 우여곡절과 포개놓은 소설이다. 주인공 커플만이 아니라 진호의 직장 내 경쟁자인 기철과 그의 연인인 정아, 그리고 진호의 든든한 친구인 태수 부부 등 80년대 북쪽 젊은이들의 일과 사랑을 밝고 경쾌한 문체로 그리고 있다. 특히 이전의 북쪽 소설에서 금기시되다시피 한 심리 묘사가 소설의 축을 이루고 있다는 점도 《청춘송가》의 중요한 성과로 꼽힌다.

북에서 만난 남대현은 "《청춘송가》는 초판 2만 부를 다 팔고 재판 2만 부를 추가로 찍었다"라며 "문학은 역시 대중성이 있어야 하며 대중성이 있는 작품이라야만 사상도 전달이 된다"라고 말했다. 그는 "문학의 궁극적인 지향은 인간의 삶에 보탬이 되어야 한다는 것"이라며 "인민 대중의 투쟁에 이바지할 수 있는 작품이 좋은 작품"이라고 강조했다. 《청춘송가》 이후 남대현은 일본 총련의 결성 과정을 다룬 장편 《태양찬가》를 '불멸의 력사' 총서로 창작했고, 2003년에는 북송된 비전향 장기수를 주인공 삼은 장편 《통일련가》를 내놓았다. '노래 3부작'으로 일컬어지는 세 장편은 각각 북과 일본, 남의 역사와 현실을 다루고 있는데,

이런 구도는 세 지역을 두루 겪은 작가 자신의 이력과 무관하지 않아 보인다.

《통일련가》는 지난 2000년에 동료 62명과 함께 북송된 비전향 장기수 고광인(소설 속에서는 '고광'으로 등장) 씨를 주인공 삼은 소설이다. 전북 고창 출신인 고씨가 빨치산 투쟁을 하다가 체포된 뒤 전향을 거부한 채 33년간 옥살이를 하고 풀려났다가 북송되는 과정을 담았다. 소설은 작가 자신으로 짐작되는 작가 '현'이 잡지사 기자 '은옥경'과 함께 '고 선생'을 인터뷰하는 현재 이야기와 고 선생이 들려주는 지난 시절이 교차되면서 서술된다. 소설 속에서 은옥경은 고 선생의 인품과 이념적 순결성에 매료돼 그와 결혼하기에 이르는데, 실제로 고광인 씨는 자신을 취재했던 여성 소설가 정은옥 씨와 결혼해서 현재 평양에 살고 있다. 정씨는 24일 남북작가대회 폐막 연회장에 모습을 드러냈다.

1992년 이후 4·15창작단에 소속돼 활동하고 있는 남대현은 "6·15 이후 전개되는 남과 북의 상황을 통해 통일의 가능성을 모색하는 작품을 구상 중"이라며 "이와 관련해 남쪽의 신문과 방송 자료를 모으고 있으며 방북한 남쪽 인사들에게서 많은 이야기를 듣고 있다"라고 밝혔다.

(2005)

북쪽 인상 바꾼 탁월한 성취

소설가 백남룡

첫술에 배부를 수야 없다지만, '6·15 공동선언 실천을 위한 민족작가대회' 기간 중 북쪽 작가들과 만나서 어울릴 자리는 충분치 않았다. 20일의 환영 연회와 24일의 환송 만찬, 그리고 23일 새벽 백두산 행사를 전후한 무렵에나 북쪽 작가들과 말을 섞을 수 있었을 뿐, 나머지 대회 기간에 남과 북의 작가들은 따로 움직였다. 북쪽은 참여 작가들의 명단을 끝내 알려주지 않았다. 23일 저녁 묘향산에서 남북 작가들이 함께할 예정이던 '민족문학의 밤' 행사가 취소된 것은 무엇보다 큰 아쉬움을 주었다.

아쉬움 속에 스치듯 일별한 북쪽 참가자 중에 《벗》(1988)의 작가 백남룡이 있다. 그를 만난 것은 대회 첫날인 20일 자정 즈음 인민문화궁전 앞이었다. 참가자들을 위한 환영 연회가 끝나고 산회하던 길에 그와 마주쳤다. 밤인데도 선글라스를 낀 차림이었다. 우선 사진부터 급히 찍고 대회의 다음 일정에도 계속 참여하는지 물어보았다.

"같이하지 못합니다. 다른 사업이 있어서리……."

무언가 미련이 남은 듯 말끝을 흐린 그는 서둘러 걸음을 옮겼다.

남쪽에서도 출간되어 널리 읽힌 북의 베스트셀러 소설《벗》의 작가에게 독후감을 들려줄 기회는 결국 잡지 못했다.

백남룡은 1949년 함경남도 함흥에서 태어났다. 1964년 고등학교를 졸업하고 1966년부터 10년간 공장 노동자로 일했으며 그 뒤 김일성종합대학을 다녔다. 1979년 〈조선문학〉에 단편 〈복무자들〉을 발표하면서 등단했으며, 대표작인《벗》과《60년 후》(1985)를 비롯해 1985년의 우수 단편소설로 뽑힌 〈생명〉과 〈퇴근길에서〉〈세대주〉 등의 작품을 썼다.

《벗》은 남대현의《청춘송가》와 더불어 남쪽 독자들 사이에 북쪽 소설에 대한 인식을 새롭게 하도록 만든 작품이다. 도 예술단 성악배우 채순희와 기계공장 선반공 리석춘 부부, 그리고 이들의 이혼 심리를 담당한 판사 정진우를 중심인물 삼아 북쪽 사회의 결혼생활과 이혼 풍습의 일단을 보여준다. 소설은 이혼 청구서를 내러 온 채순희와 정진우의 만남에서 시작해 순희·석춘 부부의 연애 시절과 지난 결혼생활, 현재의 문제 등을 소개한 다음 정진우의 적극적인 개입 아래 두 사람이 이혼 소송을 취하하고 재결합하기까지의 과정을 다루고 있다.

인기 성악가와 선반공 부부 사이에 있을 법한 괴리와 마찰의 실감 나는 서술, 세련된 자연 묘사 및 그것과 인물 심리와의 자연스러운 조응, 관료주의와 노동 천시와 같은 북쪽 사회의 내밀한 치부의 과감한 노출 등에서《벗》은 탁월한 성취를 보인다. 대학 입시 사정에서 작용하는 인정과 권력의 문제를 다룬 〈생명〉, 관료주의와 세대 간 갈등을 소재로 삼은《60년 후》등의 작품에서도 백남룡은 북쪽 현실의 문제점을 솔직히 드러내는 데 주저함이 없다.

그러나 그런 문제들이 너무도 쉽게, 그리고 무엇보다 '정치적으로 올바른' 쪽으로 해결 또는 봉합된다는 데에 '사회주의적 사실주의' 소설의 한계가 있다. 대표작《벗》만을 보아도 순희·석춘 부부의 이혼 청구는 "사회의 세포인 가정의 운명과 나아가서 사회라는 대가정의 공고성과 관련되는 사회정치적 문제"로 받아들여져서 결국 가정을 지키는 쪽으로 결론이 난다. 그러나 "가정은 인간의 사랑이 살고 미래가 자라는 아름다운 세계"라는 식의 규범적 정의가 이혼 소송을 제기한 당사자들의 자유로운 선택을 억압할 수도 있다는 사실에 대한 헤아림은 역시 충분치 못한 느낌이다.

(2005)

시로 그리는 사상과 감정,
남쪽과는 다른 진화

시인 박세옥 · 리호근

박세옥 시인은 과묵한 인상이었다. 2004년 말 금강산에서 열린 홍석중의 만해문학상 시상식에서 처음 만났는데, 시종 말이 없는 가운데 자주 술잔을 기울이며 남의 말을 듣는 편이었다. 술을 마시지 않으면서도 다변이었던 홍석중과는 대조적이었다.

1939년 전남 무안 태생으로 월북한 그는 평양문학대학을 졸업하고 1961년 시 〈동상 앞에서〉를 발표하며 등단했다. 지난달 '6·15 공동선언 실천을 위한 민족작가대회'를 기념해 북쪽에서도 몇 권의 기념도서를 냈는데, 박세옥 시인의 시선집 《해돋이》(문학예술출판사)는 그 가운데 한 권이다. 이 책에는 60년대부터 최근까지 그가 발표한 시 가운데 63편이 묶였다. 앞부분에는 〈그분〉 〈보천보전투 승리기념탑〉 〈정일봉〉 〈조선이여 빛나라〉처럼 김일성 주석과 김정일 국방위원장을 흠모하며 애국심을 고취하는 시들이 주를 이룬다. 흠모의 노래는 간절하고 애국에의 호소는 씩씩하지만 박 시인만의 개성적인 목소리를 새겨듣기에는 한계가 있다. 남쪽 독자의 감각에는 정치색이 노골적으로 드러나지 않은 중반 이후의 시들이 편하게 다가올 법하다.

> 농장의 예쁜 처녀들
> 가만히 속삭이며 들여다보는
> 흰 박막 아래
> 파릇파릇 햇잎
> 세잎 네잎 흔들며
> 파아란 땅을 펼쳤습니다
> 웃음많은 처녀들의 눈에
> 푸르른 들이 벌써 웃고있지 않습니까!
>
> ─〈저 먼 산골짝〉 부분

조선작가동맹 부위원장인 리호근 시인 역시 시선집 《통일차표 팝니다》(문학예술출판사)를 기념도서로 내놓았다. 리 시인은 23일 백두산에서 열린 '통일문학의 해돋이' 행사 사회를 소설가 은희경과 공동으로 보았다. 예순이 훌쩍 넘은 나이에 비해서는 동안(?)에다 이웃집 아저씨처럼 시종 편안하게 남쪽 사람들을 대해 인상에 남았다.

《통일차표 팝니다》는 통일을 지향하는 남북 민중의 염원을 노래한 일종의 '테마시집'이라 할 만하다. 1980년대 편, 1990년대

편, 2000년대 편, 그리고 '서울 할머니'의 네 부분으로 나뉘었다. 1980년대 편은 1989년 평양에서 열린 세계청년학생축전에 참가한 임수경 씨의 일거수일투족을 기록하다시피 형상화한 시 13편을 싣고 있다. "오, 림수경!/ 최루탄냄새/ 상기도 풍기는듯 한 너를/ 이렇듯 으스러져라 껴안을 때/ 우리 목메여 흐느끼며 껴안은것은/ 한낱 너만이 아닌/ 너 백만의 '전대협'이였구나/ 반드시 반드시 오고야말/ 우리의 어쩔수 없는 래일,/ 통일된 내 땅이였구나!"(〈'전대협'이 왔다〉)와 같은 시다.

시집의 마지막에 실린 시 〈민족작가대회가 온다〉는 '6·15 공동선언 실천을 위한 민족작가대회'를 앞두고 감격과 기대를 벅찬 호흡에 담아 노래한 작품이다.

> 온다 온다 오, 작가대회,
> 우리의 민족작가대회가 온다,
> 이 땅의 60년 저 더러운 분렬을 깨며
> 력사의 민족작가대회가
> 민족통일의 눈부신 경륜
> 저 6·15에 실려온다,
> 너 나 우리의 가슴가슴에 뜨겁게,
> 뜨겁게 달려온다!
> —〈민족작가대회가 온다〉 부분

박세옥·리호근 두 시인을 통해 살펴본 북쪽 시들은 형식적 기교를 배제한 채 가능한 한 쉬운 말투로 감정과 사상을 표출하는 면모를 보인다. '미제'를 규탄하고 남쪽 당국의 폭압을 고발하는 경우를 제하고는 한결같이 밝고 긍정적인 어조를 유지하는 것이 특징적이다. 공동체의 미래에 대한 낙관, 이념과 체제에의 헌신과 그에서 얻는 보람이 주된 테마를 이루는 반면, 개인적 고뇌와 회의, 극단적이며 '반사회적인' 상상력 표출은 금기시되어 있다. 〈해에게서 소년에게〉 이래 한 세기 가까이 연륜을 쌓으며 내용과 형식 공히 복잡하게 발전해온 남쪽 시와는 다른 방향의 '진화' 경로를 밟아왔다고 할 수 있다.

(2005)

이야기는 오래 산다

ⓒ 최재봉, 2024

초판 1쇄 인쇄 2024년 3월 10일
초판 1쇄 발행 2024년 3월 15일

지은이 • 최재봉
펴낸이 • 이상훈
문학팀 • 최해경 김다인 하상민
마케팅 • 김한성 조재성 박신영 김효진 김애린 오민정

펴낸곳 • (주)한겨레엔 www.hanibook.co.kr
등록 • 2006년 1월 4일 제313-2006-00003호
주소 • 서울시 마포구 창전로 70 (신수동) 화수목빌딩 5층
전화 • 02) 6383-1602~3   팩스 • 02) 6383-1610
대표메일 • munhak@hanien.co.kr

ISBN • 979-11-7213-027-5   03810